张　锐　锋　作　品

古灵魂

张锐锋 著

GUANGXI NORMAL UNIVERSITY PRESS
广西师范大学出版社
·桂林·

古灵魂
GU LINGHUN

图书在版编目（CIP）数据

古灵魂 : 全 8 册 / 张锐锋著. 一桂林 : 广西师范
大学出版社，2024.5
ISBN 978-7-5598-6836-7

Ⅰ. ①古… Ⅱ. ①张… Ⅲ. ①散文集－中国－当代
Ⅳ. ①I267

中国国家版本馆 CIP 数据核字（2024）第 060573 号

广西师范大学出版社出版发行
广西桂林市五里店路 9 号　　邮政编码：541004
网址：http://www.bbtpress.com
出版人：黄轩庄
全国新华书店经销
广西广大印务有限责任公司印刷
桂林市临桂区秧塘工业园西城大道北侧广西师范大学出版社
集团有限公司创意产业园内　邮政编码：541199
开本：880 mm × 1 230 mm　1/32
印张：97.5　字数：2 060 千
2024 年 5 月第 1 版　2024 年 5 月第 1 次印刷
印数：0 001~6 000 册　定价：368.00 元（全 8 册）

第

八

册

卿云烂兮

糺缦缦兮

日月光华

旦复旦兮

——《卿云歌》

明明上天

烂然星陈

日月光华

弘于一人

——《八伯歌》

目 录

卷五百三十五

魏舒

  我接替韩起行使执政的权力，成了晋国的正卿。我从没想过会走到现在，这乃是享用我的先人的德荫。我的先人魏犨曾跟随文公流亡异乡，相传他力大无比，勇猛而忠贞，辅佐文公开疆拓土，完成晋国的霸业。我的祖父魏绛曾向悼公谏言，献上和戎之策，讲述了和戎之利，利用戎族注重财物而轻视土地的习俗，扩大自己的疆土，同时也因为缔造了和平的生活让民众安居乐业，积累了晋国的力量，对周围的诸侯足以形成震慑，晋国的德行也得以远扬。这样具有远见的韬略，让晋国长治久安，走向了强盛。

  我的祖父魏绛，曾经作为晋军的司马，冒死戮死悼公兄弟扬干的仆人，因为扬干扰乱了军阵，违反了军纪。悼公因而十分愤怒，觉得这乃是对国君的侮辱，有损于国君的声望，差点儿将我的祖父杀掉。但他的忠心和勇于执法的决心感动了悼公，最后不仅没有被治罪，还得到了国君的奖赏和擢拔。

  我也有犯错的时候。栾盈谋反的时候攻打平公的宫室，若不是士鞅前来谏阻，也许我就和栾盈一起走上了谋反的不归路。因为栾盈曾是先父的下军辅佐，我们两家十分亲近。我很感激士鞅的挽救之恩，不然我现在会在哪里呢？我的宗族又会在哪里呢？往事不仅是已经过去的事情，它还在现在延续。往事一直在我的心中徘徊，它不能被驱散，它已经摆在那里，谁又能改变它呢？它让我在面对重大选择的时候，一定要十分谨慎，不能用冲动的激情替代深思之后的判断。

晋平公曾让我和荀吴讨伐山戎无终，与无终国的军队相遇于大原。这里到处是大山，山峦重叠，沟壑纵横，山戎无终之所以敢于进犯，乃是因为他们依仗着兵卒的凶猛和适合于山地作战。他们没有战车，因为在这里笨重的战车缺少施展身手的开阔地，徒兵就可以展开灵活机动的袭击、伏击和突击。我军的战车集中于山地之中，我决定放弃战车，改为与戎敌步战，这样车战的缺点就会消除。

当初文公率军讨伐戎狄的时候不也是用徒兵战而胜之？于是我命令弃车而行，将五辆战车的士卒改变为五人一队，变为步战的阵形，迎击戎敌。这乃是真正的较量，以烈火对烈火，以波涛对波涛，以疾风对疾风，以雷电对雷电。但主帅荀吴的宠臣拒不放弃战车，他觉得这会让山戎无终的士卒耻笑，也会失去战车上风驰电掣的威风。我走到他跟前，对他说，现在我已经下令，你却在阵前违抗军令。我毫不犹豫地将其当众斩首。

他的头从他肩部的铠甲上掉了下来，飞到了地上。他的身躯还站立在车上，手里紧紧地攥着战戈。四周的士卒们都惊呆了，很久都站在那里，就像木桩钉在了地上。我扫视我周围的士卒，说，现在可以编队入阵了。跟随他的人也立即跳下车，进入了战阵。山头上的戎敌大声叫喊，我听不清他们究竟在喊什么。我身边的人告诉我，他们在嘲笑我们的反常之举。我轻蔑地说,让他们嘲笑吧,嘲笑者将会变为被嘲笑者。

我编好了阵形,让大军顺着山势攀到了适于展开作战的高处,戎敌此时还在整理自己的阵形,这乃是最好的时机。我说,可以发起攻击了。敌人嘲笑我们,说明他们放松了警戒,他们的自傲必将得到惩罚。敌人的阵形还没有完整,说明他们还没有充分的预备,也不知道我方的意图所在。于是我擂响了战鼓,我的将士们就像猛兽一样扑向敌阵。喊杀声在山间回荡,就像翻滚着的山洪声响。敌军很快就被赶下了山,从山间的峡谷里逃窜。

我站在高处,看着我军乘胜追击,敌人的旌旗都倒下了,我后面的阵形用弓箭从高处直射奔逃的敌军,很多敌军已经成为我的俘虏。我看着这样的景象,想到现在的战法应该和过去有所不同。现在人们已经放弃了列阵以待的两军对垒,放弃了实力对实力的交锋,而是更多地采用诡诈的战术和出其不意的攻击获胜。笨重的车战已经不适用于今日的交锋了。让徒兵来替代战车的时候到了。战车乃是礼法时代的产物,人们已经在交锋中不择手段,而且也缺少战车驰骋的开阔的地方。用步战代替车战,将成为将来的交战的方向。我大获全胜之后,就重新整顿我的军队,训练我的步卒,重新寻找和思考新的阵法。

现在我乃是执掌晋国朝政的国卿,我所要思考的不仅仅是对外敌交战,还需要思考怎样让晋国保持稳定,也让我的宗族更加昌盛。每一个卿族都虎视眈眈,想着怎样扩大自己的地盘和增强自己的权力,已经没有人愿意对外征伐了。支撑国君的只剩下从前的公室孑遗祁氏和羊舌氏两个族裔了。也许他们不知道危险已经迫近。当初祁奚和叔向的威望，已经逐渐消逝，他们的宗族已逐渐淡出晋国的中心。每一个宗族都处于危险之中，都在暗中磨砺自己的牙齿，就像野兽们的山林，若是不小心就会被更加强大的猛兽吃掉。

就在这样的时候，一件事情发生了。祁氏的两个家臣祁胜和邬臧，竟然换妻宣淫，被祁氏的家主祁盈捉拿囚禁。他们不服这样的惩罚，就找到了卿相荀砾，荀砾就将祁盈囚禁起来，而祁氏家族感到愤怒，就将这两个人杀掉了。荀砾立即在朝堂上说，祁氏早有作乱之心，他借用这样一件事情，先是滥用私刑，又不遵从国君的命令，将这两个人杀害，这岂不是公然作乱？卿相们都站在了荀砾一边，国君只有下令剿灭祁氏和他的私党。

唉，我明知道他们只是想灭掉祁氏和羊舌氏，一直在寻找借口。现在祁氏将借口给了他们。国君也知道这乃是欲加之罪，可是他也没有办法拯救祁氏和羊舌氏，只能听从六卿的谏言。他已经成为别人的寄居者。国君已经不是从前的国君，他只拥有国君的名号，却失去了国君的权力。是的，原本是他的晋国，现在已经属于别人了。原本是自己的房舍，现在已经被别人居住，而他自己也只能作为寄居者，被这个不属于自己的屋顶覆盖。

古灵魂

卷五百三十六

祁盈

家臣祁胜和邬臧竟然通室宣淫，这让我十分恼火。我乃是晋武公的后裔，我的祖父祁奚乃是著名的贤臣，我的家族怎能出现这样龌龊的事情呢？一个家族的败亡总是从丑事开始的，赵氏当初的下宫之难，就是从淫乱开始，遭受了灭顶之灾。栾盈的覆灭也是从他的母亲和家臣私通而起，最后也以灭族而告终。若是小的萌芽不能抑制，那么以后的遭遇就不可预知。若是不能像农夫一样及早锄草，那么野草就会和谷子混杂在一起，田野就会变为荒芜。我乃是公室之后，怎能以不好的名声相传呢？

可是我该怎样惩治才能做到适当呢？我找到了名士司马叔游。我将发生的事情告诉他，问他怎么办。司马叔游说，《诗》上说，民众多有邪恶，你不要陷入邪恶。民众不良的习惯和嗜好，没必要多加管束，因为这乃是他们的本性。你若管束他们，反而让这事情变得更大。就像树上的皮，它们长大之后会有不少裂缝，这乃是十分正常。若是你在裂缝上划上一刀，这裂缝就变得更大了。

我说，若是民众的事情，我也就不管了。可他们乃是我的家臣，我怎能坐视不管？他们乃是我的家臣，损害的乃是我家族的荣誉，我又怎能不管呢？我惩罚自己的家臣，这又有什么不好呢？我又没有惩罚别人。这样的惩罚只是为了我的家族，又怎会影响到国家呢？既然我没有影响别人，也没有影响国家，又为什么不能惩罚这两个人？若是我的家臣都得不到约束，我又能做什么呢？若是别人效仿他们，我该说什么？现在，大夫们都已经荒淫无道了，我要将自己的庭院打扫干净。

司马叔游说，唉，你也已经看见，现在无道者站在了路的中间，你若是这样做，难免给自己带来更大的烦恼。这样的烦恼完全可以避免，你为什么要寻找烦恼呢？你想想吧，你即使清扫自己的庭院，也会扬起灰尘，扬起灰尘别人就可以看见，就让别人有了诽谤你的机会。你即使闭上自己的门，别人也会知道，何况你的门是敞开的。你清扫自己的庭院，就会发出声音，扫地的声音就会被人听见，别人将会把这声音说成是磨刀的声音。你又怎么为自己分辩？你又为什么要招来非议呢？我听说，一件小事可能招来祸患，每一个祸患都是从小事开始的。所以对于你来说，每一件小事都可能是大事情。

送走司马叔游之后，我陷入了深思。我的内心充满了矛盾，我的庭院里留下了我的一圈又一圈徘徊的脚印。我想，小事就是小事，怎么可能成为大事情？我从来不妨碍别人，我的先人都是晋国的贤臣，我让自己也怀有贤德，这有什么不好？难道每一个人都要变为荒淫无道的无耻之徒？现在晋国的大夫们奢靡和荒淫已经成为风气，我难道也要跟随别人这样做？这岂不是玷污了先祖的美誉？于是我就将这两个人囚禁起来了。

但没想到这两个人竟然向荀砾行贿，而荀砾作为晋国的卿相，却不能公正地判案，竟然认为我滥用私刑，将我捉到牢房。我怎能接受这样的现实？可是没有谁和你讲道理，也没有人主持公道。当初晋国诛杀了栾盈，叔向受到了牵连，他和自己的兄长羊舌职都被囚禁。晋平公的宠臣乐王鲋去探望，答应为他在国君面前求情，可是叔向并没有理睬他。就是乐王鲋离开的时候也没有施礼拜别。他向别人说，只有祁奚能够救我，他外举不避仇，内举不避亲，怎么会放弃我呢？

是的，他说的是对的，我的祖父祁奚听说叔向被囚，就匆忙上朝谏言，向国君陈明事情的利弊，挽救了叔向和羊舌职。他没有前往看望叔向，而是径直从朝堂返回自己的家。叔向被释放之后，知道是我的祖父救了他，可他也没有专程拜谢，而是径直上朝做自己该做的事情。可是现在哪里还有像我祖父这样的贤臣呢？哪里还有像叔向这样的君子呢？他们就连山野村夫都知道的道理也不讲了，这还哪里是一个礼仪之邦？

现在也只有叔向的后人羊舌食我可以为我说话，可是他也危在旦夕。他们既然对我这样，又能对他好么？叔向就曾预料，公室旧族早已成为卿相们嘴里的肥肉，他们的牙齿早已磨得锋利，只是在暗中窥伺。国君已经失去了权力，一棵树上的叶子会先掉落，然后这棵树也将被砍伐。这一切，就要成为现实。是啊，我作为这树上的叶子，也许就要先落了。或者说，我已经掉在了地上，别的叶子也要落尽。

我想到了司马叔游所说的话，他说，即使打扫自己的庭院也会扬起尘土。可是我还是没能理解他的话，我总以为这是我自己的事情，又和别人有什么关系呢？现在我知道了，我的命运乃是和国君联系在一起的，他们已经剥夺了国君的权力，但还是觉得不够。所以他们就要先摘掉公室的叶子，再剥掉公室的树皮，最后让国君成为一截枯木。国君立在那里就可以了，他们所需的乃是一个死的国君，一个活着但已经和死去无异的国君。

司马叔游已经看见我早已走在了春天的冰面上，虽然冰面是完整的，但下面已经消融，已经变得虚空。我在这冰上行走，既不能滑倒，更不能掉入冰窟。我必须小心翼翼地走，或者停下自己的脚步，因为我已经随时处于危险之中。他所看见的是我所遇到的节令的可怕，而我所看见的乃是冰面的完整。冰河就要开了，在冰上行走的人迟早要掉落，若是我小心一点，只是掉落得迟一点，但若是迟早要发生的，早一点有什么不好？至少我可以亲眼看见自己的结果。

羊舌食我

祁盈因为惩罚自己的家臣，竟然被荀砾囚禁了。我找到了荀砾，问他为什么这样，他说，祁盈滥用私刑，所以要释放了祁胜和邬臧，并捉拿了祁盈。他反问我，我这乃是主持公道，这有什么错么？我说，他的家臣通室宣淫，难道不该受到惩罚么？他说，不，这样的事情，他不是在朝堂上让六卿来惩罚，而是他自己滥用私刑，难道晋国没有律法了么？

我又问，这是国君的命令么？荀砾说，国君采纳了六卿的谏言，认为祁盈乃是作乱。违反律法而滥用私刑，难道不是作乱么？我知道他们就是要将罪名强加给祁盈，我还能说什么呢？我只是为自己不能解救祁盈而感到悲伤。当初我的先父叔向和伯父羊舌职被囚禁的时候，祁奚很快就赶到了朝堂，和士匄一起为先父辩解，使国君判定先父是无罪的，应该得到释放。祁奚没有找到先父说自己的解救之功，而先父也没有前去拜谢。那个时候该是多么好啊，正直的人可以说出自己的话，而国君也明白道义，贤臣可以直谏，国君能够倾听。

祁奚是中军尉的时候，我的伯父羊舌职是他的辅佐。我们两个家族也十分亲近密切。后来我和祁盈也很友好，可是我却不能营救他，以报答他们的恩情。我真是太无能了。我们两家同为武公的后裔，都是公族的遗留，现在却都陷于危难之中。我知道，他若是被卿族清洗，我的宗族也不能持久。国君虽然在位，但他已经失去了权力，他不得不听从卿族们的要求。晋国就要没落了，我又岂能独存呢？

　　唉，祁氏也就走到今天了，羊舌氏也就走到今天了，这两个公室旧族也就结束了。没想到一切都要断送在我的手里。我乃是命运的终结者，也是最后的守护者。也许这是上天的旨意，我也只能遵从这旨意了。这让我想起了很早以前，我的祖母从来就不喜欢我。她不喜欢我，乃是由于不喜欢我的母亲。先父年轻的时候，喜欢上了申公巫臣和夏姬所生的女儿，因为她的母亲乃是绝代佳人，所以她也长得漂亮，先父就想娶她为妻。

　　可我的祖母不愿意，想让先父另娶她的宗族女人为妻。我的祖母乃是十分厉害的女人，她阻碍我的祖父纳妾，也常常管束我的祖父，家里的人们都十分畏惧她。先父就说，我的母亲很多，但她们因为你的缘故而不能很好地侍奉父亲，所以我的兄弟就很少。我听说，若是娶了外亲就不能多生育，而漂亮的女人生育力也旺盛，生下的孩子也漂亮。我就是想娶这个女人，让她给我生育很多儿子，让他们每一个都长得漂亮。他这样说，乃是看见了自己的父亲被一个专横跋扈的女人管束，而自己却不想重复这样的人生。他所喜爱的，为什么不能获得？

　　可是我的祖母严厉地说，申公巫臣的妻子夏姬乃是美人，这一点不错，所有的人都知道。可是美貌并不是一件好事情，她让三个丈

古灵魂

夫、一个国君和一个儿子都命丧黄泉，还让一个国家灭亡，让两个卿士逃亡异乡，难道这样的美貌值得羡慕么？你应该知道，美貌乃是不祥之物，因为美貌会引来争夺，争夺就会引来灾难。无论是男人还是女人，若是过分漂亮的，都是不祥之兆。因为漂亮必定会带来丑恶，若是娶了漂亮的女人，她将磨损人的心志，损坏人的德行，改变人的命运，就会带来祸患和不幸。

祖母又说，你难道不知道夏姬是怎样的人么？她是郑穆公少妃的女儿，上天将所有的美丽都加在了她的身上，就是要让她来败坏别人的事情。美丽和丑恶看起来是相对的，实际上它们乃是同一回事情。丑恶的一眼就可以看出来，而美丽却不被人怀疑，多少坏事和丑陋被美丽所掩盖。我长得不漂亮，但我能够看见美丽的背后隐藏的东西。你可以被美丽所迷惑，可是我不会。我会将美丽的外表剥去，让你看见里面的丑陋。

——让我给你讲一个故事，这个故事虽然古老，却能够惊醒那些沉睡的人们。它是惊雷和闪电，它会瞬间照亮你。你要仔细听。从前有一个美女，她有着姣好的容貌，头发乌黑而稠密，她的乌发就像乌鸦一样发出亮光，她的步态是轻盈的，就像每一刻都在飞。所以，人们将她称为玄妻。你就想想这个名字吧，她是多么迷人，可是越是迷人就越是让人蒙昧。这个漂亮的女人嫁给了后夔，又生下了伯封。可是这个儿子就像猪一样愚蠢，又贪得无厌，乖戾而粗暴，最后被后羿灭掉了，后夔也失去了祭祀。这样的儿子多了有什么用？有一个已经足够坏掉基业。

——太子申生被废黜，难道不是为美色所害么？他的父君娶了漂亮的女人，却将忠心于自己的太子废黜。你现在又想娶漂亮的女人了，你娶了她会得到什么呢？我听说，若是缺少德行的人娶了漂亮的女人，就必然会有祸患，而只有德行完备的人才可以娶美女为妻。你要想一想，你是一个德行完备的人么？你若不是，就不要有所贪婪。你要想过得平安，就不要娶这样的女人。

先父听了这样的话，就不敢娶这个漂亮的女人了。晋平公知道了这件事情，就说，天下的人都喜欢漂亮的女人，你却不敢娶漂亮的女人，哪有这样的事情？漂亮乃是美好的，没有人喜欢丑陋，也没有人拒绝美好。而且我听说，有才智的男人应该寻找美丽的女人，只有一个人的才智才和美丽相配。申公巫臣是有才智的人，只有他可以配得上夏姬的美貌。这样的绝世美人，会引起上天的关注，一个个死去的和逃亡的人，没有一个是有才智的，所以上天不让他们得逞。太傅叔向乃是才智出众的，只有夏姬的女儿才可以配得上他。

这样，我的父亲就如愿以偿地娶了自己心爱的女人。以后的故事就寻常了，她生下了一个儿子，就是我。我的祖母知道之后，就走到了堂前，却不肯进到里面看我一眼。她听到了我的啼哭，就和别人说，这是豺狼的嗥叫，只有豺狼才会有这样的哭声。豺狼一样的男人，就有着豺狼一样的欲望，这个人将毁掉我们的宗族，羊舌氏就要断送到他的手里了。因而，自从我降生，她从来就不看我一眼。

可是我长大之后就十分警觉，时刻提醒自己，不能有非分的贪欲。我不能成为祖母所说的豺狼。祖母说的仅仅是一个故事，可现在这故事却开始吞噬我，也吞噬这故事的讲述者。我的祖母担忧的，竟然就要出现了。我的祖母从前听见的，不仅是我的啼哭，而是来自遥远的地方的哭喊。也不仅是听见了我的哭声就像豺狼的哭声，而是我的哭声里夹杂着远处豺狼的嗥叫。她不仅讲述从前的故事，也在讲述将来的故事。她不知道这故事是多么可怕，她却要固执地讲述它。重要的是，她将我也放到了她的故事里。也许我就是因为这故事的缘故，从而在这故事中一点点沉没。

不过我现在才听见豺狼的嗥叫。这是祖母听见的哭声么？我现在已经听得真切，它在我的耳边不断回荡。就在这个时候，有一个更坏的消息传来，祁盈的族人十分愤怒，竟然将那两个家臣杀掉了。事情变得更为严重了。这虽然会让祁氏的族人感到痛快，但祁盈却要面临杀身之祸了。也许我也要面临同样的结果。因为我们两家现在是联系在一起的，我们将面对相同的命运。是啊，当初也许不是我的哭声，而是真的豺狼的哭声。我的哭声乃是对今天的预见，我的哭声里包含着这命运的不公。

卷五百三十八

魏舒

　　国君毕竟太年轻了，他还不能识破别人的诡计。荀砾在朝堂上状告祁盈，说他滥用私刑，将两个淫荡之徒囚禁起来。实际上祁盈惩罚自己的家臣，和别人有什么关系？我听说荀砾乃是接受了这两个人的贿赂，才为他们说话。或者这背后还藏着更大的诡计。可是国君不知道，他反而感到愤恨。国君所不知道的，就是自己已经十分虚弱，但还有旧公室的支撑，若是祁氏和羊舌氏被灭，那么他自己就一点儿力量都没有了。他本应看清荀砾的想法，可是他却似乎什么都不知道。

　　现在荀砾不是一个人，而是意味着他的强大的家族，还有和其他卿族的关系。每一个卿相都不想说出自己真实的想法，因为他们都想从中获得利益。实际上，他们早已不将国君放在心上了，国君仅仅是一个坐在高处的供奉物，但不是神灵，也不是不可触犯的圣物。他说话，只是顺应卿相们所说的话，人们需要让自己的话从国君的嘴里说出来。

　　荀砾说，滥用私刑乃是藐视国君，即使是自己家臣犯罪，也应该在朝堂上禀报，何况这两个人也没什么罪，要是这样也算有罪，那

古灵魂

么从前很多人都是有罪的。国君说，那么你们的意愿是什么呢？荀砾说，按照律法应该将祁胜和邬臧释放，而将滥用私刑的祁盈捉拿囚禁。国君的威严不容许别人损害，国家的律法也不能被肆意败坏。看起来这好像是祁盈的家事，但它将危害国家，若是每一个人都可以滥用私刑来惩罚别人，晋国岂不是要陷入混乱？

祁盈被囚禁起来了，这让祁盈的族人十分愤怒，就将祁胜和邬臧杀掉了。这让国君感到恼怒，就下令攻杀祁氏和羊舌氏。国君说，这是公然挑衅国君的权威，也是公然挑衅六卿的权威，这岂不是公然作乱么？这两个旧公族几乎没怎么抵抗就被攻灭了。祁盈和羊舌食我也被杀掉，他们的财产都被夺取，他们的族人也都四散而去，奔逃到了秦国和楚国。两个家族就这样灰飞烟灭了。

国君似乎醒悟过来了。他对我说，祁氏和羊舌氏都是武公的后代，他们世代都忠于国君，怎么会这样呢？叔向和祁奚都是有名的贤臣，为晋国建立过功勋，我这样做是不是正当的呢？我说，我听说，一个国君所说的就不要追回来，他所做的也不要后悔，不然他就要失去自己的威望。现在祁氏和羊舌氏已经被灭掉了，事情不可能重来一次，你现在只有做自己该做的事情了。

他说，我不知道该做什么，因为我乃是迷惘的。这几天我好像一直在梦中，我所做的事情也是梦中所做的。我在梦中听别人说话，又在梦中发布命令。可是我在真正的梦中，却看见自己在荒野上徘徊，每一棵树上都结着果子，可是我摘下来的时候，却发现自己的手里什么都没有。我已经分不清哪一个是真实，哪一个是虚幻。在一个梦中我乃是国君，而另一个梦中我乃是我自己。

我说，没有人能够分清哪一个是真正的梦。我们梦中所做的，在醒来之后只能接着做，因为梦中的事情总是做不完的。而有谁能知道，这醒来的时候不是另一场梦的开始？我们都在梦中，只不过是一个梦接着另一个梦。我们所做的每一件事情，不是为了分辨哪一个是梦中所做，而是确认梦中的事情更真实，因而梦中所做的事情就是醒来所做的事情。就拿祁盈来说吧，他何尝不是在梦中？他处罚了两个家臣，乃是在梦中所做。他的死也是在梦中，因为他不知道自己为什么死。梦中的事情就是只知道结果，而不知道原因。不过一个人知道结果已经足够了，原因是不重要的，它本来就应该被忘掉。

国君的双眼露出了迷蒙的神色，他说，可我想知道原因。我说，所有的原因都是梦中的原因，醒来的时候这些原因就消失了。所以你不需要知道，你知道的已经知道了，而不知道的，别人也不会知道。因为每一个人都有自己的原因，这原因是不一样的。即使你知道了一个原因，实际上还有更多的原因，而一个人不可能知道所有的原因。我也不知道，所以我也不能告诉你。我听说，沉入梦中的人并不希望醒来，因为他不知道醒来时的样子。一个人进入睡梦乃是他自己所需，而醒来则需要天意的安排。

国君若有所思地说，那么你准备怎样处置祁氏和羊舌氏的封地？我说，将它分给六卿，这是他们想要的东西。国君说，我知道原因了。我说，也许你知道了，也许你还不知道。你看见的仅仅是一个原因，但原因的背后还有原因。看起来，他们得到了土地，实际上他们不仅仅得到土地，因为他们已经有足够多的土地。国君说，没有不需要的土地，也不会有多余的土地。地上的土地就在那里，而心里的土地却是无穷尽的。重要的是，失去了土地就失去了一切，而得到了土地并不意味着得到一切。我说，是的，所以说，原因的背后还有原因，原因乃是不可追寻的。

卷五百三十九

赵鞅

　　这个冬天就像以往的冬天一样，寒冷，干燥，痛苦。我和荀寅率军来到了汝水之滨，在这里修筑城防。祁氏和羊舌氏已经被灭掉了，他们的土地已经分给了六个卿族。晋国似乎又变得平静下来了。荀寅对我说，祁氏和羊舌氏的灭门之祸，来自祁盈擅自动用私刑，这乃是因为民众不知道律法。若是民众知道律法，祁盈就不敢这样做，他也就不会招致祸患，他的土地也不会被瓜分。若要晋国能够得到长久的安宁，就需要让民众知道法度。过去我们对民众的教化乃是让民众知礼，从而知道羞耻，也知道什么是人的美德。可是现在人们都忘记了礼法。若是能够收集民间的铁，将律法文书铸造在鼎上，公之于众，岂不是很好的事情么？这样即使是尊贵的人也不敢违法，祁盈这样的事情就不会再发生了。

　　荀寅是荀吴的儿子，现在乃是六卿之一。他的话的背后，有着他的强大的中行氏家族。他不是一个人在说话。我疑惑地说，颁布刑法乃是国家的大事情，应该有魏舒的命令才可以施行。他说，这也是魏舒想要做的。要是魏舒的命令，那就要执行，还要说什么呢？何况这

古灵魂

也是一件好事情，当初郑国的子产已经这样做了。

子产对已经有的刑法予以增删修订，编定了三种刑法，并铸造刑鼎，将这刑法公之于世。这样就让民众知道了怎样做才不违背律法，也知道犯了什么罪该接受怎样的惩罚，即使是尊贵者也不能违背。但当初叔向对这样的法令颁布十分不满，说，从前先王议事制定法度，并不是为了用严厉的刑法来约束民众，若是这样做了，就可能引发民众相争。本来民众对律法怀有畏惧之心，若是他们都知道法令的具体内容，就不再顾忌尊贵者的权威。于是民众不是想着怎样锤炼自己的德义，而是想着怎样做坏事而不被制裁。若是这样下去，反而会让违法的事情越来越多，腐败和贿赂也越来越多，郑国也要因此而亡国了。

可是子产辩解说，我乃是为了拯救日益衰落的世事，过去需要让民众知礼，而现在需要让民众知法。若是民众不知法，他们就不知道什么是犯法。我们不仅需要分别人的尊卑，还需要清理地上的纹理。若是地上的纹理都看不见，又怎能看见天上的美德。而且，不仅要让民众知道法律，也让尊贵者对法律有所敬畏。若是尊贵者不敬畏法律，民众就会看见他们的样子，就会照着他们的样子来做。这样一个国家的民众就会不断做坏事，因为他们觉得尊贵者可以这样做，卑贱者为什么不能？这不是让一个国家灭亡么？

的确，子产说得不错。律法不应该被藏起来，而是应该让人知道，这样人们就知道这律法是什么，才会对律法有敬畏之心。一个国家重要的不是让人去做什么，而是让人知道不能做什么。郑国有很多商人，但他们必须通过行贿才可以安身立命。他们不知道犯法，却知道犯法之后怎样保全自己而不受到惩罚。这怎么行呢？尊贵者是否犯法，谁也不知道，因而尊贵者利用了别人不知道的秘密。律法是尺子，要用它裁量所有的人，这样就不会有人冒险而犯法了，坏事就会减少，美德自然就产生了。

就拿祁盈的事情来说吧。祁胜和邬臧所做的固然是丑事，但许多尊贵者也是这样做的，他们就不觉得自己的做法乃是犯法。既然别人这样做了，为什么我不能做呢？既然尊贵者可以做苟且的事情，那么我照着他的样子去做有什么不好？既然尊贵者不会因这样的事而得到惩罚，为什么我要受到惩罚呢？所以自己做了坏事都不知道所做的坏事，就会因受到惩罚而感到冤屈，就要贿赂荀砾而状告祁盈。若是将律法公之于众，那么即使尊贵者也要受到约束，一个国家就不会有奢靡之风，就不会让尊贵者做出坏榜样，民众也知道自己应该照着好榜样去做，先圣的德义就会得以弘扬。

现在郑国颁布法令的结果已经可以看见了，商人不用担忧自己的命运，只要不违反律法，就可以安心经商，尊贵者也忌惮法律的惩罚，就不敢胡作非为了。这样国家就有了良序，民众也能安居乐业，尊贵者也可以明确自己行使权力的界限，奢靡和违法之风也得以遏制。这有什么不好呢？我听从荀寅的想法，向民众征收铁货，并熔铸为铁锭，以铸造刑鼎，将当初士匄修订的刑法铸造在鼎上。这样，六卿就能相安，每一个人都能够守住自己的职责，民众也知道了自己的所做能不能符合法令。

可刑鼎还没有铸好，魏舒就下令停止，因为很多人都反对这样做。就是那个鲁国的孔丘，也坚决反对这样做。我没想到，这样一件

古灵魂

好事，竟然遭受激烈的非议。我知道，我这样做乃是剥夺了他们的权力，他们不能随心所欲和毫无忌惮了。比如说，孔丘的说法是，民众知道了律法，就只知道律法，就会忘掉了廉耻和仁爱，尊卑的界限就会失去，国家的秩序就没有了。他觉得这样做违背了礼法的旨意。而一个完美的制度是让民众既畏惧律法，又要忘记律法，这样他就可以追寻和向往先圣的美德。若是民众拥有了这样的美德，怎么还用得着刑法呢？他们不会犯法，也不会做违背仁德的事情。

据说，许多人认为，晋国就要衰亡了，因为我向民众颁布了律法，所以失去了真正的法度。晋国的先祖唐叔虞接受了天子的命令，法度是为了经营民众，让卿大夫守住应有的秩序，民众则以贤能来分辨尊贵，用能否守业来确定尊贵，无论是贵贱都可以遵守，这才是真正的法度。文公施行的是被庐之法，用蒐兵的方式教化民众，在排兵布阵和射杀禽兽中让民众知道礼仪，让民众从听誓、用命、进退有据和献禽中知道法度的威严和顺序，也知道长幼的区别和尊卑的等级。这样的礼才变得完整，才可以从中体会先王的法度和先圣的德义。只有让民众获得仁德的教化，才可以用民以战，才可以获得国家的强盛和霸权。

可是我将刑法铸造在鼎上，难道就不是宣扬先圣的德义么？先圣的德义既然出自人的内心，那么民众知道刑法不就是知道自己行为的边界么？知道了行为的边界，不就知道了自己不应该做什么？既然知道不应该做什么，那么应该做的，不也包含在其中了么？黄帝和尧舜时，教化民众所用的乃是忠诚，因为忠诚可以让人彼此信任，信任也就能带来相爱，相爱就会亲近，亲近就会和睦，和睦就会仁善，刑法也就失去了用处。

可是现在一切都变了，君王不是那时的君王，民众也不是那时的民众，习俗也不是那时的习俗。世道已经衰落，一切都在衰落。若是用那时的办法来治理民众，已经不可能了。我们为什么要做不可能的事情？律法的施行要随着世道的变化而变化，才可以有所作为。若是世道变了而律法不变，就会陷入困境，人世的秩序就会混乱，尊卑和秩序也就没有了，那么国君也不是国君，民众也不是民众，贤良的人怎么会出现呢？先要有一个贤良的世道，才会有贤良的人，人乃是随着世道的变化而变化的。若是要拥有一个贤良的世道，先要用律法和准则来约束民众。这就像驯化野兽一样，必须先将它关进笼子，然后用鞭子让它畏惧，然后它才听从驯兽者的命令。

我不管那么多了，即使是魏舒不让这样做，我也不能半途而废。生铁已经熔化，模范已经制备，士匄的刑法已经在这烈火中显现。这不就是士匄当初修法的意义么？既然已经有了律法，为什么不让人知道呢？子产能够做的，我为什么不能做？我来到了铸造大鼎的地方，冶铁师已经将烈火铸入了模范，律法在这烈火中渐渐凝定。现在我还看不见大鼎上的文字，但我知道这文字乃是需要在烈火里生成。我已经看见在那看不见的地方，文字在燃烧，它的光芒将照亮这个混乱的世道。文字就是秩序的典范，文字的秩序应该和世间的秩序对应。没有文字的秩序，又怎能有世间的秩序？

没有经过燃烧的文字不是真正的文字，因为这样的文字不会发出光辉。没有经过燃烧的律法也不是真正的律法，因为这样的律法还没有成为铁的律法。没有铁的律法就没有铁的秩序。人世间就像天上的星辰，看起来星罗棋布，但每一颗星都各自有着自己的位置。若是他们在每一个位置上发光，暗夜才不至于寂寞，黑暗里才让人看见希望。我敬畏律法，就是要让别人都能看见这律法，让所有的人都敬畏律法，并从中看见天上的星辰。

卷五百四十

蔡史墨

我听说赵鞅和荀寅铸造刑鼎，我不知道他们为什么要将刑法放到众人的眼前。从前先圣们都是在议政中解决纠纷，从来不将刑法让民众知道。民众应该有好的习俗，他们自然不会违背律法。一个人若是能够善待自己的亲人，也能善待自己所亲近的人。若是能够善待自己亲近的人，也能善待亲近的人的亲近者。若是能够善待自己的亲近者的亲近者，也能善待所有的人。若是能够善待所有的人，每一个人都和别人和睦相处，那么他还会做坏事么？若是每一个人都不做坏事，那么律法还有什么用？

律法不是放在别人眼前的东西，而是在人们的内心隐隐闪耀。它并不是为了让别人看见，而是为了让别人遵循。让别人遵循不是放在明处，而是让它在暗处保守自己的秘密。若是有了这样的秘密，别人就很难猜测它究竟是什么。只有那些被不断猜测的事物才会让人敬畏。若是每一个人都知道它，那么人们就会说，律法不过就是这个样子，我已经看见它了，从前我猜测它，现在我看见了它。这还能让人敬畏么？

古灵魂

一旦人们失去了对律法的敬畏，就会对尊贵者毫无忌惮，尊贵者也不再变得尊贵。尊贵和卑贱不能得以区分，就像太阳和星辰不能被区分，天穹就没有了秩序，夜与昼也不会交替，明与暗也就失去了意义，万物失去了法则，天下就要变得混乱。自古以来，不仅天地有着自己的秩序，时令也有自己的交替循环，命中各司其职，工匠打造兵车，冶炼者冶炼铜和铁，铁匠锻造兵刃，建屋者筑造住所和城池，农夫耕种田地，这样人间就不会缺少需要的东西，财富就不会匮乏，民众就能享受安乐，国家就可以兴盛。

先王议事不是凭藉律法，而是凭藉每一个人的智慧。若是将律法公之于众，就意味着让人们依据律法来谋取自己的利益，也让人利用律法的空缺来使用巧言。而使用巧言就会损害法度，法度也将被损害和蚕食，最后连律法本身也会被吞噬。这样天下就成为巧言之徒的天下，成为狡诈者的天下。人们不再尊敬有德行的圣人，而是尊敬那些失去美德的人。人们的心中也会只有利益，而没有仁善之心。

这绝不是一个美好的人世，因为人心已经被律法所毒害。鼎上的文字怎能替代人的内心？若是人们只是追求鼎上的文字，内心的文字就会消逝，先圣的德义就不会在人世显现。若是人们仅仅沉溺于文字，那么谁还追求内心的美德？若是人们被表面的文字所迷惑，那么还有什么理由追求美好的自己？若是每一个人都失去了自己，文字的呈现又有什么意义？文字的幻象替代了真实的美好，那么民众还要在世间敬畏什么？若是人们看见了神灵的样子，人们还会忌惮神灵的惩罚么？

当初先祖创立周朝，乃是以礼法来立天下。礼法不是为了确立天下的秩序，而是为了先在每一个人的内心分出人的等级，然后将这秩序呈现于人世。若是人们专注于文字中的律法，内心就会蔑视先祖的礼义。人们就不会追求自己的美好，而仅仅是追求怎样免于犯罪，这已经失去了内心的廉耻。美好的世界不应该是这样。我们的先祖不是不能让别人知道律法，而是预料到了有害的结果。真正好的人世，应该每一个人都是良善的，每一个人都知道自己应该做什么，到夜晚的时候不需要闭门，因为这不仅是世上不会有盗贼，而且是人们的内心已经忘记了盗贼。因为每一个人都不会贪图别人的东西，怎么会有盗贼呢？

因为民众自以为拥有了律法，每一件小事都不会礼让，人的贪欲之心就被激发，就会不断争讼，也因着不断的争讼而产生仇怨，仇怨就会显现为报复，报复就会增加暴力，整个天下就会因此而暴戾不安。还有许多罪人因为律法的欠缺而逃脱惩罚，而良善者就会失去自己本有的良善。没有哪一个律法是完备的，没有哪一部法典可以囊括一切。有限的文字不能表达无限的事情。若是人们总是在文字的空白处行事，那么我们又怎样能够约束人们的行为呢？人间的事情是无限的，到时候，人们看着鼎上的律法，内心却在想着，怎样才可以在这文字的空白处找到自己的利益？

我不喜欢赵鞅和荀寅的刑鼎，这乃是他们制造的不祥之物。它乃是用文字堆砌的兽容，它的脸上显露出了凶相，它的牙齿将要捕捉和吞噬将来，捕捉和吞噬现存的美好的事物。我喜欢赵鞅，他乃是一个诚实的人，可是他做的这件事情我却不喜欢。我就从晋都向他筑城的地方去，我要找到他，将我的想法告诉他。或者说，这不是我一个人的想法，而是很多人都有这样的想法。若是他能接受我的劝谏，那么他就应该将这刑鼎重新投入烈火中，变为农具和兵刃。无形的文字要比有形的文字更好，无形的和睦也比有形的亲近要好。因为有形的东西都有虚假的一面，只有无形的才是真实的。

我驱车来到了汝水之滨，我要拜见赵鞅，我想把我的想法告诉他。冬天就要熬到了尽头，冰雪还没有消融。寒风还是那么刺骨，但头上的太阳是温暖的。它将万道光芒撒在了地上。我的车辙从这光芒里碾过，似乎能够听见这光芒被压碎的声音。它的声音发出了吱吱吱的响动，无数的光线在我的车轮下断裂，变为了尘土。路上的残雪不断从我的前面闪过，它让地上的光更加耀眼。御夫的鞭子不断在半空摇晃，它威慑着前面的骏马，让它们知道驯顺和警戒。先王的律法难道不就是这鞭子么？

现在赵鞅将这鞭子抽了下去，尽管骏马可以跑得更快，但它并不是服气的，它仅仅是感到了抽打的疼痛，因而才奋起四蹄。但若是你不断抽打，那么它已经知道了鞭子的力量，也感到了鞭笞的痛苦，但它的内心却充满了反抗的欲望。它的驯顺就变为了表面的驯顺，只要它有抗拒的机会，驭者就会失去控制和驾驭的能力。先王们懂得这样的道理，所以他们并不以虐待民众为荣，而是自己做出榜样，让民众自觉地跟随他。因而民众不仅觉得先王们乃是他们的样子，也知道他们内心的追求乃是什么样子。

我远远就看见了已经筑好的城池。这里的冬天不像晋都那样寒冷，冬天仍然可以隐隐听见城内的打夯声。可是在冬天筑造的城邑会牢固么？我见到了赵鞅，也看见了那个刑鼎。大鼎是漂亮的，它已经摆放到了大殿上，前面供奉着贡品。它已经成为神灵一样的存在。可是这文字的神灵难道是真正的神灵么？这乃是人工铸造的虚假的神灵，却要让人崇敬和敬畏。许多人到那里观看，士匄修订的刑法在鼎上排列，代表着惩罚力量的凶兽露出了獠牙，被铁的坚硬的质地所凸显。

我已经看见了鼎上铸造的凶兽的严厉和狰狞，看见了它牙齿的锋利和面目的恐怖。我已经知道不可能改变赵鞅的决定了，他已经将这刑法的秘密泄露给了民众。即使现在将大鼎重新熔化，那文字也不可能随着火焰而消失，不可能让它重归于原本的幽暗。我对赵鞅说，你不仅铸造了刑鼎，也铸造了新的神灵，但这一切都是假象，你也知道它不是真的。可是民众却不会这样想。他们觉得自己找到了真的神灵，他们将崇仰这新神灵，他们将把自己的命运放在其中。

他说，是的，我就是要他们这样做，这完全符合我的本意。我要将他们心里原来的神灵移开，让他们有新的神。从前的神灵乃是为了让他们信奉和畏惧，我的神也是这样。不过这个神乃是用文字说话，从前的神却从不说话。从前他们相信的乃是沉默，而现在所相信的乃是它的语言。这样他们就可以相信一个说话的神，与其说遵从神的旨意，不如说他们先要理解这神的旨意。现在他们放心了，一切用不着猜测，他们知道神灵需要什么，也知道自己怎样做就不会受到神的惩罚。从前的畏惧来自神的沉默，现在的畏惧来自神的话语，他们因为相信这话语的真实，也就会更相信自己。

我说，真正的神应该在内心里，而不在外表的神的形貌。有形貌的就不是真正的神，因为谁也没有看见过神。这就是神的被敬畏的

古灵魂

力量所在。可是你的新神失去了这种力量，因为所有的人都已经看见了它的形貌。他说，不，有形貌的更容易被信奉，因为他们亲眼所见，他们先要相信自己的眼睛，然后才可以确认这乃是真实。这不是幻象，而是真实，因为每一个人都看见了。他们先是用眼睛看，然后就会将这所看见的转移到自己的内心，最后一切都成了他们内心的东西，万物的秩序也将永存于内心。

刑鼎已经摆放到了那里，它似乎已经不可移动了。它的重量就是铁的重量。我知道自己所说的话没什么用处，但我仍然要说出来，让别人知道我的想法。可是别人的想法归于别人，我的想法归于我自己。我没有力量把别人的想法移开，放入我的想法。我改变不了别人。我来到这里仅仅是亲眼看见了我不想看见的东西。是的，我不想看见它，但我似乎又渴望看见它。我既想知道自己，也想知道别人，可是这又有什么意义呢？也许我对自己不想看见的东西，有着更大的想要看见的愿望。

卷五百四十一

赵鞅

蔡史墨前来拜访，谈了他对铸刑鼎的看法，他不赞同我这样做。但是，无论多少人不赞同，我仍然这样做了。我不管别人怎么看，我执意这样做，而且他们所说的理由并不是真正的理由，而我的理由却是充分的。他们不知道变化，只知道死守从前的规矩。他们不知道用从前的尺子不能度量今日的事情。何况我所做的，乃是舍弃了不合时宜的表面的规矩，却留下了隐含于万物中的真正的规矩。

日月不会遮蔽自己的光辉，四季不会掩饰自己的变化，为什么我们要将律法掩藏在看不见的地方？世界每一天都在改变，即使是一天中，时光也在不断变化之中，为什么我们却不能随之变化？一个农夫尚且知道时令的重要，知道在什么时候播种，什么时候收获，我们为什么不能尊崇时光的变化，从而让一切变得更好？

不过我不得不承认，蔡史墨乃是一个博学而有智慧的人。他所说的并不是全无道理。但是，他的道理乃是他的道理，却不能用他的道理掩盖我的道理。一座大山的路不是一条，他所说的路不是我要走的路。他的路也许同样可以到达山顶，但我的路更好、更宽也更近。他

古灵魂

的路乃是从前的路，而我走的路乃是我自己寻找的结果。

他还对我说，颁布律法乃是国君的事情，你这样做岂不是僭越？你只是侍奉国君的卿相，却自己越过国君而做国君的事情，这岂不是背叛？若是国君命令你去做，你就是合乎礼法的，但国君没有给你命令，你却擅自去做，岂不是违背了礼法？无论是僭越还是背叛，难道是一个臣子应该做的事情么？你知道你所做的是犯罪么？你擅自铸造刑器，就颠倒了臣子与国君的位置，这怎么不是犯罪呢？

蔡史墨指责我，我并没有感到气愤，因为我仍然尊重他，因为他乃是有智慧的人。我只是想告诉他，智慧中也有不智，学问中也有愚蠢。有些智慧乃是表面上看起来是智慧，实际上却不是这样。比如说，一个木匠制作一个车轮，他做得太精巧了，车轮却并不会因他做得精巧而牢固，而牢固的不一定是精巧的。我要做的乃是牢固的车轮。我的车轮看起来并不是原来的车轮，却是牢固的车轮，它将经得起崎岖的路的验证。

我没有回答他的话。我只是问他，你是一个博学而有智慧的人，我想请教你一件事。鲁昭公被季孙意如赶出了鲁国，并在流亡中死在了乾侯。季孙氏驱逐了他的国君却得到了民众的信服，诸侯们也不认为他是有罪的，反而和他亲近。但他真的没有罪么？一个臣子不是侍奉他的国君，反而背叛了他的国君，这难道不是不忠么？难道不忠是合乎礼法的么？每当我想起这件事情，就感到十分迷惑。我不知道，这样的事情都发生了，人们却觉得季孙氏乃是无罪的，这是怎么回事呢？我感到十分迷惑。

蔡史墨说，万物的道在于变化，道就是一，一可以生二，可以有三，也可以有五，有的具有相匹配的辅助。所以天穹里有着日月星三辰，地上有金木水火土五行，身体有左右之分，各有对称和匹配。王有公的辅佐，诸侯有卿相的辅佐，各自都有自己的辅佐。上天让季孙氏辅佐鲁昭公已经很久了，鲁国的民众已经十分适应这样的状况，所以民众对他顺服，这不是十分自然么？鲁国的君主失去了权势，季孙氏世代都十分勤政，民众渐渐就忘记了自己的国君，这不是十分自然么？

——鲁昭公死在了异国他乡，没有得到别人的怜悯，乃是因为民众忘记了他，忘记了的事情就等于没有过这样的事情。我听说社稷从来没有永恒不变的祭祀者，君臣之间的位置也不是固定不变，自古以来不就是这样么？《诗》上说，高高的水岸可以变为深谷，深谷则可以变为丘陵。古代三王的后代早已经变为了庶民，而曾经是庶民的却可能成为王侯。《易经》上的大壮之卦，就可以说明这样的变化乃是符合道的运行。

——这个卦象上面是乾卦，下面是震卦。乾意味着天而震则是雷。天上不断雷霆震动，声势宏大而壮烈，阳气上升而盛大，万物生长而苗壮。这不是大壮的意思么？但是这大壮的背后却因为变化而生成，又要因变化而变化。若是主方变化就从乾卦演化为巽卦，主方就会因微妙的变化而衰落，公羊用自己的犄角去撞藩篱，它的犄角就会被缠住。极盛的状态就会因细微的原因而改变，就像盛开的花朵因为失去了花瓣上的露珠而枯萎。国君若是傲慢而贪图享乐，他将会失去自己的权势。

——从前鲁国的成季友，乃是鲁桓公的小儿子。文姜怀孕的时候

古灵魂

就让人占卜，占卜者告诉她，这个孩子生来就有好的名字，他会叫作友，将来要成为公室的辅佐。他出生之后，和占卜者所说的完全一样，他的掌纹就是一个"友"字，于是他就被命名为友。他长大后树立了功劳，就接受了赏赐，被拜为上卿，一直到他的几代都不断壮大家业，没有废弃从前的功业。鲁文公死后，后来的国君就失去了国政，季孙氏就掌管了国家大权。到了鲁昭公的时候，已经经历了四代国君，民众怎会不忘掉国君而牢牢记住鲁国执掌国政的季孙氏呢？因而，一个国君要时刻记住自己的名位，要谨慎守护自己的器物，不能凭藉别人而失去自己。

我说，你说得对。既然季孙氏能够代替国君来执政，民众也顺应他，听从他的命令，那么我为什么不能替国君来铸造刑鼎呢？既然他是无罪的，我又有什么罪？既然民众忘记了鲁国的国君，就可以认定一个代替国君来掌管国政的人，那么这个人岂不是僭越？又岂不是背叛？他既然不能被定罪，那么他就是无罪。那么我难道就因铸造刑鼎而有罪么？民众不知道这个国家的刑法，就会渐渐忘掉制定刑法的人，也会忘记了实施刑法的国君，这样岂不是让晋国成为鲁国的样子么？我铸造刑鼎，乃是为了让民众不仅知道自己，也不能忘记自己的国君，我这样做，难道不是忠么？既然我的做法体现了对国君的忠，又岂是对国君的背叛？我不过是将民众应该知道的事情，让他们知道而已，这样他们就能从这刑鼎上看见国君的形象，这难道不应该么？

蔡史墨一时语塞了，他的神色变得黯然，他的目光从我的脸上移开了。他想了想说，晋国在文公之前一直恪守祖先的法度，卿大夫也都能遵守等级和次序，所以民众能够信服尊贵者，尊贵者也能保守自己先祖的基业，贵贱的差别也不会出现混乱。文公设置了掌管职次的官职，在被庐制定了法令，因而国家就变得强盛，晋国就成为诸侯的盟主。而你铸造了刑鼎，民众看到了刑法，尊贵者还可以保持自己的尊贵么？国家的秩序还能保持么？这乃是亡国之道，你公布的不是律法，而是让你成了律法的罪人。

我说，不，刑法还是原来的刑法，我只是让民众知道这刑法。难道国家制定刑法不就是为了让民众知道么？我不过是让民众知道尊卑的界限，因为这尊卑的界限都在这律法之中。也让民众知道秩序的意义，因为这秩序的意义也都在这律法之中。律法的正义在于让弱者免于侵害，因而这律法先要让弱者自己知道。而在任何地方，民众都是弱者。所以既要让他们知道自己的权利，也要让他们知道怎样守护自己的权利。或者说，上天有上天的律法，人间有人间的律法。上天的律法乃是用日月星辰来铸造，用雷电雨云来铸造，这乃是上天的文字。人间的律法也应该铸造在鼎上，这不过是效法上天而已。我这样做，乃是奉行天道，难道奉行和顺应天道有什么不好么？

黄昏的鼎在残阳中放射着自己的光辉。这是来自黄昏的光辉，来自残阳的光辉。它上面的文字深深地嵌入了铁的表面。铁是坚硬的，但嵌入它的文字更加坚硬。即使这铁会锈蚀，但文字不会锈蚀。它来自烈火和泥沙所做的范，来自遥远的召唤，也来自我的内心的呼喊。它不仅有着完美的外形，也有着瑞兽的守护和神灵的庇佑。这些优美的文字不仅在这黄昏的鼎上，也在这散发着暗夜气息的黄昏里。

是的，这黄昏本身就值得思考。黄昏不是一天的结束，而是另一天的开始。另一天不是从黎明出发，而是在黄昏里行走。黄昏不属于我一个人，它属于所有的人，属于晋国的今天和昨天，但现在却属于我。我和黄昏一起走在旷野里，我的脚步乃是沉重的，每一步都发出笨重的声响。草叶在我的脚下轻轻响，西方的红云四处飞散，就像一条巨大的鱼身上的鳞片，追逐着万顷波涛。我看着落日在沉没的最后时刻的挣扎，也看见暗淡的星辰从这余晖中出现。一会儿天就要黑了，我的视线中原本清晰的东西变得模糊，而云的边界和山峦的边界都异常清晰了。明天将是一个怎样的明天？它将从我的脚下开始，度过一个漫漫长夜。

卷五百四十二

魏舒

天下就要大乱了，不仅诸侯各国乱象丛生，连天子的王室也不断生乱。晋国从来都与周王室密切相连，先君们多次勤王，让周王室获得稳定。这乃是天下稳定的要务。王子们不断争宠夺嫡，众臣在废立之间不断选择，看起来一切在风雨飘摇之中。先是卿士单旗和刘卷违背了先王的遗诏，将顾命大臣宾孟杀死，尹文公、甘平公和召庄公一起攻打单旗和刘卷。周悼王命令平息叛乱，但是刘卷所率领的天子的大军很快就被击溃。周悼王逃出了王都，向晋国求救，先王的庶子王子朝被众臣拥立为王。

为了平息王子朝之乱，晋军越过大河直逼王都，王子朝只好带着众臣迁居于王都以西的京城。但不久周悼王竟然惊惧而死，单旗和刘卷就将周悼王的弟弟王子匄扶立为新王。这就是周敬王。晋军撤走之后，王子朝的军队又卷土重来，击败了周敬王的大军，于是周敬王逃到了狄泉。这样就有了两个天子，两个王室并立而对峙，在几年之间不断攻伐，王室失去了安宁。若是失去了王室，天下就失去了太阳。现在这太阳被乌云遮住了，地上的一切变得昏暗了。

古灵魂

周敬王派人前来请兵，希望晋国能够消弭乱局。我派遣荀砾率兵入周，攻破了王子朝的城邑，他只好逃到了楚国。秋天的时候，周敬王派人来到晋国，希望能帮助筑牢王都成周的城墙。天子说，天神给周朝降下了灾难，让我的兄弟的心混乱而生变，这乃是周朝的忧患。即使是我所亲近的几个国家都得不到安宁，十多年过去了，诸侯派兵来戍守也过去了五年。我的内心从来没有忘记自己头上的祸患，每一天都忧心忡忡地望着天下是否能够平安，就像农夫每一天都到地里巡视自己的庄稼，渴望着秋天的丰收。

——晋侯若是能施行恩德，重建文侯和文公的大业，缓和我的忧虑，获得文王和武王庇佑，筑牢诸侯盟主的基业，弘扬晋国的美名，那么我的愿望就可以实现了。从前的时候，周成王汇合诸侯的力量修筑成周，让成周成为天子的东都，并尊崇文治和先王的礼法，使得天下归心，万邦敦睦而诸侯安宁。

——现在，我追溯成王的德行，求取成王的福荫，想要筑牢成周的城池，让戍守的将士免于辛劳，诸侯都安于治国，民众免于征战，这该是多么好啊。若是能够这样，我就可以将乱臣和恶人放逐到远方。这都需要晋国的力量，现在王室只有凭藉晋国的力量才能够获得这样的好结果。我将这件事情托付给晋国，希望晋国能够考虑，这样就可以让我不至于招致民众的怨愤，一代代晋侯的不朽功业也将被铭记，先王也将用他们的灵魂酬答和庇佑你们。

天子的话是诚恳的，以天子的尊贵，他的语调中充满了恳求。士鞅对我说，天子这样说了，我们应该听从天子的命令。天子乃是居于天下的中心，那应该是最稳固的中心，它意味着人世间的枢机。这也是晋国履行自己天责的时候。已经多少年了，晋国没有行使自己盟主的权力，这乃是一次绝好的机会。若是成周足够牢固，就不惧怕被攻破，天子就是安宁的，天下也就获得了好的秩序。与其派大军在成周驻守，怎如筑好牢不可破的城池呢？

我说，没有攻不破的城池，也没有完全牢固的城池。既然人有能力建造，就有毁灭它的能力。增厚城墙固然重要，但不是最重要的。不过，天子已经下达了命令，我们就要遵从。若是筑好了城墙，天子的内心会觉得安稳，晋国也会觉得安稳，但并不是真正的安稳。晋国立国的使命就是藩屏京畿，这乃是先祖遗传的命令。晋国之所以能够以霸主的身份号令诸侯，乃是因为晋国与周王一脉相承，能够在天子遭遇危机的时候挺身而出。服从天子的命令也是服从先祖的命令，这命令不仅来自天子，也来自冥冥之中先祖的灵魂。

——天下已经不平静了，也从来没有平静过。不然我们的先祖为什么要四处征讨？既然天地之间也从来没有平静过，人间又怎能平静？若是没有漫长的喧嚣，人间将是一片死寂，那样的人间也不是人们渴望的人间。死寂的生活是没有意义的，但喧嚣的生活也是虚幻，我们就在这真实与虚幻之间挣扎。天上每一天都有云朵，有时也会乌云翻滚，也会有闪电和雷霆，因为天神也有自己震怒的时刻，也有自己感到厌倦的时刻。人间又怎会失去疾风暴雨呢？又怎会失去飞雪飘飘？又怎能没有凛冽的寒气？

——筑造城池不是为了别的，而是为了内心的安定。就像面对风雨的时刻，我们要修好自己的屋顶，就可以在雷电交加的夜晚进入梦乡。可是面对飓风和山洪暴发，再坚固的房屋也无济于事。既然天子

古灵魂

已经说话，我们还需要等待么？将成周的城池筑牢，也可以让诸侯喘息，晋国也少了一点忧患。若是我们不做这样的事情，又让谁来做呢？

于是我就派人对天子说，天子的命令，我们岂敢不遵从？若是我们不听从天子的号令，又怎能恪守先祖的礼法？天子的命令就要向诸侯奔走相告，诸侯执行天子的命令乃是上天赋予的责任。至于成周怎样规划和筑造，我们都听从天子的安排。若是有一点不合乎天子的心意，就是我们没有尽到自己的忠诚。

冬天转眼就来了，我和卿相韩不信一起去狄泉会合诸侯。秋叶已经落尽了，沿途光秃秃的树枝站立在寒风里，就像无数赤裸的武士在呼喊。他们失去了夏天的铠甲，剩下了四肢和肌肉。他们似乎没有头颅，只有张开的肢体。树根突出在岩石之间，泉水在身边冻结，灰色的云覆盖了头顶，世间的一切都变得晦暗了。

卷五百四十三

彪傒

　　晋国的国卿魏舒和卿相韩不信到狄泉会合诸侯的大夫，与各国重温昔日的誓约，并命令诸侯增筑成周的城墙。又让士弥牟设计城池的模样，计算长度和高度，以及沟渠的深度，考察土方量，以及估算在筑城中所需的粮食，并为诸侯分配各自的劳役。我从卫国来到了这里，看着魏舒会合诸侯时的神态，他面南而坐，脸上微微散发着居高临下的骄傲和自信，他说话时的口气也是骄傲和自信的，语调沉着而有力，似乎他所说的话都不容置疑。

　　我对身边的人说，这个人要遭遇灾祸了，他逾越了自己的本分而颁布重大的命令，这乃是他所承担不了的。一个人不能承担却要承担，就要让这所承担的压垮自己。若是自己知道所承担的重量，他还可以放下。但他不知道，这就是灾祸的起因。一切灾祸都发端于几微之中，他看不见这精妙的几微。野草发芽的时候在地下，他只看见地面上的东西，却看不见地下的几微。

　　身边的人说，天子已经发布了命令，将这样重大的事情委托给了晋国，这有什么不对么？诸侯不是执行晋国的命令，而是执行天子的命令。天子虽然衰微，可是仍然是天子。我说，衰微了就是衰微了，那就意味着他应该衰微。天道以变化为常态，天下没有不变化的事物。若是不遵从和顺应变化，就要遭逢灾祸。《诗》说，对上天的愤怒要持恭敬的态度，不要有丝毫的轻慢。对上天的变化要持恭敬的态度，不要有丝毫的放纵。那么魏舒逾越了自己的本分而做重大的事情，岂不会招致上天的怒火？

我说，上天要毁坏的，就不要挽留，上天要兴起的，也不要阻挡。人们若是不能看见上天的旨意，而要固执己见，那么就必然要遭殃。周王室的衰亡将是必然的，若要挽救它的衰灭，就是与上天作对。这怎么可以呢？我曾对天子身边的单穆公说，试图振兴周王室的苌弘和刘文公都不得好死，天子增筑城墙的主意都来自这两个人。《诗》上说，上天要支持的，谁也不可毁坏，上天要毁坏的，谁也不能支持。除了上天，谁可以主宰天下大势呢？

这样的诗乃是武王翦灭了商朝的时候所作，人们将它作为王公宴饮时相配的歌乐，将它命名为《支》。它已经流传了多少代了，人们仍然喜欢它。因为其中含有深刻的道理，需要人们时刻牢记。王公们站在那里宴飨的礼仪叫作饫，这乃是弘扬人的节度，昭明人的礼制，悉知人的敬仰，显示神的恩义。它所匹配的乐曲不多，却必定要配备一支这样的歌乐。这就是为了让人不断有所戒惧，让民众时刻对自己有所警觉，这样才可以领悟上天的旨意。

可是现在苌弘和刘文公所要做的，却是要违背天意，试图支撑上天要让倒塌的，这怎么可能呢？这就像农夫要在冬天播种，或者要将种子撒在石头上，却要指望获得好收成。最愚蠢的农夫都知道这样做不行，因为它既违背了上天的节令，也违背了上天的定则。自从周幽王以来，周王就被剥夺了天子辨别人间是非的能力，让他不断被迷惑而毁弃了自己的德行，民众也远离了他，因而周王室已经失去了自己的仁德，早已遭到了毁弃。可是现在却妄想借助增修成周而恢复从前的荣耀，这怎么可能呢？它先是被自己毁弃，然后必定被上天毁弃，这样的灾祸已经降临很久了，谁又能予以挽救呢？

　　水火所造成的灾祸都不能予以挽救，怎能挽救上天所降的灾祸？我听说，行善就像登山，作恶就像土崩。登山是多么不易，而土崩则是一瞬间的事情。昔日孔甲让夏朝混乱，仅仅过了四代就被毁灭。玄王奋起振兴商族，则用了十四代的工夫才获得成功。帝甲让殷商混乱，七代之后就归于灭亡。后稷起而振兴周族，十五代之后才得以获得天下。但是周幽王乱政已过了十四代了，若能坚守文王和武王的基业已经是十分幸运了，怎么会在现在获得兴盛？若是有这样的想法，岂不是妄想？

　　周王室就像是高峻的山峦、弯曲的长河和包容万物的大泽，因而世代都会出现卓越的贤能者。但是周幽王已经将它毁坏了，让它成了童山秃岭、干涸的河道和荒芜的浅滩，又怎能产生拥有巨力的俊杰和贤能？这怎么可能呢？我从来没见过在浅滩中活跃着蛟龙，在枯水中游动着大鱼，也没见过光秃秃的石头上长满了大树。就是凶猛的虎兕也将绝迹，因为石头上没有它们可以食用的东西。

　　有人问，那么，他们之中谁的罪过更大？也许罪过更大的，受到的天惩也愈严厉，得到的结果也愈悲惨。我说，是的，他们都是有罪的，所有的罪都要受到惩罚，没有不被惩罚的罪。小的罪过要得到小

古灵魂

的惩罚，大的罪过要得到大的惩罚。上天不仅创造，也惩罚和毁灭。有的罪过我亲眼所见，有的罪过由别人所见，但他们受到的惩罚不仅要被看见，也要让罪人承受。从前的罪已经接受了惩罚，现在的罪等待惩罚，上天对罪人的惩罚乃是为了让人警惕，不要沦为罪人。

他们的罪过不在于大与小，而是在于他们违背了天意。他们都试图弥补上天要毁坏的东西。天道不会支持不可行的事情。他们都会遭遇来自几个方向的灾祸，违背上天的意旨，试图逆转常势，还要试图蛊惑别人。周王室要想免遭不幸就要处罚苌弘，刘文公也不会有好的结局。魏舒极力推行天子的主张，看起来是在尊奉天子的命令，实际上依然是逆天而行。上天将会给他降下灾难，这灾难也许就在不远处等待着他。若是丢弃寻常的法度而满足自己的欲望，必将带来灾祸，这灾祸要么自己承当，要么让子孙来承当。

但是我很快就看见了结果，筑城的事情并不是十分顺利。开始夯土的时候，宋国的大夫仲几就不愿意接受分派的工程。他对士弥牟说，滕国、薛国、郳国都是为宋国服役的，宋国就不应该再被摊派新的劳役。薛国的大夫宰臣说，宋国是无道的，从前让我们与周朝断绝关系，又让我们侍奉楚国，这岂不是背叛？可是因为薛国的弱小，只有服从宋国的安排。到了晋文公主持践土之盟后，我们才归顺了晋国，恢复了从前的职位。因为晋文公说，我们的盟国都要恢复原本的职位，现在我们怎能继续听从宋国的命令呢？

可是仲几还是坚持原来的说法，他说，即使是践土之盟，也是要让薛国服侍宋国的，你们难道不应该为宋国服役么？宰臣说，不，你颠倒了事实。薛国的始祖奚仲乃是居住于薛地，做了夏朝的车正，后来奚仲迁徙到了邳地，仲虺住在了薛地，而仲虺乃是汤王的左相。若是要恢复原本的职位，那么我们应该接受天子的官职，岂有为宋国服役的理由？难道一个天子的左相要去侍奉比他等级卑贱的人么？仲几反驳说，三代的事情已经过去很久了，而且那时的事情也有着各种不同，薛国怎能按照旧的法度来做事？为宋国服役就是你们的职责，你们怎能为了推辞自己的责任而强词夺理？

士弥牟说，晋国的执政者乃是新人，我需要查证一下你们的从前。宋国不妨先接受我的安排，以后再予以调整，怎么样？仲几对士弥牟说，宋国不能接受这样的差遣，即使你可以忘记从前的事情，那么山川上居住的鬼神也能忘记么？即使是山川上的鬼神忘记了，上天也会忘记么？你若是真的忘记了，那你就已经忘记了自己的先君文公。若是忘记了你的先君，还哪里可以谈论晋国的权威呢？

士弥牟愤怒了，他说，我不想再和你多说了，我所说的都是对你的命令。薛国以先祖来证明自己，宋国用鬼神证明自己，你的罪过已经超过可容忍的限度。用鬼神来说话，已经是莫大的欺骗，你竟然欺骗晋国，就是为了违抗天子的号令。他转身走了，将他们之间的争执告诉了卿相韩不信，说，我们给别人以宠信，却遭到了别人的侮辱，仲几的猖獗意味着晋国的威权已经失去。若是不对他予以惩处，那么其他诸侯都要推卸自己的责任了，以后也不会听从晋国的命令了。

仲几被晋国捕捉，带回晋国囚禁起来了。捉拿了仲几之后，其他诸侯的大夫们都不敢说话了。增筑城墙的进度很快，仅仅用了三旬的时间就完工了，诸侯们的戍卒和役夫都陆续归国。但在这中间，我已经看见了报应的开始。晋国的正卿魏舒在狄泉召集诸侯的大夫之后，就将筑城的事情委托给了韩不信，他就到大陆泽去狩猎了。本来应该他来主持的事情，却推诿给了别人，灾祸就要降临到他的头上了。本来不应该让他来做命令诸侯的事情，他却做了，这怎能合乎道义呢？重大的事情违背了道义，灾祸就必定要降临到他的头上了。

是啊，上天不会免除他的灾祸了。他到了大陆泽狩猎，又放火烧荒，归来的时候竟然猝死于中途。我听说，他死了之后，本应按照卿相的礼仪举办葬礼，可是士鞅不愿意这样做，将安放他的棺椁的柏木外棺撤除，这意味着降低了他的爵位，褫夺了他本应享有的等级和礼遇。因为他召集诸侯之后没有以礼复命，却私自前去狩猎，这怎么行呢？他生前的荣耀在死后被剥夺。他不仅违背了天意而被上天惩罚，还因为违背了人意在死后被惩罚。

我看见了他的报应，看见了天道的威力，也看见了上天对人的诫告。这诫告乃是无声的，却有着雷霆一样的震怒。成周的城墙固然变得坚固，但这坚固之中却深藏着虚弱。它其中充填的泥土是虚弱的，和茅草没有什么两样。它的高峻仅仅是别人眼中的高峻，但在我的眼里，它实际上已经是废墟。我乃是卫国的大夫，但我所看见的乃是天下的真相。一切都是暂时的，时间能够说出一切。

我离开成周的时候，似乎所有的事情都结束了。实际上这乃是真正的开始。每一天都是开始，但是开始乃是从遥远的时代开始的。每一天又是结束，但结束乃是从遥远的时代结束。我从这快速增筑的城墙看见了过去和现在，看见了开始和结束。每一天是从早晨开始的，可是每一天的夜晚难道就是结束么？因为满天的星光乃是明天的寓意，它的光明乃在于引出真正的光明。是的，周朝快要结束了，晋国快要结束了。我已经看见，诸侯们并不是真正地遵从天子，也不是真正遵从晋国，他们不过是用自己的羽毛暂时守护身下的蛋，他们不知道，这乃是一些不可孵化的蛋，一些被取走了内容的空空的蛋壳。

当然，卫国也将结束。没有不会结束的事情。周朝已经过去多少个世代，晋国也过去了多少个世代，卫国也过去了多少个世代，哪里还有不结束的道理？我从离去的诸侯的大夫们的背影里，看见了每一个诸侯离去的背影。也从魏舒死去的地方，看见了更多的人将死去。我知道，上天惩罚的，不仅仅是罪人，也有无辜者。然而，那些罪人却要带着一个个无辜者和他们一起离去，因为罪人和无辜者都坐在同一辆车上。他们将一起倾覆，一起滚下高峻的城墙，滚下高峻的山崖。

卷五百四十四

晋定公

　　我虽然即位成为晋国的国君，但我知道自己的君位乃是在六卿之间飘摇。我在别人的眼里是一个国君，坐在高高的地方，实际上我乃是坐在水上，在缓慢地下沉。先父已经让江山社稷坍塌了，我只有在这废墟上观望。是啊，我已经是一个旁观者，一个悠闲自在的旁观者。可是除了做一个旁观者，我还能做什么呢？

　　最后的老公族祁氏和羊舌氏已经被灭掉了，公室的枝叶已经落尽，我的树枝上只有积雪，只有光秃秃的严寒。他们的田产已经被分掉，我也失去了最后的支持，失去了本来属于我的财产。甚至已经没有财力来养士，没有财力来养军，甚至连我的战车也已经无人驾驭了。我的宫殿乃是空阔的宫殿，我的宫室里只有一些侍奉我的人。他们看我的眼神也不一样了，我甚至从每一个人的表情上看出了他们对我的藐视。他们只是表面上还尊敬我，但这也仅仅是空洞的、无意义的礼仪而已。

　　是的，礼仪只有符合人的真实的时候，它才是真实的。我的内心是郁闷的，因为我所获得的都是虚假的。我知道自己的真实，我知道镜子里的自己是什么样子。我所继承的不过是一个虚假的名声。华丽的虒祁宫中，虽然还有乐师在演奏，还有舞女在翩翩起舞，可是我只能对着美酒观看着虚假的场景。虽然飞云还在宫殿的顶上飞渡，可是它在天下的每一个屋顶上，每一个人都在观赏它。

晋国公室已经没有什么军队了，战车在风雨中渐渐变为了一堆腐朽的木头，它们已经成为虫子们的巢穴。卿族的私家军越来越壮大，晋国的强大已经是虚空。或者说，晋国的强大乃是卿族的强大，我仅仅是一个寄居者。我听着单调的音乐，感到终日无聊。在朝堂上，六卿们所议论的，都是他们要议论的。他们希望做什么，就告诉我该怎样说，那么我就照着他们所说的再说一遍。因为我的荣耀都归于他们，他们的荣耀似乎是借助于我的荣耀，但实际上我的荣耀来自他们的荣耀。我深知自己乃是暗淡的，就像树上的叶子，只有太阳明亮的时候，我才是明亮的。若是到了夜晚，我就失去了白日虚假的光亮。

我虽然还立在那里，但我已经是死去的树桩了。我的站立仅仅是证明我曾经活着。或者说，我的先祖和我都寄居于这个光秃秃的树桩上。这就是我栖身之地。我的头顶有着空空的蓝天，我的脚下有着哗哗作响的流水，我的影子倒映在其中，可是我已经不需要它们了。它们都不是为我而存在。流水只是浸润别的草木，它对于我来说，只有让我更快地腐烂。我的根须虽然还在地下的黑暗里，可是我不知道它究竟能够支撑我多久。是啊，我站立，我观望，我等待，我绝望。我在这无边的旷野上站立着，我的四周有着茂盛的草木，它们烘托着我，可是我却在无边的寂寞之中。

我已经看见鲁昭公的结果了。我要是和他一样缺乏自知，那么我也将客死异乡。不用说一个国君了，即使是周天子，还有什么尊严呢？他不得不求助于晋国，以召唤诸侯为他扩建成周，以便寻找自己更为安稳的生活。我已经看见，我的六卿们虽然共主朝堂，但显然他们已经不能和睦共事了。魏舒死了之后，原本要按照正卿的礼仪埋葬，但代政的士鞅认为魏舒不忠于王事而去狩猎，违背了先祖的礼法，便撤去了死者的外棺。这乃是降低了死者的等级，使其失去哀荣，是对死者的严厉惩罚。

楚国也在衰败，而它旁边的吴国却越来越强大。冬天的时候，吴国的大军在豫章击败了楚国的军队，攻克了楚国的巢邑，俘获了公子繁。这已经不是吴国第一次击败楚国了。又一个冬天，蔡昭侯配合吴国的军队又一次击败楚国，攻入了楚国的都城郢，楚王奔逃到了随国。他的大夫申包胥到秦国请兵，但秦国拒绝了他的请求。他就倚靠在宫墙上日夜哭泣，既不喝水，也不吃饭，整整七天过去了，他的行为感动了秦王，答应出师救助楚国。

一件小小的事情，可以改变事情的大势。我听说，以前蔡昭侯本来是亲附楚国的。蔡昭侯带着美玉和漂亮的皮衣前往楚国，将其中的一块美玉和一件皮衣献给了楚王。楚王十分高兴，穿好蔡昭侯献上的皮衣，佩戴好玉佩，就在自己的宫室设宴招待蔡昭侯。这时候，楚国的令尹子常看见蔡昭侯也穿着同样一件皮衣和佩戴着同样一块玉佩，就向他索取，遭到了蔡昭侯的拒绝。

这让令尹子常十分愤怒，他立即将蔡昭侯囚禁起来，一下子就扣留了三年。同样的事情又发生了，唐国的国君到楚国拜会楚王，有两匹肃爽骏马，令尹子常就向他要，唐侯予以拒绝，这同样让令尹子常很不高兴，也要将唐侯囚禁三年。唐国就有人商议说，请求让人替换跟随唐侯的人。这个代替者让唐侯的跟随者饮酒，趁机将两匹肃爽马偷走献给了楚国的令尹子常，这才解除了唐侯的囚禁，并送他回到了自己的唐国。

偷马的人自己戴着枷锁来到了唐国的司法者那里，对他说，国君因为不愿意献出自己的马而失去了自由，也因此丢弃了国家和众臣。我不过是为了国君和我的国家，偷走了国君的良马，我愿意前去养马，找到比从前更好的马匹，以便赔偿国君的损失。唐侯对他说，这乃是我自己侮辱了自己，因而我不能因为自己的羞辱而再让你得到羞辱。唐侯不仅没有处罚那个偷马的人，还用厚礼奖赏了他。

蔡国听说了这件事，就请求蔡昭侯将玉佩和皮衣献给令尹子常。令尹子常说，蔡昭侯乃是被我挽留在楚国，他想和我告别，但却没有留下饯别的礼物，这违背了先祖的礼法。一个人见面需要有礼物，告别也需要礼物。现在你们决定要将礼物献出，那么我可以释放他。但是你们若不这样做，作为蔡国的大臣就是犯罪，那么我将处死你们。只有这样，才可以算得上忠。现在你们这样做了，就可视作尽到了自己该尽的责任。

蔡昭侯就这样被释放了，却受到了难以忍受的屈辱。他在到达汉水边上的时候，将自己佩戴的一块玉投入滚滚河水。他说，我要是再渡过汉水往南行，那么我就要真的犯罪了。从前我不曾犯罪，却遭到了惩罚。以后我不会犯罪了，也将不再遭受这羞辱，让大河做证吧。他的玉佩从他的手中抛起，一道闪光的弧线，落入了河水。河水轻轻地一响，溅起了小小的水花，这乃是上天对他的回应。

他回去之后，就带着他的儿子来到晋国，让他的儿子作为人质，请求晋国攻打楚国。但是晋国的卿相们并不愿意这样做。冬天的时候，蔡昭侯联合唐侯和吴王阖庐发兵讨伐楚国。他们将船停在了淮河岸边，从豫章起身挺进，与楚军在汉水两岸对峙。楚军原想先派遣士卒去毁掉吴国的战船，但没有成功。因为楚国的战车是用皮革蒙制的，而吴国、唐国和蔡国的战车乃是用木头制造，这里天雨迷蒙，若是持久交战，楚军的战车将会解体。所以楚国的令尹子常试图速战速决，但与联军交手之后，三次都失败了。

令尹子常想着逃走，但楚国的史皇对他说，你在平安中争夺权力，而国家遭遇祸患的时候却要逃走，这难道是你应该做的么？你要逃到哪里去？你又能够逃到哪里？你已经无处可逃，只有击败对手，你的罪过才可以免除。你因为自己的贪婪而让你的对手愤恨，你因为争夺而让民众对你充满了仇怨。你又能逃到哪里去？你若是躲避，从前就应该躲避。你先躲避自己的欲望，才可以躲避祸患，你先要躲避自己，才可以躲避别人。现在你又能逃到哪里？你面对的都是刀枪，你的前面都是深渊，你的后面也是深渊，你又能逃到哪里去？

已经是深冬季节，楚军和吴、唐、蔡联军在柏举一带展开军阵。吴王阖庐的弟弟夫槩王请求发起攻击，说，楚国的令尹子常没有仁德，他的将士也缺乏死战的决心，若是能够先发制人，令先军先于敌方发起攻击，他们的士卒必定会奔逃，他们的军阵必定会溃散。然后几路大军跟进，必将获得全胜。但是吴王阖庐没有答应这样的请求。也许他在犹豫，他觉得这一次交战乃是关键，结果难以预料，胜败都悬于一线。

夫槩王对自己身边的人说，我听说，做大臣的只要合乎道义的就可以去做，为什么必须等待君王的命令呢？这样的言辞说的就是我吧。现在我拼死一搏，就可以攻打郢都了。上天给予我的机会可能就像闪电一样迅即消失，我要抓住这闪电，让雷霆在我的手上轰响。我要抓住上天的一闪念，让我的一闪念和上天的一闪念合为一体。这乃是灵光的迸射，乃是先祖的召唤，我为什么不能听从上天的命令和先祖的召唤呢？

于是夫槩王率领自己的五千将士，抢先攻击令尹子常所率领的楚军。楚军的将士四处奔逃，一下子就溃散了。天上的乌云被强风扫开，天空变得干净。令尹子常也随之奔逃，逃到了郑国。一个贪婪的人总是惜命的，因为他的贪婪来自自己的本性，若是失去了性命，贪婪也失去了源泉。他要爱惜自己的贪婪，就要爱惜自己的性命。因而一个贪婪者怎能谈得上忠呢？又怎样谈得上仁呢？他不仅毁坏了自己，也毁坏了楚国。

劝谏令尹子常的史皇带着子常的战车战死了。他所说的话，令尹子常似乎听从了，却没有真正地听从，还是在最后逃走了。但劝谏者却听从了劝谏者自己的话，在逃跑者遗留的战车上死于刀戟。这也是劝谏者的本性和结局。一个带着他的本性逃走了，另一个也带着他的本性死去。因为这本性里已经有了选择和结果。

楚军被夫槩王的军队不断追击，一直到了清发，吴军准备又一次发起攻击。夫槩王说，我们不能轻易发起进攻，这需要等待最好的时机。敌人已经绝望了，我们不能让他们彻底绝望，因为绝望者将放弃自己生的权利，他的勇气就会飞升而起。即使被围困的野兽还要做最后的挣扎，还要拼死搏斗，人难道不也是这样么？重要的是如何让敌人丧失勇气，而不是唤醒他们的勇气。若是让先渡河的楚军一上岸就可以逃脱，后面的士卒就会羡慕那些逃脱者。于是就会争先逃命，他们的斗志也就会丧失殆尽。所以要等到他们渡过一半的时候才发起攻击，这样我们就可以先将其击垮，再将其消灭。

于是吴军就照着夫槩王所说的去做，又一次击败楚军。楚军已经成为惊弓之鸟，甚至都不能吃完一顿饭。因为他们刚刚造好饭的时候，吴军就赶到了，楚军再次奔逃。吴军吃完楚军所造的饭，又继续追击。经过了几次交战之后，吴军抵达了楚国的郢都。可怜的楚王只好带着自己的妹妹逃出郢都，徒步跋涉，惊慌失措地渡过了睢水。面对尾随的追兵，楚王让跟随自己的鍼尹固点燃了大象尾巴上捆绑的火炬，让大象冲入追击的敌阵。

象群带着自己的火炬，就像无数巨魔，让吴军四散。这样，楚王和鍼尹固乘船过河，摆脱了追击者。可以想见，那么多大象以庞大的躯体，踩碎了一辆辆战车，那是多么令人惊悸啊。这大象意味着勇猛、力量、所向披靡，也意味着痛苦、绝望和最后的挣扎。它们的尾巴上冒着火焰，也冒着浓烟，这火焰和浓烟乃是从绝望中奔腾。它穿过了阔野和溪水，踏碎了枯草和树丛，以及飘零的枯叶，带着疼痛和悲愤，奔往不知之处。

接着吴军攻陷了郢都，楚王的宫室成为别人的宫室，夫槩王住进了令尹府，令尹子常的府宅住入了陌生人，一切豪华和美梦都归于别人。这个故事是别人讲给我的，但我觉得这不是别人的故事，而是关于我自己的故事。只是我还在自己的宫室之中。我也是逃亡者。只是我在自己的宫室中逃亡。他们的结局虽然还不是我的结局，但我似乎看见了自己的结局。我在镜子里照见的自己，也许就是别人，而在别人的镜子中，也许映照着我的面容。在这里，别人就是我，别人逃脱了，我又在哪里呢？

卷五百四十五

士鞅

魏舒死后，我接替他来掌管国政。实际上，我的命令也不是那么有效，总有人不愿意听从。卿族们各自都有自己的军队，每一个卿相都有着自己的主张。我也只不过是一个坐在正卿位置上的人，我的权力并没有想象的那么大。我撤掉了魏舒棺椁上的外棺，就是为了让别人知道我的权威。我的理由是充足的——魏舒竟然放弃了自己的职责，也没有回来向国君复命，就擅自出去狩猎，这怎么能行呢？他违背了先祖的法度，应该受到惩罚。

我这样做，乃是为了告诉所有的人，先祖的法度不能因为自己的权势而违背。违背这法度就是违背天道，违背天道就要受到惩处。一个人是这样，一个国家也是这样。在细小的事情上可以看见大的事情的结果。你看看楚王吧，楚国曾经称雄南方，依仗自己的地大物博和物产丰茂而不顾忌先祖的法度，四处侵扰邻邦和欺辱诸侯，怎能不受到惩罚？蔡侯不愿意奉献自己的美玉和皮衣，就要将蔡侯扣押起来，唐侯不愿意奉献自己的良马，也要将他扣押起来，四周的人们都受到了侮辱，上天怎会看不见？既然可以这样欺辱诸侯，又怎能不欺辱自己的民众？

他们的欲望已经难以填满，他们不仅要拥有自己的东西，也要拥有别人的好东西。他们要剥夺别人拥有美好事物的权利，这是多么可怕。他们若是不能拥有，就要强取。因为他们已经被自己的力量所迷惑，以为自己的力量可以拿走一切。但他们不知道，所有的人都会远离，并对他们充满仇怨。他们将失去跟随者，也就要失去自己了。因为他们忘记了，他们之所以能够拥有力量，乃是跟随者给予的。当跟随者远离的时候，他们的力量也就没有了，一个失去力量的人将会被毁灭。

结果可以预料。楚王的大军不论多么强大，还是被吴国击败了，他的郢都被攻陷，他一路奔逃。先是带着他的妹妹季芈到了云梦泽。但楚王即使是睡觉也不能安稳。一天夜晚，他已经进入了梦乡，突然强盗袭击了他。一杆长戈伸了过来，和他一起的王孙敏捷地挡住了长戈，但这毒蛇般的戈已经刺入了王孙的肩膀。他感到了这里的危险无处不在，就惊慌地逃到了郧地。但这里同样埋伏着杀机。

据说，获知楚王来到郧地之后，郧公的弟弟要杀掉楚王，说，他的父亲楚平王杀掉了我的父亲，我难道不应该杀掉他么？楚平王已经死了，但我现在有机会杀掉他的儿子，这难道不是天意么？我朝思夜想要复仇，现在终于等到了时机。我复仇的怒火已经燃烧很久了，若是不在现在复仇，我的火焰就要熄灭了。我害怕自己的怒火熄灭，因而我要在这样的时刻杀掉他，这样我也可以在灰烬里安睡了。

郧公说，国君讨伐臣子，谁又敢于仇恨？又怎敢于复仇？国君的命令乃是上天的意旨，若是一个人死于天意，那么你又能仇恨谁？国

古灵魂

君不是他自己，他乃是上天的托付者。他要做的就是上天要做的，你难道要仇恨上天么？若是你仇恨上天，你又要到哪里去寻找仇敌？《诗》上说，软的东西不要吞下，硬的东西也不要吐掉，既不要欺辱鳏寡，也不必畏惧强暴。天下只有仁爱者才可以做到这样。不是每一个人都可以成为仁爱者，但应该向往仁爱者。若是一个人的内心抛弃这样的向往，那么他的内心就会滋生丑恶。当他无视这样的丑恶，他的内心就会长满毒草，他就已经是一个丑恶者。难道你要做一个丑恶者？

他的弟弟说，不，我不是要做一个丑恶者，而是要做一个复仇者。复仇者也是仁爱者。因为他所爱的乃是被仇敌杀戮的人，我爱我的父亲，然而他被仇敌杀死了。不论上天给了谁以权力，但复仇者有着复仇的权力。我不能追寻上天的仇恨，但我知道这仇恨乃是发生于人间。我不能对上天复仇，但我可以在人间找到那个仇敌。现在仇敌已经来到了我的面前，我难道要退缩么？那样我还怎样称为一个仁爱者？

郧公说，可是，你要知道楚王乃是因为吴国的攻打失去了自己的郢都，他是奔逃到这里来的。若是你到郢都杀掉他的父亲，我还能说什么呢？可是你没有杀掉他的父亲，他的父亲已经死了，你失去了复仇的箭靶。你的箭只能射向空空的天穹，那里什么也没有，只有空洞的蓝。所以你曾经有过复仇的机会，但现在没有了。因为现在的楚王是一个落难者，他不仅是他父亲的儿子，他还是他自己，他和他的父亲不是同一个人。

——我听说，逃避强暴是可耻的，欺凌弱小也是可耻的。你逃避了强暴，却要欺凌弱小，这不是可耻的么？乘人之危而复仇，这怎能算得上仁？灭亡自己的宗族和废弃对先祖的祭祀，这怎能算得上孝？你若杀掉了楚王，就要成为上天的罪人，就要受到报应和惩罚，你难道不害怕？你要面对的，可能就是削掉自己的宗族和废弃对羲族的祭祀，这能算得上孝么？你的行为没有正当的理由，这又怎能算得上智？你失去了仁和孝，又失去了智，你又怎能声称自己是一个仁爱者？你甚至不是一个复仇者，因为你不是在复仇，而是在行恶。若是你一定要这样做，那么我先要杀死你，因为我杀死一个行恶者，乃是正当的。

就这样，郧公的弟弟放弃了复仇的意愿。但他说，是的，我也许会放弃这复仇的机会，但是别人也要代替我去复仇。我只能放弃自己的意愿，却不能放弃别人的意愿。所以他逃到郧地是一个错误的选择。我不能忘记自己的仇恨，别人也不能忘记。我能够将这仇恨埋藏起来，但是我的仇恨归于我的仇恨，别人的仇恨归于别人。我可以阻挡自己，可是我不能阻挡别人，就像当初别人也不能阻挡楚平王杀掉我的父亲。

于是郧公就和他的弟弟一起护送楚王逃亡到了随国。但是吴国人对楚王紧追不舍，吴王阖庐派人前往随国，对随国的国君说，周朝的子孙分封在汉水一带的，都已经被楚国灭绝。这样的结果，不仅先祖们都不会饶恕他，上天也看不过去了，楚国现在不灭，还要等到什么时候？上天对楚国的惩罚，你视而不见，将楚王藏在了你的国家，那么上天将连同你一起惩罚。楚国灭掉了那么多周朝的封国，周朝有什么罪？

——你若是还知道报答周朝的恩德，就应该顺应天意。我想上天不会不给你酬答。不知道你是不是想得到这样的恩惠？这乃是上天给你的机会。你要真的能够这样做，那么汉水北面的土地，就可以享有了。若是不能这样做，你的土地也将归于别人。我听说聪明的人应该有智慧，具有仁德的人能够顺应时势，也懂得秉承上天的旨意。机敏的人能够捕捉住时机，好的农夫可以预见风雨。我不知道你能够做什么样的人？

吴军已经来到了随国的边界上，已经离随国的都城不远了。吴王阖庐所说的话，就是他的大军的矛和戈所说的话。吉凶就在须臾之间。随国的国君就让人占卜，他想要交出楚王，但不知道是否有利。这时，面貌长得很像楚王的楚国大臣子期，就到了楚王那里，对楚王说，看来随国会将你交给吴国，我穿上你的衣裳，戴上你的冠冕，将我交给吴军，吴军以为我就是你，你就可以脱险了。于是子期穿戴好楚王的服饰，对随国的国君说，将我交给吴军吧，我看见你们已经害怕吴军，忘掉了楚国给你们的恩惠。

而占卜者告诉随国国君以占卜的结果，若是将楚王交给吴军，将对随国不吉利。随国的国君就说，好吧，我不会将你交给吴军的，我怎会忘记楚国的恩德呢？随国紧邻楚国，若不是楚国的保护，我的随国怎么可以完整呢？他又遣人辞谢了吴国的请求，说，随国是偏僻的，也是弱小的，幸亏紧邻楚国而得到了楚国的保护，才能得以全整。若是失去了楚国的保护，也许早已经被其它国家灭掉了，这样的恩德我们不会忘记。

——随国和楚国世代都盟誓，直到现在也不曾改变。现在楚国遇到了危难，而随国却抛弃了它，我们还怎样对民众和诸侯交代？我们还怎样来祭祀先祖？又怎样对先祖的灵魂说话？又怎能获得上天的庇佑？随国若是将楚王交给你们，那么你们又怎样相信我们的德行？我们并不是袒护楚王一个人，而是对他的国家感到担忧。吴国若能够安抚楚国的民众，展示吴国的仁德，我怎敢不听从你吴王的命令？若是楚国的民众抛弃了楚王，他即使住在随国又有什么妨碍呢？一个被他的民众抛弃的国君，已经受到了惩罚，吴国为什么还要追剿？

吴军听了这样的答复，就撤军了。楚王知道了事情的经过，就遣人觐见随国的国君，请求订立盟约。随国的国君说，我仅仅是为了保有自己的德行，因为我不能忘记楚国给我的恩惠。我听说，若是接受别人的恩惠，就要在适当的时候报答。多少年来我都没有等到一个好机会，现在上天给了我这样的机会，我怎能放弃呢？何况我怎敢在君王蒙受危难的时候谋取私利？若是那样，我岂不是用虚假的德行偷换了内心的德行？

楚王已经陷入了绝境，要不是他的贤臣申包胥前往秦国请兵，也许他就像鲁昭公一样将客死异乡。申包胥到了秦国之后，对秦哀公说，吴国乃是凶残的怪兽，就像丛林里的大猪和长蛇一样，不仅不断吞噬中原的小国，还不断侵扰和损害楚国。它的欲望是没有穷尽的。现在我的国家已经失陷，我的国君也逃到了杂草丛中，让我来向君王告难，希望你能够出兵相助，以恢复我的国家，让我的国君重回自己的宫室。

秦哀公说，多少代过去了，楚国不断吞噬其它国家，疆域已经足够辽阔了。你的君王只知道不断开辟疆土，却不知道安抚邻国，现在遭到邻国的攻打，也是在情理之中。楚国曾攻打过多少国家？时间不会无缘无故流逝，它乃是在不断报复中走到了今日。既然你们种下了杂草，我又怎能为你们铲除？你只是说现在的事情，要知道，现在的事情乃是由从前的事情开始的。从前不知道警觉，现在又能做什么呢？

申包胥说，从前的事情归于从前，现在的事情从现在开始。吴国人的本性你已经看见了，他们贪得无厌，从来不知道满足。若是纵容他们肆意妄为，他们会将一个个国家灭掉，很快就会成为秦国的邻国。那时候，受害的不是别人，而是秦国了。我听说，一个祸患乃是从细微的事情开始的，这也是楚国的教训。现在楚国面对的是灭国的危难，似乎还不能波及秦国，但是水中的波浪会涌到岸边，会将岸上的土冲刷掉。

——现在你已经看见了这祸患，为什么不去制止呢？野火就是从一根枯草开始的，若是借助风力，就不会蔓延到秦国么？到了那个时候，一切都来不及了。今日秦国若是出兵，还可以趁着吴军立足未稳，很快就将秦国的隐患扫除干净。你若是将吴军赶走，君王就可以平分楚国的土地了。若是你愿意，也可以从吴军手里夺过楚国的全部疆土，那么一切都会归于你。我想你不会这样做，因为你的仁德天下人都知道。若是楚国能够借助你的兵威扫除灾祸，并安抚楚国的民众，那该多么好啊。那样，楚国的民众都会感激你，楚国会世代侍奉你。

秦哀公说，我已经知道你的想法了，也知道了你的国君的处境。但我需要召集大臣们前来商议，然后才能答复你。现在你先去休息，等待我的回话。申包胥流着眼泪说，我的国君还在杂草丛中，没有什么安身之处，我怎敢自己去休息呢？我若是贪图自己的安逸，又怎会来到秦国来请求你呢？我若是抛弃了我的国君而自己独享解除疲倦之后的快乐，那么我又怎能做楚国的大夫呢？我的国家已经破碎，我的君王在流浪，我也只有在你的宫苑里倚墙而等待。若是不能在等待中得到好消息，那么我就在这等待中死去。我的生命已经寄住在你的好消息里，若是没有这消息，我的生命也无处可栖。

申包胥就在秦哀公的宫苑里倚墙而立，不停地哭泣。他的眼泪不断滴到了地上，将宫苑地上的砖都湿了一片。他的哭声越来越大，嗓子也嘶哑了。夜晚来临了，他仍然大哭不止。秦王的宫苑里充满了申包胥的痛哭声。他边哭边历数秦国和楚国先王们的友好，诉说着曾经发生的一个个故事。明月在天上高悬，照耀着他孤单的身影，他缩在宫墙的一角，他的暗影被宫墙更大的暗影盖住，即使巡夜的士卒从他的身边走过，若是没有听见哭声，也不会看见他。

他的哭声好像从宫墙里面传出，他好像被埋在了高峻的宫墙里。他的哭声是那么大，以至于整个秦都都能够听得见。冬天的夜风是那么冷，但因为这哭声，半夜醒来的人们觉得更加寒冷了。因为他的哭声穿透了人们的梦，让人在醒来之后还浑身发抖。他的哭声有时变得微小，但一会儿又大了起来。仿佛寒风在暗夜旋转，一会儿到了远处，一会儿又转了回来。天穹的星辰也是暗淡的，明月从天穹的一边到另一边，缓慢地移动，而他的哭声也追随着明月。这样的哭声不是发自他的喉咙，而是发自一个人的灵魂，不然谁有这么大的悲痛呢？谁又有这么大的力量一直从暗夜哭向黎明？

他一连哭了七天七夜。七天来不喝一口水，也不吃一口饭。眼泪流干了，他还在哭。秦哀公被这样的人感动了，他想不到天下还有这样忠君的贤臣。他将申包胥召到了朝堂上。申包胥被人搀扶着，来到了秦哀公面前，他红肿的眼睛里射出了一束亮光。他说，我不知道君王要告诉我什么消息？我在哭泣中等待，也许我的等待是无用的。我也深知哭泣是无用的，可是我忍不住自己的眼泪，也忍不住自己的痛苦。我也深知哭泣是软弱的，可是我忍不住自己的软弱，也忍不住自己的无力。

秦哀公当即赋《无衣》一首，他用低沉的声音吟诵——

谁说没有衣裳？我的衣裳和你一样，我们的衣裳就是战袍。
君王就要发兵了，已经磨砺了战戈和长矛。
我要和你一起走向敌人，我们有着同样的敌人。

谁说没有衣裳？我的衣裳和你一样，我们的衣裳就是战袍。
君王就要起兵，已经整理好了铠甲和兵刃。
我要和你一起面对敌人，我们有着共同的敌人。

他吟诵了这一首诗之后，申包胥九次向秦哀公叩头，然后才坐下。他说，我知道君王的想法，你的想法就是我的想法。你能够做出这样的决定，我的楚国可以得到挽救了。就像农夫在干旱中看见了涌来的云霓，猎人用完了自己的箭，凶兽扑向他的时候，别人射出了另一支箭。我不知道怎样感激你，我的君王不知道怎样感激你。我听说，大的恩德是不需要言辞来感谢的，我只有给你叩头来表达我内心的感动。

秦哀公说，我这样做，不是为了楚国，而是你对楚国的忠心感动了我。从上古以来很少有你这样的忠士了。秦国从来没有对一个贤良轻视过，也不会不听从他的良言。若是我怠慢忠良，那么我身边的忠良就会寒心，他们就不会亲近我。若是我不听从良言，我的耳边的良言就会越来越少。若是我不为你的忠诚感动，我还能为什么感动呢？你对我所说的，乃是泣血的话，我不能漠视你言辞中的血。你眼泪湿透了我宫苑里的地，我怎能无动于衷？寒风吹彻了我的宫墙，但你用自己的泪水点燃了我的心。现在我的心是燃烧的，我的火焰已经烧向了我们的敌人。一切都已经准备好了，我可以出兵去拯救你的君王了。

秦国出兵之后很快就击败了吴军，楚王重新回到了自己的都城。这样的故事也让我感动，像申包胥这样的贤臣还能到哪里去找呢？以一个人的真诚而解救了自己的国君，这样的贤良在晋国找不见了。我多么渴望自己的身边也有这样的贤良，可是我用自己的目光四处搜寻，我还没有看见这样的人。这乃是我听到的最好的故事，若是没有这样的故事，长夜将怎样度过？别人讲述给我听，我再讲给别人听。

重要的是，秦哀公被申包胥感动了，他能够听从忠良之言，他的身边将聚集更多的贤才，那么秦国将要兴盛了。能够珍惜贤良的君王就会有贤良在他的身边聚集，能够听从良言的君王，他的双耳就充满了良言。这样的君王怎能不让自己的国家兴旺呢？可是晋国的国君已经没有可依靠的人了，各个卿族都为自己的宗族谋利，已经不将国家的事情放在自己的心上了。国君的身边既没有贤臣，也没有良言，我不知道这个国家还能维持多久。楚国已经衰败了，晋国也在衰败之中。每一个故事中都有一面镜子，它不仅照见故事中的人和事，也能照见故事之外的人和事。

在这人世间，不断有各种故事发生，人们就可以讲述这故事了。我也在这故事之中。现在我掌管着晋国的国政，可我又能做什么呢？因为国君已经被排斥到故事之外，而我的故事却是别人的故事。晋国的卿族已经很难坐下来谈论事情了，每一个人都有自己的想法，而我的想法不能改变别人的想法。我多么希望自己能够像秦哀公那样，能够听见贤良者的言辞，也能够听见忠良者的哭声。可是我是寂寞的，我倾听到的都是万物的喧嚣，纷乱的喧嚣，我难以分辨这万物在述说着什么。无数的故事交织在一起，我不知道自己究竟属于哪一个故事，也不知道我的故事又从哪里开始和结束。

卷五百四十六

赵鞅

一个国家的存亡乃是天意，但这天意显现在它的国君和大臣身上。楚王虽然借助秦国的兵威而回到了故土，但他已经是落日余晖了。楚国的灭亡已经注定了，楚王只是在等待时间的判决。或者说，这一次被吴国攻破郢都，仅仅是一次灭亡前的预演。我们已经从中看见了它真正的末世了。

据说，楚国大夫斗且曾拜见令尹子常，两人在饮酒之间相谈甚欢。令尹子常问斗且，怎样才可以聚敛财富和搜集名马美玉？斗且说，古时候有才能的人积蓄财富不会妨害民众的衣食，寻找良马也不损害民众的财用。国家征收的马匹已经足够多了，足够满足征战的需求了。公卿们征收天下的良马也足够征战的需求了。他们都懂得不要超出限度，超出限度的东西是无用的，无用的东西积攒多少也仍然是无用的。

——既然是无用的，要那么多的名马和美玉做什么呢？要那么多的财富做什么呢？我听说，古代的贤臣不取用多余的东西。若是利用自己的权势获取多余的东西，就会激发人的贪婪之心，而贪婪是没有

古灵魂

穷尽的。贪婪就像看不见底的沟壑，用多少东西才可以填满？即使是林中的野兽，若是它吃饱了，也不会再捕猎其它野兽。若是它将所有的野兽都猎杀，它就不会再有食物了。

——公卿的财物足够馈赠和敬献就可以了，大夫家里的财物足够使用就可以了。若是超过了限度，民众的财物就会不足，他们就会产生叛逆和抗拒，那么国家立足的根基就会损坏，国君的宫殿也将动摇。那么自己所贪取的财物也不能保有，甚至自己的性命也将失去。这怎么能说是智呢？我听说，最大的智就是懂得节制，知道自己所行在什么地方停下来。一匹奔腾的骏马若是收不住自己的脚步，将会掉下悬崖。一头野猪若是收不住自己的脚步，就会撞到树上。一条大鱼若是在畅游中不知道节制，就会游到浅滩上，陷在污泥里。

令尹子常说，可是我看见越是富有的人，他的日子就过得越好。我也听说，一个人的财产总是不会嫌多。若是一个人有着足够多的财产，就能够养足够多的兵卒，有了足够多的兵卒，就能不断扩大自己的土地，有了足够大的土地，就可以立于不败。你所说的人，我没有看见，我看见的人都在想尽办法贪图财富。这人世间的事情，不是哪一个人能够决定，但他却可以决定自己。

——你可以看见晋国的君王，他的土地没有了，他的兵马也就没有了。他的土地一点点被六卿瓜分，他就只有坐在君位上说一些没用的话了。好在他还可以保有国君的礼仪，可以尽情享乐。也许以后他连享乐的日子也将失去。一个国君没有财产都不能立足，何况是我们呢？若是都贪图浮夸的虚名，那么周朝那么大的天下为什么会一点点失去？天子即使是在他的王都中也不能安宁，他只能陪伴着上古传流下来的九鼎，过着一天不如一天的日子，也许哪一天，他的九鼎也会被夺走。

斗且回到了家里，和他的弟弟说，楚国就要灭亡了，是的，若是楚国不灭亡就违背了天意。若是楚国真的还能存活，那么令尹子常就要灭亡了。他已经逃脱不了灾祸。我拜见他，他不问我治国的策略，却问我怎样聚敛财产。他所问的就是他内心的想法，他的欲望已经不可抑制，他的欲望就要将他烧成灰。他已经就像饥饿中的野兽，他在到处寻觅食物，已经不考虑危险了。一个从不考虑危险、也看不见危险的人，怎么能不灭亡呢？

——昔日的时候，楚国的君王若敖在邓国娶亲，生下了一个儿子叫作斗伯比。不过孩子出生之后不久，若敖就死了。斗伯比只好和他的母亲一直生活在邓国，而邓国的君主有一个女儿，和斗伯比年龄差不多，从小一起长大，两人竟然私自结合诞下一个男孩。邓国君主的夫人觉得女儿有违正统，就让心腹将这个婴孩抛弃到了草泽之中。这样的草泽，每到夏天的时候，盈满了水草，波光荡漾，烟云浩渺。而到了枯水季节就是另一番模样，草木稀疏，野兽出没。婴孩被遗弃到这样的地方，几乎不可能活下来。

——有一天，邓国国君到这个草泽之地狩猎，遇见一只猛虎正在为一个婴孩喂奶，这让他十分吃惊。回来之后就将这件奇异的事情告诉了夫人，夫人就将弃婴的真相告知了国君。国君知道之后立即驱车前往草泽，将那个被遗弃的外孙抱回来，给他取名为斗谷於菟，它在当地语言中是老虎喂奶的意思。将他的字叫作子文，意思是老虎的斑纹。

——这个孩子长大之后成为楚国的令尹，但他有着别人没有的贤德。他三次辞掉令尹的职位，家里一点儿积蓄都没有，甚至经常没有一天的用度。因为他体恤民众，不愿意聚敛财富。楚王知道了这件事情，就在斗子文每一次朝见的时候，送给他一束干肉和一筐干粮，直到他知道这乃是楚王送给令尹的礼物。楚王每一次要给斗子文增加俸禄的时候，他就要躲避，直到楚王停止给他俸禄的时候，他才重新上朝履行令尹的职责。

——有人问，人不就是为了富贵而活着么？可你却要逃避它，这究竟是为什么呢？斗子文回答说，掌管国政乃是为了庇护民众，若是民众没有财物，我却获得了富贵，这样的富贵有什么意义？若是民众十分穷苦，他们就会反叛，或者远离我，那么我又怎么可能活下去呢？我不是不贪图富贵，但和富贵比起来，一个人活着更重要。我所逃避的不是富贵，而是逃避死亡。我若是不逃避富贵，那么我就会贪图富贵，贪图富贵就会剥夺别人所有的，就会让别人充满了怨恨，那么别人也会剥夺我的性命。

——斗子文是多么明智啊。一个有权势的人获取富贵是多么容易，但要抵御富贵是多么难啊。所以在楚庄王灭掉了若敖氏之后，只有斗子文的后代存活下来了。他的后代现在还居住在邙地，一代又一代都是楚国的贤良。可现在的令尹子常，虽然居于高位，辅佐楚王，但他已经失去了自己的荣誉。民众在饥饿中徘徊，冬天在寒冷中发抖，日子一天比一天难熬，四方的边境筑满了堡垒，路上的饿殍随处可见，到处都有盗贼作乱，民众感到了无所依凭的无助和羸弱。已经到了这样危险的时候，令尹子常仍然不断聚敛，这样的人不是离灭亡不远了么？这样的国家不是离灭亡不远了么？

——这个人比楚成王和楚灵王怎样？若是他还不如楚成王和楚灵王，那么他怎会有好结果？楚成王临死的时候，想吃一个熊掌，但他连这样的愿望也不能被满足。因为他对楚穆王无礼，所以被逼自杀。楚灵王就不用说了，他从来不顾及民众的生死，最后民众都抛弃了他，就像行走者抛弃了自己的脚印。令尹子常的无礼和不顾及民众的生死愈演愈烈，已经超过了楚成王和楚灵王，他怎能躲过被抛弃的命运呢？楚国又怎能躲过被抛弃的命运呢？

斗且的话，说出了一个人应该怎样行走才不会跌倒。我也是一个行走者，我听见了这个故事，也听见了斗且的话。现在令尹子常的命运和楚国的命运都已经被众人看见，我也看见了。实际上，斗且所说的，不仅仅是一个人的德行，而是一个人和一个国家怎样才可以生存。我面临的同样是生存的困境。现在还看不见的事情，已经开始一点点显露。就像春天看起来是荒凉的，但无数种子已经在深土中萌发了。

一个人必须看见以后的路。现在的路就在眼前，每一个人都可以看见。但将来的路却在远方，你只能猜测，却不能看见。但你必须为自己设想和预备。若是你遇见了堵塞，那么你将退回到哪里？又在哪里能够安身？我想，自己必须有一个远离祸患的地方，一个可以躲避混乱的地方，一个可以预防不测的地方。我听说，一千张羊皮不如一只狐的裘腋，我岂不是在寻找一个有福分的宝地？现在西边的秦国早已经虎视眈眈，它的兴起已经让人担忧。而晋国的卿相已经开始了争夺，祁氏和羊舌氏的结局，我已经看见了。我必须寻找一个避祸的地方，我必须有这样一个地方。

古灵魂

卷五百四十七

董安于

　　我是赵鞅的家臣，我的主人命我和尹铎前往晋阳筑城。我来到了这个地方，这真是一个好地方。我几次向主人谏言，说，六卿已经不能和睦相处了，晋国的内乱就要开始了，你应该早做预备。现在主人听从了我的谏言，让我去筑城了。我乃是董狐的后代，我的先人董狐曾经秉笔直书，指责赵家的先人赵盾弑君的罪过，可是赵盾并没有杀掉我的先人，这可以看出赵家的仁恕。齐国的太史就没那么幸运了，兄弟三人因直书真史而接连被崔杼所杀。我们几代人都跟随赵家的后代，辅佐他们建功立业。我的先人忠于真实，是天下的良史，我则忠于我的主人。若是失去了忠，还怎么成为一个真正的人？

　　我的主人是有智慧的，他铸刑鼎而将律法公之于众，乃是为了保护自己。若是这律法一直成为深藏的秘密，民众就不知道对与错。这是对权势者的告诫，让他们要谨慎行事。若是他们肆无忌惮，那么民众就可以分辨出他们究竟在做什么，也知道他们是有罪的。这样民众就会远离这样的人，罪人就失去了支撑，他们的屋子就会倒塌。

　　这真是一个好地方，我十分佩服主人的眼光。这里四面环山，中间是低平的地带，西侧有一条河流穿越，而另一侧则有汹涌的汾水。北侧有着波光粼粼的大泽，到处都有芦苇、野蒿和荆条生长，树木繁盛，土地十分肥沃，是一处卓越的筑城之地。从近处的山上就可以获取石头，城墙加入芦苇和荆条就会更为坚固。一旦有人来攻打，还可以用荆条制作箭杆，这里的荆条是取之不尽的。

尹铎问我，主人在这样的地方筑城，是为了物产丰盛还是为了坚固防御？我说，为了提供物产，就不需要在这里筑城。即使没有城邑，物产也一样丰盛。现在，秦国就在西面，随时可以攻打晋国。各个卿族都有自己的封地，他们都在默默地壮大自己。晋国的混乱已经不远了。不能等到灾祸到来的时候才应对，那样一切都晚了。一个人在渴了的时候才想到掘井，那怎么行呢？

我和尹铎商量怎样建造一座牢不可破的城池。我坐在荒野上，想象着这座将要筑造的城邑。它应该足够宏伟和坚固，城周至少要四里长，要用青石来砌筑基础，夯土中要有荆条作为筋骨，墙基要一丈有余，不然就不可能支撑城墙的高度。城墙的高度也该在四丈以上，这样就可以居高临下，面对来犯的故军。要设置防守的城垛，士卒可以躲在后面射箭。城墙要修建得足够陡峭，攻城者就很难登上城头。

这将是一座美丽的城，它将拥有不能被损毁的美。我将按照周礼来建造它，但是要比我的主人的爵位应享的，更为高大宏伟，因为我的主人应该拥有一座与他的德行相匹配的大城。城中的街道也要用青石来铺筑，这样马车碾到上面的时候，就会发出轧轧的好声音，它是清脆的、类似于乐师的演奏。它不是沉闷的、让人心烦的，它也不是单调的，因为每一块石头都有自己的乐调。街道的两旁要有一些树木，但不能太多，若是太多了就容易被盗贼利用和用于隐藏。树木要均匀地排列，就像一个个站立的士卒，一动不动地遵守命令，整个城邑都在仪仗之中。这将是多么好啊，每一个人从街道上走过去，都会感到一座城邑的隆重礼仪。

我要将主人的宫室建在城邑的中央，有两条路可以通往宫城。城的四周各有一个城门，城门要用青铜铸造的龙来装饰。每一个门上都要有两条龙盘绕，它们的尾巴要拖到地上，而头要冲向天空。让行路的人们远远就可以看见这龙在飞跃，让他们感到这城中有着应该敬畏的人。这乃是神灵护佑的城。围绕着城的四周，要挖掘深深的壕沟，将不远处的河水引入其中，形成让敌人难以逾越的护城河。在城头的人们，眼前会波光闪闪，城墙的倒影在水中波动，它的幽暗让这河水变得更深。

这城中需要配备各种建筑，不仅要有主人的宫城，还要有主人的家庙以及能够储存足够多的粮食的粮库。这样，即使是面对敌军的围城，也能坚守足够多的日子。宫室的大殿里，要让它足够辉煌，必须采用铜的柱子，这样宫殿才可以足够坚牢。若是遇到了危难，还可以将这铜柱拆下来，熔化以铸造兵刃。

我坐在这荒野上，河水从我的身边流过。日头在缓缓西斜，它一点点进入了一团云中，地上的草木都暗淡下来，河里的波纹上失去了光芒。我的思绪突破了时间，飞越了群山，到达了无数飘动的灵魂里。我的先人董狐曾经用笔来书写历史，书写人世间发生的各种事情。我则用自己的想象来建造历史，建造着一座从来没有出现过的城。我的历史乃是用土和石头来书写，我要让内心的形象映照在这里，让它成为真实的事物。

我看着云头变化，它一会儿变为了一只猛虎的形象，一会儿又像一群野马在奔腾，它们似乎在遥远的地方召唤我，对我发出了一个个许诺。我的内心也翻腾着这样的云，我的天空里，它们肆无忌惮地畅游。我有着自己的光线，我从这云中穿越，又将我的想象照亮。是啊，我的城就在其中，它发出了无限的光辉。无论是它的城垛还是它的城门，都在这灿烂的白昼中熠熠生辉。

我要让我的主人走入自己的宫室的时候，看见四壁都是辉煌的。我要用飞龙装饰每一面墙，在铜柱上雕刻着各种花纹，而让各种瑞兽在其中徜徉。我已经从天空看见这些漂亮的花纹，从水波中看见了这些奇异的花草，也让我内心中的镜子映照着这些瑞兽。里面要有很多灯，它们的灯火要让各种异鸟用长喙衔着。你想吧，一只只异鸟在空中飞翔，它们衔着火苗，那该是多么令人陶醉。

殿堂里四处充满了灯火，它的光芒刺穿了黑暗。它营造了一个灿烂的星空。宫殿的飞檐就像飞鸟的翅膀，我要让一个个高高的基座将整座殿堂托举起来。人们必须踏着一级级石头台阶，才可以步入其中。他们每走一步，既需要抬头仰望，也需要看清脚下的路。若是他们不小心，将会被石头台阶绊倒。这难道不是为人之道么？

我还要在城中的街道两旁筑造各种作坊，这里将汇聚最好的工匠，他们鞣制车轮，制造结实耐用的战车。他们冶炼铜铁，铸造最好的剑。当然，要有储藏粮食的仓库，这仓库需要厚厚的土墙，即使在夏天最热的时候，也不会让其中的粮食发霉。它要建在高处，不能在大雨季节被雨水淹没。我还要将赵氏家族的宗庙建在宫城里，让赵氏的先人都能看见这城的高大宏伟和殿宇的奇异光彩。

我不知道在这荒野里坐了多久，夕阳已经挨住了山头，天边现出了飞扬的红霞。我身边的流水里盈满了一片红光，这红光变化着，随着水的流动，它们不断在波光中跳跃。几只水鸟就在对岸的河滩上，它们仰着长长的脖颈，似乎在向着天空祈祷。它们长长的腿，站立在那里，有的只用一条腿独立，似乎在炫耀自己的技巧。它们是那么平静而安宁，没有什么干扰它们的生活。它们似乎是寂寞的，可是，也许它们就像我一样，在这夕阳的光辉里回忆往事和对即将建成的城充满了幻想。

日头终于缓慢沉入了群山之后，几道红光从山峦上直射天穹。红云在山顶上徘徊，就像守望着群山里的大火。我听着身边的流水声，以及从远处徐徐而来的风声。四周的草木摇动起来了，仿佛我自己坐在一个摇晃的人世间。这时你会觉得，世界不是建立在土地上，而是建立在水上。一想起这样的事情，我的心就感到了悲凉。我不知道一座在水上筑造的城，会经得起怎样的摇撼？

夜风已经开始吹来了，它携带着黑暗，从远方归来。天地之间变得更大了，它更为辽阔无际。白昼的光将一切放在了一个有限的世界上，可是黑暗却给予一个无边的世界。黑夜比白天更为复杂和丰富，也更为辽远和忧伤。你的眼前，不仅是看得见的，更多的是看不见的。我所要筑造的城，也将被这黑暗淹没。它将在这样的暗夜，只剩下自己的轮廓，一片黑暗的影子。这影子将是模糊的，它的每一个精美的细节将被忽略，甚至里面居住的人，都将被黑暗淹没掉。

我突然从兴奋的幻象中陷入了渺茫。这渺茫不仅是真实的渺茫，还是空无的渺茫。我知道自己将建造一座真实的城，但它却要像我一样进入空无的渺茫之中。那些匍匐着瑞兽的瓦檐，那些玉石砌筑的台阶，那些铜柱的光辉，以及那些飞舞的龙，一条条整齐的街道，一座座星辰般排列的屋舍，那些在夜晚点燃的灯火，以及进入了睡眠的人们，这一切都是真实的么？巨大的夜晚，巨大的黑暗，从天穹盖了下来，它用群星点缀，又用微风弹奏，以草木为琴，而我仅仅是一个观看者和倾听者。

古灵魂

卷五百四十八

赵鞅

几年前，我攻打卫国，卫国献给我五百户奴隶，寄放在我的族人赵午那里。赵午属于我的宗族的另一支，是赵穿的后裔。赵穿生了赵旃，赵旃生了赵胜，赵午是赵胜的儿子，他们生活在自己的封地邯郸。我派遣董安于和尹铎前去晋阳筑城，现在城已经筑好了，需要将这五百户奴隶迁往晋阳。可是，赵午竟然不给我移交这卫国的献礼。

我十分愤怒，这原本就属于我的东西，你却不愿归还，这样不遵守约定的人是不能被原谅的。我就将赵午召来，问他为什么不归还我的奴隶？他说，你的东西寄存在我家里，已经过了几年了，你都不来拿，那么我就认为你已经将之赠送给了我。可是你赠送我的东西，现在却要索取，哪有这样的道理？我的东西需要我自己来处置，不需要你来决定。你曾经赠送我的东西，我不愿意再赠送你了。

这更加激起了我的愤怒。我的愤怒就像天上的乌云，从高处盖了下来，其中有着闪电和雷霆，我要将这闪电和雷霆降到他的身上。我说，你已经来到了我的跟前，你从前也曾来到我的跟前，我每一次看见你，你都没有变化。你还是原来的样子，但我认为你已经将你自己赠送给了我，现在我想把我的东西毁掉。我的东西需要我自己来处置，不需要你来决定。你曾经赠送给我的东西，我不愿意再赠送给你了。

说完，我发出了一阵狞笑。我看见他的表情停住了，面容变得苍白，两腿在不断发抖。他颤抖地说，我可以还给你一部分，一切都可以商量。我并不是要夺取你的奴隶，而是我的族人商定，不让我还给你。我说，我也可以还你一部分，但不需要商量。我将你的人头取下来，其余的都还给你。我并不是要夺取你的全部，而是我的族人商定，不让我都还给你。当然，我的东西仍然是我的，其余的东西，我还会夺回来。说着，我让我的武士将他杀掉，割下了他的头。

我知道也许惹了祸，但我不能害怕以后的一切。赵午的儿子赵稷和赵午的家臣据守邯郸，试图顽抗。士鞅已经死了，他的儿子士吉射继承了范氏家族的宗主，成了六卿之一。赵午是中行氏荀吴的儿子荀寅的外甥，荀寅的儿子又娶了士吉射的女儿为妻，他们不仅是姻亲，还往来密切。因而他们合兵前来攻打我的宫室。我自知势力孤单，只好奔逃到了晋阳，董安于和尹铎早已在城门前迎候。

这是一座多么美丽的城。城门被双龙围绕，铜铸的双龙在城门的两侧闪闪发光。高峻巍峨的城墙，在护城河水中倒映，发黑的影子在涟漪中微微漂动。城中的街道是那么齐整，青石板铺就的路平整而光洁，我的车走到上面的时候，车轮碰到了坚硬的石板，发出了那种悦耳的轧轧声。两侧的房舍还没有打开，是啊，这还是一个没有多少人居住的城，它需要人来居住。需要各种各样的工匠和劳役，需要士卒和兵器，也需要樵夫来提供越冬的柴火，需要储存很多粮食。是的，

古灵魂

这座城还需要更多……

但一切都会有的，哪一座城不是从崭新开始的？这是一座坚固的城，董安于想得十分周到，每一个细节都是完美的。我先去城头梭巡，士卒们整齐地站立，我从他们中间穿过。他们就像街道上均匀排列的树，拥有美好的秩序。他们的脸上充满了严肃的威武之感，眼睛里放射着战火里的光芒，身上披戴的铠甲就像鱼鳞一样美丽，手中的长戈高高树立，尖端在阳光里闪烁。开阔的城墙上铺满了青石，和下面的街道没什么两样。

我站在城垛前，看着下面交叉的河流和远处的大泽，草木茂盛，万物繁生，白云就在头顶上飞扬，波光在远近闪耀，一群飞鸟从河边起飞，从我的眼前掠过。我甚至可以听见它们振翅的声响。我可以看到多远的地方？我不知道。但我知道一切已在我的眼中。微风吹着我的衣襟，我心中的烦恼和忧伤被一扫而空。我不是一个逃跑者，而是一个寻找更好的地方的寻找者。我不是一个被别人追赶的人，而是远远将别人甩在了后面。

我想着，若是眼前有敌人在攻打，他们能够攻陷这样的城邑么？我仿佛看见无数敌军正在向着城头冲锋，我只要在这城上用战戈轻轻一扫，他们就会像落叶一样飘落下去，落入深深的壕堑，落入汹涌的河水。我让一个弓箭手拿过一张弓，搭上了一支箭，将这弓弦拉满，向着空中发射。我的目标不是在地上，不是在我的下方，而是在辽阔的空中。我看着这支箭从我的弓弦上发出，在我的手指离开弓弦的一瞬间，弓弦发出了嗡的一声。那支箭立即远离了我，变为了一个黑点，直到我看不见它。

我不知道这支箭落到了哪里，但我知道它可能一直停留在空中，因为我原本就没有想过它会落到什么地方。我不想的，它怎么可能到别的地方？我对这个弓箭手说，你的弓很好，你的箭也很好，我已经射中了我的目标。是的，我似乎已经看见，很多进攻者已经死去。我的敌人纷纷从眼前消逝，剩下了空空的天，不，还有那些被我挽留的白云。我需要这白云，我需要它停在我的头顶。若是没有这白云，我的城还这样无敌么？

　　我的晋阳城固若金汤，足以守护自己，守护我的一切。我派人前去会合韩不信、魏侈和荀砾。韩不信一直和我亲近，他又与荀寅交恶。荀砾是智氏的宗主，他特别宠爱一个叫作梁婴父的大夫，一直想让他进入卿相之列，可是晋国的卿相没有空缺，若是能够驱逐荀寅，那么梁婴父就可以代行卿相的职责。魏侈则是因为自己祖父魏舒死后，其寿棺被士鞅撤去了外棺，这样的仇恨怎能忘掉？另外，范氏的侧族范皋夷因为士吉射不喜欢他，也已经背叛。这些事情似乎在我的掌握之中，但所有的结果都有可能。

　　我们五家商议，驱逐中行氏而让梁婴父代替他，驱逐士吉射而让范皋夷代替他。这将是另一场瓜分，中行氏和范氏的土地将被分掉，他们将失去一切。但他们还恍若梦中，他们还想着怎样击败我，击败其他卿族，然后让晋国归于他们。是的，他们所想的和我所想的，正好相反。这就像林间的凶兽相遇，彼此都想吃掉对方。但我知道，我的胜算更大，而他们的胜算将会落空。他们只看见眼前的我，却没有看见我背后的别人。他们只看见了我的孤单，却没有看见我的强大。我的背后还有我，而他们的背后却没有什么了。

我要在我的新宫室好好睡一觉。多少天来的奔跑，似乎让我精疲力竭，我需要好好睡觉。在这里，我是平静的，我不需要担心什么。我有这坚固的城来守护，还害怕什么呢？我终于可以安稳地睡一觉了。外面的天已经黑了，星辰已经按照既有的秩序排列，一弯明月还悬挂在天边，就像无边的天穹中飘荡的船。现在我就像它一样，飘荡在无边的人间。我不知道自己以后的命运会怎样，但我知道它将升向天穹的中央。

我回到了寝宫，躺在这黑暗里，倾听着屋外的风声以及不断传来的夜鸟的叫声。它们似乎在诉说着什么，或者是对我说话？可是现在我不想什么事情了，因为所有的事情要等到它来到我眼前的时候，我才会对它睁开眼。我愿意面对着黑暗，黑暗里藏着所有的秘密，我试图看穿这黑暗，窥视这黑暗里深藏的那些关于我的事情。我现在只想知道我自己，我不想知道别人，因为我知道了自己，也就知道了别人。

我渐渐进入了梦乡。我好像从一片黑暗中穿过，看见了一片小小的光亮。我好像看见一个人影，他就在我的前面走着，我追赶着他。他不断遮住那个光斑，让我感到十分恐惧和寂寞。不知过了多少时间，我终于走到了洞穴的出口，我看见两个婴儿在一棵树下哭泣。我被他们的哭泣惊醒了，睁开眼睛的时候，仍然在夜里，周围仍然是一片漆黑，我似乎仍然听见有婴儿的哭声。

我坐起来，让人点亮了灯，灯光一下子将我的两眼照亮。我问，我现在在哪里？侍奉我的仆人说，你在晋阳的新城里。我的内心记起了所有的事情——是的，我被中行氏和范氏攻打，逃到了这里。我也曾惊慌失措，但我不是已经觉得十分安静了么？我为什么还听见了婴儿的哭声？我问仆人说，我做了一个梦，我梦见我跟着一个人影走出了洞穴，外面有两个婴儿在哭泣，但我不知道这梦究竟在说什么？

他说，我不懂得怎样占卜，但我知道这是一个好梦。你在洞穴中，说明你现在的处境危急，前面却有光斑，说明你距离洞口不远了。你跟着那个人影在往出口走，说明你的前面有人为你引路，他也许是护佑你的神灵，也许是你的先祖的灵魂。你走出了洞穴，说明你摆脱了危险。你又看见有两个婴儿哭泣，说明中行氏和范氏已经像婴儿一样柔弱，他们已经失去了力量，只能在你的面前哭泣。

我感到了一点儿安慰。但这梦境的确说出了我的担忧。第二天，我感到自己的身上十分虚弱，浑身冒着冷汗。我的头上发烫，而身上却一阵阵发冷。我盖上了厚厚的兽皮，但仍然感到寒冷。我似乎不断醒来，又不断迷迷糊糊地睡去。我沉浸在一片黑暗里。渐渐地，眼前似乎出现了一缕光，就像从窗户中透入的一缕光，但这光是那么纯净，其中没有杂质和尘埃，从很远很远的地方，来到了我的面前。我被这样的光所诱惑，不得不跟着这一缕光往前走，我觉得自己在缓缓上升，就像烟雾那样上升，就像地气那样上升。

我感到浑身是轻松的、柔软的，甚至是无形的。我觉得自己到了天神的所在，在这里幽暗消失了，那一缕光线突然敞开了，变为了一个辉煌绝伦的世界。云在脚下翻滚，它们不断变化，有着各种各样的奇特的形状。天神的面目是模糊的，但我可以知道他就是天神，因为他是这里最高的神，他带着众神倾听最美妙的乐曲，观看最美妙的舞蹈。我从没有听见过这样好的曲调，它让人浑身舒畅，好像自己的每一个毛孔都张开了。这曲调不是在琴弦上跳动，而是在每一朵云上跳动，而那每一朵云都随着这乐曲的起落而起落，光线在随着这乐曲的变化而变化。

我也从来没有看见过这样美妙的舞蹈。众神在云上飘动，他们的脚步不是在走动，而是在飘动。他们的身形变化不是像人一样扭动腰肢和扬起手臂，而是形象不断变化，一会儿就像是鸟儿在飞翔，一会儿又像是树枝在抖动，一会儿又像是猛兽刚刚睡醒后张开了嘴。可是这一切形象又不全是我描述的样子，因为他们曼妙的舞姿是不能用人间的语言说出的。可是我却看不清每一个神的面孔。他们有着人的样子，但他们的目光又太明亮，他们的脸上在放光，不，他们的浑身都沐浴在光之中。

在这里，没有一丝阴影。每一个神都没有影子。他们在云中飘动，却掉不下去。我也随着他们行走，我也掉不下去。没有地面的支撑，我感到自己完全没有重量，我的身体是完全轻盈的。云是那么洁白，就像奶水一样。他们观看着这样的舞蹈，自己也加入其中。我分不清谁是观看者，谁又是舞蹈者。我先是感到惊恐，但这音乐很快就让我的惊恐平息下来，陷入了一种莫名其妙的欢乐。我不知道自己为什么欢乐，但自己确实是在无可名状的欢乐之中。也许，真正的欢乐是不需要原由的。

有一会儿，云似乎散开了，露出了一道小小的缝隙。我从中向下窥视，发现了渺小的人间。那些小小的农舍，那些可笑的城邑，那些君王的宫殿，看起来竟然是那么渺小、简陋、粗糙和寒酸。地上没有一样事物是优雅的，它们都沉没于一片雾气之中，那么暗淡，那么阴郁，我突然想为自己而哭泣。可是我此时的欢乐压倒了悲伤，这悲伤是这么短暂，只在我的心中停留了一瞬间。云的缝隙很快就合上了，一切仍然是一个云的世界，一个干净而整洁的、充满了奇异变化的世界。我想，那一道缝隙是不是仅仅为了我而张开，又为我而闭合？它仅仅是为了让我看一眼？看一看我居住在哪里？

可是我根本就没有看见自己居住的地方，我只是看见一片片阴影，一片片暗淡，我甚至不知道地上的人们究竟在做什么。他们就像一群蚂蚁，似乎每一天都是忙碌的，但他们所做的都是微不足道的事情。我就知道，人间在神灵的眼中是什么样子。我们乃是从自己的眼中看别人，从镜子里看自己，而神明则是从云上看一切。他们看见的并不是我们看见的，我们看见的也不是真正看见的。

突然，两头熊从云头上跃出来，它们的嘴张开，露出了尖利的牙。它们的前爪已经就要落在了我的脸上。它们同时扑向我。这时候，天神从远处用目光告诉我，你要将它射死。我急忙张开了自己手中的弓，可是我的弓弦上并没有箭，但我还是按照天神的旨意将我想象中的箭射了出去。弓弦发出了巨大的响声，两道光从我的弓弦上发了出去，分别射中了那两头熊。我看着它们一点点坍塌，最后又重归于云。也许它们原本就是云的一部分？它们从云中一跃而出，又重归变幻无定的云。

天神走到了我的跟前，他伸出了手，从这云中一握，就拿出了两只箱子。看起来这两只箱子是用竹子编织的，它制作得非常精巧，上面刻满了各种花纹，还有一些我不认识的文字。他又拿出了一只小箱子，似乎是为了搭配。这小箱子和大箱子只是大小不一样，但上面的

古灵魂

花纹和文字完全一样。这箱子里究竟装着什么东西？我不知道。我急于将它打开，但天神制止了我。他的身边不知什么时候站了一个小孩，我感到十分奇怪。

天神又回头看了一下，一条狗从云中飞了出来。天神说，将这一切送给你，你的儿子长大了，这条狗就属于他。晋国的败落不会太久了，要再传七代就结束了。以后，嬴姓的人会灭掉周人，你在自己的地方等待着结果吧。因为虞舜的功勋，你的第七代孙子将会娶虞舜后代的女儿为妻……这一切都将应验，但你已经看不见了。天神还说了很多话，但我已经记不住了。我不知道自己在这云中停留了多长时间，好像时间很长，又好像十分短暂。

我好像被天神推了一掌，一股巨大的力量将我推下了云层，天上的光渐渐缩小，我又重新堕入了黑暗。在这黑暗里，我听到隐约有人在呼唤，我就慢慢地睁开了眼睛。我的视线是模糊的，我似乎看见了很多张脸在我的前面晃动。黑暗一点点被驱除，一张张脸露出了真相，他们都是我熟悉的人，是我身边的大臣。我看着他们惊愕的表情，不知道究竟发生了什么。我所做的真的是一个梦么？

卷五百四十九

尹铎

　　我的主人赵鞅终于醒过来了。他也许是太疲累了，也许是长途奔逃的惊惧所致，他竟然病倒了，一连昏睡了五天五夜。这是多么漫长的等待，甚至我们已经做好了最坏的打算。我们找到了最有名的、有着高超医术的扁鹊，他来到了赵鞅的病榻前。他诊脉之后，说，他气血十分正常，应该是太劳累了，又急火焚心，待他醒来之后就没事了。

　　我说，新城刚刚筑好，是不是有恶灵扰乱？我还特意让巫祝在这宫室做了驱除乱魔的法仪，可我心里仍然忐忑不安。扁鹊说，从脉象上看不出有什么恶灵扰乱的迹象，赵卿只是在睡眠之中，与平时的睡眠没什么两样，这样的事情从前也发生过。当初秦穆公也曾昏睡七天，但七天之后就醒来了。他醒来之后告诉别人，说他做了一个梦，梦中见到了天神，天神曾告诉秦穆公说，晋国将要混乱，几代人将不得安宁，以后将会称霸。秦穆公的大夫公孙支将他的梦记了下来，结果真的发生了骊姬之乱，又不断发生了各种乱象，之后又有晋文公重振晋国而终于称霸。秦穆公梦中听见天神所说的，都一一应验了。只

古灵魂

有有德行的人才会有这样的经历，你的主人是一个有德行的人，是不是也是这样？

几天之后，我的主人终于醒来了。他讲述了梦中的一切，说了天神对他所说的话。这是一个好梦。天神不仅赠与他两只箱子，还赠给他的后代以神犬。这是赵氏将要兴起的好兆头。身边的史祝立即将这件事情记下来，秘藏起来而等待着以后的应验。我感到释然了，因为我乃是筑城的实施者，我深怕因为筑城的原因而让我的主人一病不起，那样我将为自己的罪而不安和痛苦。

他醒来之后感到了饥渴，喝了很多水，又吃了很多饭。他的面色渐渐变得红润。他感叹说，天神的乐曲太好听了，我从来没有听见过这样美妙的曲调，即使是从前黄帝的曲子和尧舜的曲子都比不上啊。可惜我不能将这样的曲子记下来。我也从来没有见过那么好的舞蹈，他们不是通过手脚的谐调而展现自己的舞蹈，而是通过形体的变化而展现神奇的舞蹈。可是我什么时候再能看到这样的舞蹈呢？我也看见了人间的丑陋和渺小，也知道了，不论我们做什么，天神都能看见。世间所做的很多事情，都是卑微的、毫无意义的。我虽然没有看见自己，但我看见了整个人间。我难道不是就在其中么？你们不也都在其中么？

——我们都要记住天神所说的话。还要知道，地上的事情从云中看来就像我们所看见的蚂蚁一样，我们知道蚂蚁们在做什么？它们做什么，我们也在做什么。它们在地下的巢穴里，我们在地上的巢穴里。我们的日子并不比它们要好。我们彼此在争夺，它们也在争夺。我们的争夺是看得见的，而它们的争夺我们看不见。天上的神灵之所以快乐，就是他们从来不争夺。我们也并不是想争夺，而是不得不争夺。所以我们随时都在生死之间，而神灵就没有这样的忧愁。

为了答谢扁鹊，我的主人赠送了他几亩好田地。我的主人说，我从前只是听说你的名声，现在才领略了你的医术的高妙。尽管你没有施展你的针砭之术，但你让我身边的贤臣们感到安心。扁鹊说，我的名声未必能够说明我真正的医术，我的医术不在我的身上，而是在患病者的身上。只有那些有德行的人才能得到拯救。就像你这样，有着不寻常的德行，实际上并不需要我。因为你的生与死，不会因为我的医术是否高超和拙劣而决定，而是在于你的德行是不是被天神欣赏。我已经不用为你的身体而担忧了，而你的担忧才是真正的担忧。我的担忧只有面对眼前的一个人，而你的担忧则关乎国家和民众。

——我想，治国就像医病，一个国家若是有德行，它就不需要医术高明的人。一个国家失去了德行，那么医术高明的人也不能拯救它。但是一个国家的德行乃是治理它的人赋予的，因而若是治理者拥有德行，那么国家也就有了德行，它即使偶然得了病，也会自己痊愈。就像你所说的，人的德行上天都会看见，而重要的是，自己是不是有德行，自己在镜子里就会看见，每一个人的脸上都写着讲述自己的文字，即使是自己内心的故事，也都在这样的文字里。这文字从来不在别的地方，天神赐予你的箱子上的文字，都刻在了你的脸上。天神从云中取出的赠礼，已经放在了你的心上。

主人说，你说的都有道理。可是我不知道天神为什么给我两只箱子？还有一只搭配的小箱子？里面究竟放着什么？你不仅有高超的医术，也对天地之间的事情有着高明的见解。你是不是能够给我解开这个谜题？扁鹊说，我仅仅是一个行医者，也只懂得一点医术，其它的道理也只是从对医术的理解中理解。若是一个医生给病人看病，他会给病人说什么话呢？他需要先诊断病情，然后施以针砭之术，然后告诉他所患的病是什么，还要给他留下药物，嘱咐他怎样服用，在平日应该留意什么、有什么禁忌等等。若是天神就像一个医生一样，那么他已经告诉你以后将遇到什么，为什么还要赠给你箱子？

主人问，是啊，那究竟为什么呢？它让我感到迷惑不解。扁鹊说，那一定是医生给你留下的药物，他让你服用，这里面包含着你未来能否康复的秘密。一个医生只能医治病人现在所得的病，而天神所要医治的乃是未来的病。医生所要医治的是一个人身体上出现的病，而天神医治的则是一个人命运中将要出现的病。天神的眼睛可以穿透时间，而我们不能。我只能从人的外表看见他的内部，却看不见他的未来。我想，若是天神告诉你的，那只是他要告诉你的一部分，而另一部分就要装入那两只箱子和一个小箱子。

主人说，可是他为什么不让我打开？扁鹊说，是的，秘密不能提前泄露，否则就不是秘密了。天神不让你打开，不是不让你看见，而是不让你现在看见。万物都有自己的时机，就像农夫种地，上天给你春天，才让你播种，上天给你夏天，才让你的谷子成长，上天给你秋天，才让你收获。你不应该为此着急。你只有到了秋天，到了能够收获的季节，才可以知道你的收成有多少。现在，上天已经为你播下了种子，告诉你必定有一个秋天，但真正的秋天景象，却没有告诉你。即使现在就告诉你，你也不能理解。因而，天神的意思就是，到了箱子打开的时候，它就会为你显现一切。那时，你所看见的，就是箱子里所装的东西。未来的属于未来，你不必知道未来，你只要向未来走去，未来必定显现。

扁鹊走了，他所说的话似乎还在萦绕。他的身影消逝在远方，他的行踪是飘忽不定的，因为他是一个行医者。他乃是走在路上的人，他会看见很多人，并和他们说话。他也会遇见许多事情，并看见这些事情的开始和结局。重要的是，他会看见许多病人，看见他们的痛苦，看见他们的生与死。他看见的比我们多，所以他的智慧也多。他能够精通医术，就意味着他从自己精湛的医术看见了天道。他看见了生与死，也就看见了人间的一切。难道人间所有事情的结局不就是生与死么？

世间的每一样事情都是相通的，你要是真正知道了一样事情，另一样事情也可以得到推演。尽管每一样事情的理由都不一样，但这理由的背后仍然有理由，理由的背后还有理由，而最后的理由却是一样的。好的医术可以将一个人从死中救出，而坏的医术就会将一个人从生的边沿推下去。难道治理一个国家的方法不也和医治一个病人一样么？晋国现在已经分裂了，它已经是一个病人了，难道不需要一个好医生么？可是，我们到哪里去寻找这样的好医生呢？我所看见的，是一个个病人，因为他们的心已经生病了，他们已经为自己的私利而疯狂。他们既不允许医治，也不允许医生接近。

因为他们不知道自己已经成了病人，这是多么可怕啊。一个知道自己生病的人尚可以医治，可是他病了，却不知道自己病了，那么他就只有等到最后的日子了。现在，我的主人处于危险之中，但其他人就不是在危险之中么？重要的是，我的主人知道自己处于危险之中，而别人却不知道。那么真正的危险乃是在未知中。赵氏的旁族、中行氏和范氏以为自己是强大的，他们必定来攻打晋阳城，可是他们不知道这攻打的结果。很多时候，攻打的要成为被攻打的，以为自己强大的要变为弱小。他们看见的乃是眼前的自己，却看不见未知的自己。他们看见的乃是眼前的别人，也不曾看见未知的别人。

我将扁鹊送到了城外，看着他的车走得越来越远了。他的影子最后消失在了路的尽头。夕阳的光芒从西边斜射过来，将一些枯干的树枝的影子拉长了，纵横交错的影子，让我的眼前变得扑朔迷离。我回过头来，看着我建造起来的晋阳城，它是那么高大宏伟，可是无论它多么精美，多么牢固，都要经历一场不可避免的苦斗。无论我为它付出了多少个日夜的辛劳，它都要在这苦斗中被损坏。我所做的事情就是为了这残酷的损坏么？

也许我的主人从昏睡中醒来，乃是有着意味深长的寓意。上天不仅给了他一个梦，一个好梦，还告诉了他未来的秘密。他曾经让人担心，但他还是恢复了平常的样子。他现在经历的，也许就是未来将要经历的。他现在昏睡，乃是为了获得上天的恩宠。他现在惊惧，乃是为了长久的安宁。他得到了天神的礼物，也得到了将来获胜的保证。他现在醒来，乃是因为他在经历了昏睡之后，得到了真正的清醒。可是那些不曾昏睡的人们，却仍然在无形的昏睡中，他们昏睡，却以为自己乃是清醒。

卷五百五十

赵鞅

　　我竟然一连几天都在昏睡之中。我不知道自己在昏睡，谁又知道自己在昏睡？或者说，我是被召唤到了天神的身边，我经历了别人没有经历的事情。这些事情是多么美妙。我听见了从来没有听见的乐曲，看见了从来没有看见的舞蹈，我踩着飞翔的云，和众神一起享受着欢乐，谁又能像我一样得到这样的欢欣？

　　可是我身边的众臣却以为我病了，他们召来了神医扁鹊，但扁鹊知道我并没有什么病。我的脉搏和平时一样，我的一切和平时一样。我仅仅是睡着了。几天几夜的时间，那么快就过去了。我一直在想着天神和我说的话，也想着那几个箱子。箱子上的文字还历历在目，可是我不认识这些字。这是天上的文字，我怎么能识别呢？

　　醒来之后，我感到自己的身体是虚弱的，浑身没有力气。我感到十分饥渴，竟然喝了那么多水，吃了那么多饭，也许这是我平生第一次感到饥渴难耐。我的身上渐渐积攒了力气，竟然坐了起来。我对我身边的人们说了我的梦。睡眠是那么长，而梦是那么短，几乎就是黑暗里的一道闪电，或者这并不是梦，而是真的？不然我为什么能记住

古灵魂

每一个场景以及天神说的每一句话？我对梦中的一切是那么留恋，那是多么明亮的一刻，在人世间从来没有那么明亮的光。那是多么温暖的光啊，让我感到那么舒适，那么快乐。

很快我就想起自己在什么地方，想起了自己乃是在别人的追赶中逃到了晋阳。我要先看看自己的城是不是牢固，我想，他们必定会赶到这里来攻打我。我要到城头看一看，可是我一走到街上，就有一个人拦住了我的马车。我的马发出了惊惧的吼叫，这声音似乎不是从马的嘴里发出，而是从它的腹中发出的，是从马的形体中最黯淡的中心发出的。那个人说，我想见你们的主人。我的侍卫抽出了宝剑，说，你要不让开路，就会被我的剑分成两半，然后我们从你的中间走过。

突然那个人大笑着说，我见过你们的主人，现在还想见到他。我从车上看见这乃是一个疯子，他披散着头发，脸上有一块污斑。但他的笑声是那么无所顾忌，是的，这笑声让我的心头一震。是啊，我在哪里听见过这样的笑声？这笑声分明是熟悉的。可我还是想不起来了。我大声说，让这个人过来，到我的身边来。

那个人摇摇晃晃走了过来，他毫不在意地又一次大笑起来，说，我们曾经见过，你难道忘记了么？我问他，我们在哪里见过？我怎么不记得了？他说，是的，也许你不记得了，但我记得你。你到了天神旁边的时候，我就在天神的背后。因为天神的光芒遮住了我，可是我曾对着你大笑，你应该能够听出我的笑声。是的，我似乎想起了什么，在天神对我说话的时候，他的背后似乎发出了笑声，啊，就是这样的笑声。

我说，可是我没有看见你，但我好像听见了笑声。你为什么会在天神的背后发笑？他说，我看见你惊恐的样子，我就想笑。我乃是笑你的无知。你既不知道天神对你说的话，也不知道自己将要发生什么。我又问，你是怎么到了天神的身边的？他说，你是怎样去的，我就是怎样去的。当你昏睡的时候，我也在昏睡，当你醒来的时候，我也醒来了。只不过你的身边有那么多人担忧，而我却躺在了寒冷的荒野上。我醒来的时候，有飞鸟和我说话，因为我昏睡的时候，一群鸟落在了我的身上，我醒来的时候，它们也不愿意离去。也许我倾听天神的嘱咐的时候，它们从我的身上听见了天神的嘱咐。

它们用羽翼覆盖着我，我醒来的时候正好是天刚亮的时候，野地里刮着风，可是我的浑身都在冒汗。我看见天边已经发白，一片云彩散开了，露出了淡淡的星光。我的耳边还响着天上的乐曲，我的眼前还有着众神舞蹈的影子。我不明白的是，我是怎样去了天上，又怎样落回了人间？我还能看见你，你在暗淡的灯光里醒来，那么多人都感到吃惊。可是这些影子从我的眼前慢慢淡了，就像农舍屋顶上的炊烟，一点点散开了。

我不相信他说的话，是的，这面前分明是一个疯子，一个疯子怎么可能和我一起出现在天上？我问，那么，你看见我做了些什么？他说，你还是不相信我说的话。不过我可以告诉你，天神让你射死了两头熊。你的弓弦上没有箭，但天神默默地将他的箭放在了你的弓弦上。你一直在犹豫，可你还是将弓弦拉开，将两支箭同时发了出去。当然，你看不见那两支箭，我因为在天神的背后，所以我比你看得真切。

其实那两头熊是从云中跳出来的，它们本来都是云的一部分，只是天神让它们显形。那两头熊是凶猛的，我只是看见了它们的背影，它们浑身发黑，皮毛是那么亮，就像刷上了一层黑漆。我看不见它们的前面，但看见它们的尾巴是那么粗，就像巨大的扫帚一样，将两边的云扫开了。那时，我真的很为你担心。若是你不能及时射出你的箭，那么它们将要扑倒你，你就必死无疑了。

我想，这世间真是太奇妙了，竟然有这样的事情。是不是他知道了我所讲述的梦中的故事？不，不会的。我只是和我身边的人讲述过，一个野地里的疯子怎能知道？我的身边的人又怎么会将我的故事告诉他呢？我又问他，那么以后又发生什么事情？那个人说，天神告诉你，晋国就要乱了，还告诉你以后将要发生的事情。实际上，我已经看见了，你所射死的两头熊，乃是晋国的两个卿相，因为它们的先祖就是熊。在你的眼里它们是熊，但我看见的却是两个人，虽然我不认识他们，但我知道他们是谁。

我又问，你还记得天神给了我什么？他说，是的，他给了你两只箱子，还配了一只小箱子。我又问，那么那两只箱子和一只小箱子里装着什么？我不明白天神的想法。还有，天神身边的那个孩子是谁？他还送给我一条大犬，说要给我的儿子。我不知道这究竟是什么意思？那个人说，你的儿子将攻取两个国家，那箱子里所装的就是那两个国家的大鼎。那只小箱子是旁边的一个小国，它也将归于你。那个孩子就是你的儿子，而大犬乃是代国的祖先，你的儿子长大之后将要得到代国。

我说，你怎么比我知道得更多？为什么天神没有和我说这些话呢？他说，天神已经和你说了，只是你不知道他所说的。他给你的箱子上已经写满了他说的话，只是你还没有看得懂。你还记得箱子上的文字么？我想着，天神为什么要让一个疯子在他的身边？疯子不过是疯子，上天是垂青疯子的。也许因为疯子既属于人的世界，又在人的世界之外。他不知道人间发生的一切，甚至不知道自己身上发生的一切。他不能像人一样思考，他说的话没有人相信。这就是上天对疯子偏爱的缘故？

是的，疯子仅仅是人间的旁观者。他甚至不屑于认真地看人间所发生的事情。这是天神要将他召到身边的原因？天神即使是将自己的想法告诉他，他也不会泄露，因为别人不会相信一个疯子所说的话。可是，他和我说话的时候，他完全是正常的，我甚至看不出他是一个疯子。可他的笑声却是一个疯子的笑声。因为这笑声没有任何掩饰，也没有任何杂质，这是完全纯净的笑声。这样的笑声我的确听见过，是的，就是在我的梦中听见的。

我闭着眼睛想了很久，阳光从我的眼帘穿过，我感到隐隐的一片光罩住了我。我似乎又重新回到了天神的身边，天上的一切似乎又一次显现。现在来到我面前的这个人，看起来是一个疯子，可是他所说的话却都是人间的语言。他不是疯子，他只是有一个疯子的表面。他的头发是披散的，他的脸上有着污垢，但他的眼睛却比别人的更明亮。这乃是他被天神眷顾的原因？不，他是一个疯子，他说的可能是疯话，却不是假话。疯话比假话更真实，因为一个疯子并不分辨真与假。

既然天神能够将他召到身边，我为什么不能将这个人留在身边？若是他在我的身边，我就可以随时听清天神的话，我就随时知道自己

古灵魂

的命运，我也知道自己该做什么。我突然间从一片祥光里醒悟，可是，那个人已经不见了。我问身边的人，刚才那个与我说话的人哪里去了？他们反问我，你说的是那个疯子么？我说，是的，我要将他留下来。他们说，那个人说完话就离开了，他从我们的旁边走过，我们回头的时候，他已经不见了。他简直就像一个影子，他的脚步没有声音，他的身体很轻，但他的身后却带起了尘土。

唉，我到哪里才可以找到他呢？他就这样从我的眼前消失了。他的到来和离去就像在我的梦中到来和离去一样，没有留下一点儿踪迹。我查看地上，竟然没有他的脚印。也许，这是上天差遣他来我的面前？就是为了解开我内心的谜团？现在，我的谜团消解了，我仿佛感到了一阵轻松。我知道自己将击败我的敌人。不仅因为我的城是坚固的，还因为天神已经告诉我一切。我还有什么可疑惑的？

我下了车，在这城里的街道上行走。侍卫们跟随在我的左右，他们手中的长戈在地上投下了一根根线条。青石铺就的路面上，我的每一步都是坚实的。我感到自己的脚底有一种力量托着，我的浑身都充满了力量。街道两旁的房子在阳光里变得十分耀眼，我从它们的一个个阴影里穿过，而天空是那么碧蓝，没有一丝云彩。我的前面是高耸的城墙，城墙上的垛口就像锯齿一样，每一个垛口上都露出一张我的士卒的脸。他们的头盔上的红缨在微风里飘动。我知道，我的城是牢不可破的，现在我应该回到自己的宫室，想一想刚才疯子的话，想一想天神说的话，也想一想自己以及未来。于是，我缓缓转身，朝着我的宫城走去。在我的宫城的上面，似乎放出了几道光线。

卷五百五十一

董安于

　　士吉射和荀寅的大军已经围住了晋阳城。他们在城下安营扎寨，一到早晨就开始攻城。但我的城池是坚固的，他们多少次的攻击都被击败了。荀寅和士吉射显然急于攻破城池，不断在城下挑战，但我的主人闭城不应。我说，我们应该出城迎战，因为他们已经十分疲倦了，我看见他们的士卒不断打着哈欠，看来已经很久没有睡好觉了。

　　主人说，不，若是我们迎战，就中了他们的圈套。他们乃是奉国君的命令而讨伐我，若是我迎战，那就是对抗国君，就是反叛，而反叛者乃是死罪，这让他们的理由更加充分。我不能给他们理由，我的理由应该攥紧在自己的手里。国君之所以命令他们讨伐我，是因为我私自杀掉了赵午，但我杀掉他，是因为他违背了约定。我杀掉一个没有信用的人，又有什么罪呢？而且，我是主持朝政的卿相，我有着足够的理由杀掉他。

　　我说，现在是国君要惩罚你。尽管国君是受到了他们的胁迫，但这毕竟是国君的命令。他们兵围晋阳，若是这样下去，我们的将士也会感到疲惫。尽管我们的城池是牢固的，但他们若是不撤走，我们就

古灵魂

会一直被困于城中。而且这是一座新城，城中储备的粮草也不是很多。我率领一支军队，在深夜潜出城外，从他们的背后发起攻击，这样他们就不得不撤军了。这样，你也不用承担背叛的罪责，一切后果由我来承担。

主人答应了我的要求，于是我率领一支军队在暗夜出城。敌军已经入睡，只有几个巡夜的士卒在军营前来回走动。我从两个军营的中间穿越，到了后面的山林里。一切都是静悄悄的，除了秋风的声息，秋虫的鸣叫，没有别的声音。这是多么安静的夜晚，有一颗星始终在我的头顶上，它好像跟随着我，为我引路。我就顺着它的指引，来到了这秋林里。落叶不断地掉在我的身上，我们就这样安静地等待着天亮，等待着出击的时机。

远处有了鸡鸣之声，敌人的营帐就开始骚动起来。他们忙于升灶做饭，军营里到处是火光，一个个身影就像是浮在水面上不断漂动。他们似乎不是一个个真实的人，而是一些发黑的影子，在这火光中闪烁不定。我下达了命令，说，现在就是最好的机会，他们还没有做好什么准备，我们又能趁着敌军的火光看清他们。

我和我的士卒们持着各种兵刃冲出了山林。我们的身上带着昨夜的寒风，铠甲上还有着秋夜留下的露水，杀入了敌营。敌人惊慌失措，没有料到从哪里突然袭来奇兵，很快就四散而逃。我向他们喊——我是董安于，你们若是留在这里，就不要想获得安宁。这样，我们在乱军之中奋力厮杀，敌人一个个倒下。我之所以向他们呐喊，是为了告诉他们，这乃是我所率领的军队，和我的主人无关。

他们的军营一下子都空了，只有那些火灶还冒着火焰。我的士卒们也都饿了，好在他们为我们造好了饭。吃饱了之后，我们就烧毁了他们的营帐和战车，整个敌营在烈火中燃烧。这时候，东面的山头上露出了白光，我们将敌军遗留的箭镞装满了我们的箭囊，顺着来时的路，走向了山林。我们不能回到晋阳城，要是那样，就证明我们乃是受到主人的命令而发起了袭击。是的，我们不能给他们以理由，让我的主人获罪。

荀寅和士吉射只好撤走了。我从山上看见他们在河边重新集结军队，然后向南面撤走了。估计他们不会回来了。我想起了主人神奇的梦，也想起了那个拦住去路的疯子所说的话。主人射死了两头熊，那么不就是这两个大臣么？不就是荀寅和士吉射么？他们灭亡的日子不会太远了。在他们死之前，他们已经在天上死了。他们从云中跃出，要扑向我的主人的时候，天神让我的主人射出了两支箭。这两支箭不是来自我的主人，而是来自天神。不是我的主人想要射杀他们，而是天神让他们死去。谁又能违背天神的意旨？在天上死去的人，在人间仍然活着，他们并不知道自己已经死去。他们已经不是活着的人，而是死去的人。他们的凶残不是生者的凶残，而是死者的凶残。

在这里，时间变为次要的东西，因为它不能主宰一切。在一个梦中，时间还没有到达，一个人已经在梦中抵达。梦比时间走得更快。因为天上的时间和地上的时间不一样。天神就是凭藉了超过时间的速度知道了我们不知道的事情。他可以修改时间，他可以改变时间的快慢，他也可以让人的真相在时间中缓慢显现。在一个梦中，一个人并不是显现为一个人，而是一头熊，两个人就显示为两头熊。他们的显现是神奇的，他们不是来自地上，而是来自云间。他们突然出现，乃

古灵魂

是天神让他们出现。他们的出现不是为了继续活着，而是为了让我的主人拿起弓箭，将他们射杀。他们的死不是考验自己的勇气，而是考验射箭者的勇气。他们不显现自己，乃是为了不让射箭者辨认出他们的样子。

因而即使是某一个人的死，也是有意义的。但这不是死者的意义，而是天神的意义。或者也不是天神的意义，而是天神用这样的意义给一个生者的赠礼。但对于生者来说，这仅仅是一个梦，一个提前来到身边的真实。他在地上仍然会看见天上看见的，他的箭仍然在他的弓弦上。而他即将要射杀的人，实际上已经死去了一次。而在他面前的一切，不过是虚幻的影子，这影子看起来却栩栩如生。

卷五百五十二

荀砾

　　唉，晋国真的开始乱了，我早知道这一天会到来，可还是没想到来得这么快。赵鞅筑起了晋阳城，就向赵午索要寄放在邯郸的五百户奴隶，可是赵午拒绝了他的要求。赵午本来是赵氏的旁支，他们出于一脉，可在利益面前，都选择了仇恨。赵鞅将赵午召来，竟然将他杀掉了。他的愤怒可以理解，因为赵午背叛了信约。这五百户奴隶原本就属于赵鞅，那是他攻打卫国的时候，卫国赠送给他的礼物。赵午的背信弃义在先，而被赵鞅杀掉在后。可是，这毕竟导致了晋国的乱局。

　　谁引发了祸害，谁就是死罪。因为士吉射是士鞅的儿子，现在是范氏的宗主。而荀寅是荀吴的儿子，现在是中行氏的宗主。他们要为赵午复仇。赵午的儿子赵稷也要复仇。一切转化为仇恨，而仇恨的力量比爱的力量更大，因为它不可阻挡。他们之间的关系盘根错节，复杂而亲近。赵午是荀寅的外甥，荀寅的儿子又娶了士吉射的女儿为妻。他们不仅是姻亲，还是一荣俱荣的同盟者。

　　他们让国君惩罚肇事者，国君只有命令他们讨伐赵鞅。可现在赵

古灵魂

鞅已经逃到了晋阳城，他似乎早有准备。我一直远远地看着他们，等待着一个结局。事实上，我并不想等待。我只是在等待一个好时机。六卿之间的不睦早有端倪，只是需要演化为真正的对抗，总有某一方将先行灭亡。我观察着，要看究竟谁先灭亡。是的，我看着他们，却也看着自己。看着他们是因为他们已经在混乱之中，看着自己乃是因为我在他们的中间。

赵鞅派人来了，我并没有理睬他。我对来人说，赵鞅私自杀掉了赵午，引起了晋国的混乱，他应该受到惩罚。即使是赵午违背了承诺，你也应该先在朝堂上申诉，但你不能杀掉他。晋国有着严明的律法，只要是谁引起了祸患，那么他理应被惩处。接着韩不信前来拜访，他对我说，赵午被杀，这是因为他违背了信义，违背了信义也应该受到惩罚，因而赵鞅是无罪的，但他却被驱逐到了晋阳，这乃是对他的不公。

我知道，韩不信从来都对荀寅厌恶，而荀寅也从来不喜欢韩不信。因而韩氏和中行氏一直不和睦，在朝堂上经常有一些争执，但还没有反目成仇。韩氏一直亲近赵氏，所以韩不信前来为赵氏游说，试图让我来主持公正。可是这有什么公正呢？一个违背了信义，一个杀掉了违背信义的人，别人又来讨伐杀人者。一切都在仇恨的推动中运行，而仇恨中又能找到怎样的公正？仇恨就是仇恨，仇恨滋生仇恨，它从来就与公正无关。

韩不信一直就和赵鞅亲近，又与荀寅交恶。他这样和我说，他的想法已经十分清楚。接着魏侈也来了，他想让我对国君谏言，讨伐荀寅和士吉射。他说，荀寅早已不把别人放在眼里，他依仗自己的势力强大，一直谋算着别人的土地。若是我们都成为旁观者，现在他赶走了赵氏，以后就要抢夺我们的土地了。赵氏若是败落了，他的力量就更大了，我们的肉已经含在他的嘴里了。这一次讨伐赵氏，仅仅是一个借口。唉，也许以后的晋国将是中行氏和范氏两家的了。

我问他，你觉得赵氏就必定要败落么？他说，是的，他已经被赶到了晋阳，他被灭掉乃是时间问题。晋阳城尽管是坚固的，但没有什么真正坚固的城。我听说，赵氏的家臣董安于私自率军突袭了中行氏和范氏的大军，但这只是暂时的获胜。他们已经在重新集结军队，攻陷晋阳城的日子不会太久了。这样赵氏的土地将归于中行氏和范氏两家。你虽然和中行氏同出一脉，但赵午和赵鞅不也是同出一脉么？当初晋国的公室同族相残，不也是同出一脉么？仇恨乃是从利益而起，当初晋献公灭掉虞国，难道想过他们乃是同宗同族了么？

现在，我已经看清楚眼前的局势了。尽管中行氏和范氏的力量是强大的，但若是我和魏氏、赵氏以及韩氏聚合在一起，将可以将这局势扭转。若是能灭掉这两个卿族，我的家族就是晋国最强的了。我乃是智氏家族的宗主，我也该担负起力挽狂澜的责任，这是智氏家族兴起的天赐良机。我对他说，我原本没有想这样做，但这两个家族太过分了，我应该向国君谏言，要抑制他们的行为。我一个人的力量是有限的，只有我们共同行动，才可能制止荀寅和士吉射。你说得对，他们现在可以讨伐赵鞅，以后也可以讨伐我们，我已经看见他们的欲望是无穷尽的，若是赵氏被灭掉，还不足以填平他们的欲望。

于是，在朝堂上，我向国君谏言说，晋国的律法应该遵守，若是不遵守律法，就等于废除了立国之本。赵鞅和赵午的争执由赵午

古灵魂

引发，按照晋国的律法，先引发祸患的就是死罪，但赵鞅不能私自执法，将赵午杀掉。荀寅和士吉射两个卿相讨伐赵鞅，乃是国君的命令，但他们也是引起祸患的罪魁祸首。赵鞅已经被驱逐到了晋阳，国君的命令也得到了施行，但他们仍然攻打赵鞅，这已经失去了公平。按照律法，荀寅和士吉射也应该受到惩罚，国君应该下命令将他们两个人以及他们的中行氏和范氏两个家族驱逐出去。晋国的律法是国君颁布的，谁先引发祸乱，谁就应当被处死，这盟书现在还沉在大河里，河神会做证。国君说的，国君就应当做到。

国君说，可是，讨伐赵鞅是我的命令，我怎能改变自己的命令呢？我说，这不是修改命令，而是按照律法行事。律法对每一个人都是有效的，不能仅仅对赵鞅有效。若是不能按照律法发布命令，那么国君就会失去民心。若是失去了民心，也就失去了安宁，晋国的混乱就会越来越严重。现在，民众都在称颂你是一个明智的君主，若是不能公平地对待每一个人，这样的称颂就不会有了。

我的语气中带有威胁的意味，国君已经听出来了，他陷入了沉思。国君说，中行氏和范氏两个家族的力量强大，若是他们反叛，我们该怎么办？这时，魏侈说，若是他们真的敢于反叛，那么他们就失去了道义。他们失去了道义，也就失去了民众的支持，那么他们就必然要失败。我们讨伐他们，不是因为他们讨伐赵氏，而是因为他们引起了晋国的混乱。他们是有罪的，一个有罪者若是反叛，那么他的罪就更大了。

韩不信说，无论是荀寅、士吉射，还是他们的宗族，早已在晋国的土地上横行无忌，民众早就怨言满腹，只是不敢作声而已。就连魏舒这样的有功之臣，士鞅都敢于撤去他的外棺，他俩连一个死者都不放过，何况是别人。魏侈听到这样的话，眼睛里已经放射出了怒火，我看见他的拳头紧紧攥着，他的身体在颤抖。韩不信接着说，若是国君命令驱逐这两个罪人，晋国的民众必定要拍手称快。即使是士吉射的旁族范皋夷都愿意攻打他们，可以想见，民众是怎样盼望除掉他们。若是不除去这两个祸患，晋国的混乱就不会结束。他们的反叛是迟早的事情，若是必定要发生的，那么就要将之消除于萌芽。若是等到他们灭掉了赵氏，那么他们就要攻打国君的宫室了。

相反，赵鞅虽然杀掉了赵午，但他毫无反叛之心。即使是中行氏和范氏两族一起围攻晋阳，他也仅仅是闭城不出。只是他的家臣实在看不下去，才挺身而出与围城者决战。若是赵鞅奋力一搏，胜负还难以预料。他之所以没有抗拒，乃是因为他对国君怀有忠诚。可是，中行氏和范氏就不同了，他们不仅攻取了赵鞅的宫室，还兵围晋阳，想要将赵氏彻底消灭。他们的私心不是很明显么？

国君已经没什么可说的了。他既然不敢不听从荀寅和士吉射的话，又怎敢不听从我们所说的话？他就像一个丛林里的兽王，但他是一个失去了力量的兽王，他在打量着所有的野兽，衡量着他们各自的力量。他已经看出来了，谁应该被抛弃，而谁又应该被依靠。一切是显而易见的，在他打量之前，我已经打量过了，在他衡量之前，我已经衡量过了。将两块石头放在手上，轻重即刻可以掂掇出来。

士吉射

没想到荀砾和魏侈、韩不信三个卿族结盟来讨伐我和荀寅。我们围住晋阳，久攻不下，又遭到董安于的突袭，军阵被击破，只有暂时撤军重新集结。可是这时候，三个卿族联合对我发起攻击。显然他们是仓促出征，与我军在中途相遇，就被我们击败了。我对荀寅说，既然国君命令征讨我们，那么不如趁此机会，一举击垮三卿的大军，将国君驱逐，晋国将被我们两家均分。荀砾、魏侈和韩不信的军队不堪一击，而赵鞅的大军已经躲在晋阳城不敢出击，这是一个好时机。

荀寅说，谁攻击我，我就攻击谁。攻击赵鞅乃是因为他杀掉了赵午，这等于攻击我们，现在国君竟然命令攻击我们，那么我们就攻击国君。晋国早已不需要一个国君了，晋国也早已不属于国君。他之所以还是国君，乃是因为我们承认他是一个国君。实际上，他早已不是真正的国君了。既然他不是真正的国君，我还要这样一个虚假的国君做什么？我听说，抛弃虚假的东西，才可以得到真正的东西。我们为什么不抛弃一个虚假的国君呢？

我赞同荀寅的说法，晋国的国君已经是一个摆设了。他只是坐在宫室里，可是谁还听从他呢？他已经没有自己的命令，他的命令是别人的命令，只是这命令从他的嘴里说出而已。若是驱逐了他，这张嘴就没有了，他的命令就不再有效，他所说的话就失去了作用。现在别人前来攻打我们，乃是由于别人可以借助他的嘴说话。我们攻打赵鞅乃是出自他的命令，现在几家联合攻击我们，以为是他的命令。可是我们明知道这命令不是真正的命令，可是别人却利用这虚假的命令获得了攻击我们的理由。

我在想，我需要一个国君么？不，我不需要。我能够管理好我的宗族，我能够管理好我的土地，我也能管理好我的土地上的百姓，那么我为什么还需要一个凌驾于我头上的国君？他坐在那里，毫无理由地发号施令，我为什么要接受这样一个国君？难道我自己不知道该做什么？现在，国君已经开始攻打他的大臣了，那我还要继续忍受么？不，我不愿意接受一个国君，但又不得不接受。但我现在可以不接受了，因为他要杀掉我。我难道还要继续接受一个想置我于死地的国君么？

这似乎和战场上接受一个敌人一样。他要杀掉你，可你又允许他杀掉你，你觉得应该这样么？国君已经拿起了长戈，他已经冲向我，唯一的选择就是我也拿起长戈面对他。或者说，他已经拿起了弓箭，要将自己弓上的箭射向我，我要先于他拿起弓箭，射穿他的铠甲。他派出的军队已经被我击败，我为什么不能乘胜追击？这乃是决定命运的一搏，我的命运与其掌握在一个国君手里，不如将命运放在自己的手里。

他生下来就意味着要成为国君，可是我必须听从一个昏庸的国君么？我对荀寅说，我们该抛弃这个国君了，因为他已经成为我们的敌人。起始我们是为赵午而复仇，现在国君却攻打我们，这是新的仇恨，也是更大的仇恨。赵鞅仅仅是杀掉了赵午，而现在国君却要杀掉我们。为了赵午我们尚且可以出兵，为了自己为什么却无动于衷？为了别人可以搏杀，为了自己却为什么放弃抵抗？我们现在就攻打国君，将这个昏昧的国君驱赶出晋国，让他到荒野里去做国君吧。

有一个人却有着不同的想法，他就是从齐国流亡到晋国的高强，他乃是荀寅的家臣。他向荀寅谏言，你们不要讨伐国君，这样将对你们不利。讨伐赵氏乃是国君的命令，所做的都是正当的，然而讨伐国君就失去了正义。现在国君命令三个卿族前来征讨，但国君乃是迫于三卿的压力，不得不这样。虽然他已经失去了威权，但讨伐他却仍然会招致国人的愤恨。这不是因为他做得多么好，而是因为他仍然是一个国君。不是一个国君多么拥有德行，而是人们习惯于听从国君的命令，也喜欢有一个国君。他们即使是对国君充满了怨言，可是国君被别人欺凌的时候，他们仍然会站在国君一边。

——这就是一个坏国君也不容易垮掉的原因。民众是无知的，他们不知道自己究竟是谁，但他们知道国君是谁。他们不是喜欢有一个国君坐在他们的头顶，而是觉得一个国家必须有一个国君，不论这个国君是谁。他们不是喜欢哪一个人做国君，而是喜欢有一个国君。若是一个国家没有国君，他们就不知道怎样过日子。你们看吧，这人间并没有几个好国君，但昏昧的国君却一点儿也不缺少。重要的是，即使这个国君是昏昧的，但跟随他的民众更加昏昧。不是他们中间没有聪明的和有智慧的，但他们一旦成为一个整体，他们就是愚蠢的。你们见过羊群吧？牧羊人就知道这羊群的特点，每一只羊都不属于自己，因为它们必须跟随某一只羊向前走。若是这只羊跳下了山崖，它们都会跟着跳下去。

——所以，你们不能攻打国君。你们攻打谁都可以，就是不可攻打国君。凡是攻打国君的都没有好结局。民众是奇特的、诡异的，你很难知道他们究竟在想什么。看起来他们是一个又一个人，似乎每一个人都有自己的想法，但事实不是这样，他们的想法惊人的一致。你不值得为他们做事情。你即使打败了国君，为他们解除了暴虐和凌辱，他们却要恨你，对你充满了敌视。即使是过了多少年，仍然会有很多人怀念一个暴君。甚至他们会觉得一个暴君比一个明君更好。因为暴君奴役他们，而明君却不会这样做。他们喜欢鞭子甚于喜欢微笑，因为微笑不会给他们带来疼痛。

我说，古代的圣贤可不是这样说的，你所说的，我不相信。高强说，是的，圣贤们之所以成为圣贤，乃是因为国君们喜欢他们，他们说的话都是国君想说的话。当一个君王觉得一个人是圣贤的时候，民众也会这样想。因为他们不会自己想事情，他们仅仅是借了君王的想法作为自己的想法。这是可怕的，可事实就是这样。不要听圣贤的话，他们所说的仅仅是为了让你服从，让你们变为一只羊，这样你就只有跟随别人走，这乃是放弃了你自己。

我又说，你说得很好，那么我们攻打国君就是为了不跟随他走，我们要走自己的路。这有什么不好么？你的想法让我更加坚信自己的想法——攻打这个想要杀死我们的国君，让这个国君走向死亡。我不听圣贤的话，也不愿被他们迂腐的想法所束缚，我要和你的主人一

古灵魂

起，走向一条新生之路。我已经看见这条路了，这是一条宽广的路，一条通往光明的路，一条属于我们的路。是的，我们已经迈开了脚步，谁也挡不住。

高强说，不，我所说的和你所说的不一样。我不是说你的新路不好，而是那条你看见的路并不是真正的路。它是一条通往悬崖的路，我不希望你们走向悬崖。你们攻打赵氏，就像兄弟之间的斗殴，民众只是旁观者，他们除了感到寂寞的生活多了一些热闹之外，对他们没有什么损害。可是你们攻打国君就不一样了，就像攻打自己的父亲，而民众就会站出来，因为他们也会觉得这不是你们的父亲，而是自己的父亲。他们有了捍卫父亲的理由，尽管这个父亲是凶恶的，但他们不考虑这个，他们只是觉得自己需要一个父亲，不然就不知道自己来自哪里。他们不思考自己往哪里去，但需要知道自己来自哪里。

——不要认为三卿讨伐你们就多么重要。你们不是将他们击败了么？他们看起来聚合在一起，实际上他们乃是松散的，因为他们的想法并不一样。他们各自怀有自己的心思，这就是他们失败的原因。他们讨伐你们，是为了获利，但他们都想多获利，所以他们不会那么亲密无间地合伙。你们要击败三卿并不难，只要各个击破就可以奏效。但你们若是攻打国君，一切都会改变。他们有了更为充分的理由，也有了民众的支持，本来松散的结盟就变成了真正的结盟。他们之所以这样做，乃是因为民众希望有一个国君，为了借助民众的力量，三卿就会显示结盟的真诚。

荀寅说，我不管什么国君，我就是要攻打国君。有那么多人相信国君么？我不相信的，别人就真的相信？我看见的是，国君已经失去了力量，他不过是一个空洞的名分。我攻打他，就是攻打那个空洞的名分。我看见的也要让人们看见。国君和别人一样，也是一个人，而且是一个软弱的、不堪一击的人。我要攻打他，让他在民众面前露出他的真相。

高强说，不，一个国君是没有真相的，因为民众不相信真相。你要让民众相信你，除非你成为国君。可是你现在还不是一个国君。而他还是一个国君。即使他仅仅拥有一个名分，你也不能攻打他，因为你没有这样的名分。你用自己没有的，去攻打别人已有的，就很难有什么好结果。因为别人只相信已经有的东西，不相信还没有的东西，所以他们会聚合起来反对你。你要知道，他们平时看起来没什么力量，但聚合在一起就不一样了。每一滴水都没有力量，可是一条大河却有着惊人的力量，因为它乃是无数滴水的聚合。

荀寅说，你不要说了，你所说的我早已经想过了。水的聚合仍然是水，河流里的水也是水。若是走不过去，就乘船而过。人世间没有什么不可做的事情。当初武王讨伐商纣的时候，不也是成功了么？即使是一个恶毒的父亲，也是可以攻打的。因为攻打的不是父亲，而是恶毒的父亲。我不需要一个已经过去了的过去，而是需要一个将来。虚幻的名分是虚幻的，不论一个影子多么庞大，你仍然可以踏着它走过去。现在我们就攻打国君，一旦国君被驱逐，三卿也就会烟消云散，因为他们所凭藉的东西没有了，脚踩的石头没有了，那么他们将会一起落到激流里。

古灵魂

卷五百五十四

韩不信

讨伐荀寅和士吉射受挫，未必就是坏事情。这可以让反叛者最后反叛，因为他们会因为这样的获胜而变得自傲，也可以借这个机会召回赵鞅，这样就可以形成四卿结盟的阵容。我们的力量就会得以增强，击败荀寅和士吉射就没有什么悬念了。不出我的预料，荀寅和士吉射果然宣布讨伐国君，这激起了更多人的愤怒。

我对荀砾说，现在我们需要让国君免去赵鞅的罪，恢复他的职责，这样我们的力量才会变得强大。你知道，中行氏和范氏两个卿族已经积累了很大的力量，他们要攻打国君，若是我们失败，晋国就属于他们，我们就失去了立足之地。荀砾说，若是让国君赦免了赵鞅的罪，那么荀寅和士吉射的罪是不是也被赦免？这让天下的人们说，你看，是他们三家一起引起了祸乱，可唯独赦免了赵氏，国君所说的公平到了哪里？

我说，现在事情已经变了，当初他们引起了祸乱，可赵鞅始终没有对抗国君，只是逃到了晋阳。荀寅和士吉射却公然讨伐国君，这乃是叛逆。为了惩罚叛逆，我们就要召回赵鞅。已经试过了一次，没有赵鞅，我们的力量还不足，叛逆者将会肆无忌惮，也不会受到应有的惩处。你是掌管国政的正卿，又是智氏的宗主，我们都听从你的决定。荀砾想了想，说，现在只有这样了，就让他回来做中军的辅佐吧。这样我们就可以一起攻打两个卿族了。赵鞅不仅是一个有勇气的人，还是一个有智谋的人，我们都需要他。

在十二月，严寒侵袭着，赵鞅从晋阳冒着风雪归来了。我、魏侈和荀砾都到城外迎候。天空是阴沉的，雪花从天上飘落到地上。尽管这雪不是很大，但寒风一阵阵卷起了雪花，打到了我的脸上。远远地来了一辆辆战车，战戈的尖头在迷蒙中忽隐忽现，赵鞅的身影出现在风雪之中。他很远就走下了车，大踏步地在雪中行走。他的步伐刚健有力，似乎每一步都让脚下的土地震颤。

他的后面留下了深深的脚窝，众多的武士在他的左右护卫，战车都跟随在后面。渐渐地，我看清了他的面容。他还是那么英俊威武，一点儿也看不出他遭受的磨难和屈辱。时间并没有折磨他，他一点儿也没有疲惫的神色。相反，他的双眼炯炯有神，他的目光坚定而有力，似乎穿透了重重迷雾，穿透了无数暗夜，也穿透了茫茫旷野，穿透了不断卷起的飞雪。是的，他的目光里包含了自信和含蓄而节制的傲气。他身穿着厚厚的铠甲，头上戴着战盔，战盔顶部的红缨在风雪中飘动。

我们彼此施礼完毕，进入了晋都绛邑。在国君的宫殿里，我们四家卿族重新结盟。完成结盟仪式之后，荀砾就提出按照以前的约定，让范皋夷统领范氏，代替士吉射进入卿相之列，而让梁婴父取代荀寅，统领中行氏，也进入卿相之列，这样晋国仍然保持了六卿的权力序列。但是，刚刚回归的赵鞅说，两个叛族还没有剿灭，现在还不到任命新卿的时候。若是国君又任用了新的卿相，民众就会说，看吧，他们原来是为了权力而讨伐中行氏和范氏。这样，民众还能站在我们一边么？若是我们失去了国人的支持，还怎么能战胜敌人？

荀砾问我的看法，我说，赵鞅所说的很有道理。尽管我们早有约定，但在这个时候履行这样的约定不是一个好机会。我已经看出赵鞅为什么反对这样做。若是这两个人进入六卿之列，那么智氏家族的势力就会得以扩张。即使是将中行氏和范氏驱逐出去，那么晋国将会再一次生变。智氏家族的宗主荀砾一向专横跋扈，他不会满足现状。要是等到荀砾的势力逐步强大，那么我们几家联合起来也不一定能够击败他。

荀砾又询问魏侈是怎样想的。魏侈说，我和他们的想法一样。国君已经没有什么军队了，六卿乃是在国君的三军建制上设立的。现在三军已经名存实亡，所以没有必要设立六卿了。现在最重要的是讨伐中行氏和范氏。他们已经前来讨伐国君了，我们却在想着选择谁来替换背叛者的名分。是的，我们以前是有一个约定，但这个约定是以前的约定，那时赵鞅还远在晋阳，他还没有和我们结盟。现在结盟者增加了，事情已经有了变化，那么以前的约定也不能成立了。

魏侈也已经看出了荀砾的计谋。若是让这两个人真的取代荀寅和士吉射，成为中行氏和范氏的新主，那么岂不是驱逐了虎兕，又来了豺狼？我们怎能断定荀砾没有吞噬别人的心思？即使现在没有这样的想法，又怎能保证他以后没有这样的想法？现在我们四家的力量都差不多，若是荀砾的智氏家族变得一家独大，谁又能抵挡他？那样，我们就会遭遇更大的祸患。不，不能这样做，我们三家已经达成了一致，荀砾也就没什么话可说了。

但是否决荀砾的提议之后，也带来了别的后果。梁婴父没有得到卿相，对赵鞅充满了愤怒和仇恨，他就挑唆荀砾说，你掌管着晋国的国政，就应该替国君做出决定。这一次荀寅和士吉射的叛乱，乃是由赵鞅引发。而赵鞅之所以没有被荀寅和士吉射攻破晋阳，乃是董安于的功劳。若是没有董安于的筑城和智谋，赵鞅这一次就会被灭族。这个人对赵鞅忠心不二，又很有才智，若不能将这个人除掉，将来必定会有大患。现在赵鞅已经回到了绛邑，我们对他已经无可奈何，但可以将发起祸乱的罪名加在董安于的身上，借机杀掉他，那么赵氏的力量就会被削弱，我们的面前也就少了一个祸患。

我已经听说了他们的计谋，就将这个消息告诉了赵鞅。赵鞅说，董安于乃是我的功臣，我怎能失去他呢？我可以失去自己，但不能杀掉自己的功臣。若是我那样做，我将怎样被别人谈论？我自己又怎样在镜子里看见自己？我将害怕我自己的眼睛。我在镜子里看见自己的眼睛看着我，看见我的目光射向自己，我将不能忍受。我既害怕别人的目光，也害怕自己的目光。那么我将怎样在人世间生活？

果然，荀砾对赵鞅说，中行氏和范氏发起了叛乱，乃是由于董安于擅自用兵袭击而引发的。现在我们要驱逐中行氏和范氏，那么董安于也应该得到惩罚。因为晋国的律法说，引起祸乱的就是死罪。这一点你应该知道。赵鞅说，怎么是董安于引起了叛乱？叛乱者是因为他自己的原因，他不是因为别人而叛乱，而是因为自己而叛乱。一个人的叛乱乃是由于他有着叛乱之心，而有着叛乱之心的人谁又能改变

古灵魂

他呢?

　　我说,中行氏和范氏发动了叛乱,现在还没有遭到真正的驱逐,而我们结盟者却急于惩罚自己。等到我们将中行氏和范氏驱逐出去之后再谈论这件事情吧。然而荀砾不认为我所说的是对的。他说,我们尚不能解决自己的事情,又怎能解决别人的事情?若是我们因结盟而不能施行律法,我们用律法来驱逐别人岂能是正当的?若是我们所行的是不正当的,那么我们又为什么结盟呢?又有什么权力讨伐叛乱者呢?

卷五百五十五

董安于

　　我听说智氏家主荀砾逼迫赵鞅杀掉我，若是赵鞅不这样做，荀砾将要废除与赵氏的盟约，那样赵氏就会再次陷入危险之中。若是不能将我除掉，他们也不再攻打叛乱的中行氏和范氏，那样晋国将可能让智氏和中行氏、范氏联合起来，那样晋国将会走向分裂，叛乱者将会驱逐国君和灭掉赵氏。是的，现在什么事情都可能发生，好事情和坏事情都取决于荀砾的决定。

　　我见了赵鞅，对他说，主君对我的恩宠我已经领受了，现在应该我为主君做一点事情了。我能够做的事情很少，主君交代给我的事情我都是尽心尽力，虽然还做得不够好。现在，我听说荀砾想要杀掉我，并且用这件事来逼迫你，你又何必为这样的事情忧愁呢？

　　赵鞅说，他受到了别人的挑唆，更重要的是，他想用这样的方式削弱我的力量。我知道你对我是忠贞的，他们也知道。我知道你是一个足智多谋的人，他们也知道。我知道我需要你，他们也知道我需要你。这就是他们要杀掉你的原因。我不能让他们得逞。我已经说了，我不能失去你。若是你不能建起晋阳城，我受到攻打之后将无处躲藏，那么我也将不在人世，我的家族也将不可避免灭亡之祸。若不是你在关键的时候挺身而出，将围攻晋阳的叛军击退，我也不可能安然无恙。

我说，这些事情都是我应该做的。一个人不能为他的主人分担忧愁，那么又怎能配得上主人的信任？现在我能为主君所做的最后一件事情，就是我死去。我觉得现在没有什么比这件事更重要了。若是我继续得到主君的宠信，仍然这样活着，那么主君就要遭遇危险了。我不能让你遭遇危险，因为我的职责就是为你解除危难，那么我只有用自己的死，换取主君的安宁了。

赵鞅说，不，我不能让你死去。别人越想让你死，我就越不能让你死。他们害怕我，乃是因为我拥有你。我不害怕他们，也是因为我拥有你。若是失去了你，我就失去了依赖，遇到事情的时候，我不知该询问谁，也不知道该依赖谁。这一点，我的心里清楚，想要加害你的人也清楚，所以他们才想要除掉你。若是你真的死了，他们就如愿以偿。我为什么要让他们快乐，而又要让我悲伤呢？不，我不能让你死。若是我真的被驱逐，那么你在我的身边，我就是踏实的。当初，晋文公不就是流亡十几年么？因为他的身边有那么多有智谋的人，他即使是在流亡之中，心里也是踏实的。只要你在我的身边，流亡又有什么可怕的呢？

我说，主君不必说了，你对我的宠信和厚爱，我已经知道了。即使是这一点，我用自己的死也不能报答完。多少年来，我一直跟随你，跟随你是快乐的。遗憾的是，我不能继续跟随你了。我生来就是要跟随的，可是现在我不能再跟随你了。我的面前总是有一盏灯在照着我，我能够感受到眼前是明亮的。那盏灯就是你。可是我将要进入黑暗，永远的黑暗。我消失之后，我就什么也看不见了。但是别人还需要你，需要这盏灯。一盏灯不仅仅是为我放光的，也为别人放光。我可以死去，因为我的死不会让人感到失去了什么，但原本我的灯将归于别人，归于更多的人。

我看见赵戬的双眼流出了泪水，他的双眼因为这泪水而闪光。我也禁不住自己的泪水，它从我的面颊流过。我该说的话都已经说了，很多没有说出的话，将带入泥土。以后，你们会从很多地方听见我所说的。我的内心的声音都在泥土里。不论是什么季节，风声里将有我的话，只要你倾听，就是我在说话。雨声里有我的话，你们要仔细倾听，就是我在说话。大雪飘飞的时候，我也在说话，因为我的话变为无声，变为白茫茫的雪景。

凡是从泥土中出现的，都是我的影子。是的，我进入了无边的、永劫不复的黑暗，但我的影子将显示于世间。不仅我筑造的晋阳城在世间，那里的每一块石头在世间，还有土地上长出的每一叶草、每一棵树和每一朵花，都是我的影子。我从深深的地下，将自己的影子伸向地面，让别人看见我。我死了，但并不是真的死了。我进入了黑暗，但我的影子仍然存留在地上。因为这影子的存在，世间会更加繁茂。

我转身离去，没有再看一眼赵戬。我能够感到，他的目光就在我的后面，我感到这目光追着我，也穿透了我。是的，我感到自己被两束光穿过，落到了我的前面。赵戬的面孔被映照在我的背上，他的一切都映照在我的背上。我将带着这面孔远行，到一个我未知的地方。

古灵魂

我只是猜想那里是黑暗的，但又怎能断定我就会沉入无边的黑暗里？

　　我回到自己的家里，将一条长长的白绫悬挂到高处。我将它做了一个套子，它可以正好套住我的脖子。这是我自己做好的套子，我要进入这套子里。我先试了试，十分合适我。我要通过这套子到另一个地方，这不仅仅是一个套子，它是另一扇门，它已经向我敞开了。我看不见门里面有什么，但我知道那里有我的归宿。人世间都在无数的套子里，每一个人都在无形的套子里，谁也逃脱不了这套子。可是我将在洁白的套子里，找到解脱的门。我现在需要它，是为了彻底抛弃它。我从这套子里窥视，它里面是无限的黑，是完全的黑，深邃的黑，隐隐地，我从这漆黑中看见了自己，我看见自己正向着这漆黑走去——我用这套子重新套住了自己的脖子。

卷五百五十六

赵鞅

　　荀砾逼迫我杀掉董安于，现在董安于却自缢身亡了。我按照荀砾的想法，将董安于的尸身暴放于街头，这就是荀砾所要的惩罚。现在他所说的，都已经做到了，他还会有什么不满呢？我对荀砾说，我已经遵从你的吩咐，将董安于处死了，也已经暴尸街头，以警告民众不要犯罪。我的态度是谦恭的，他打量着我，似乎要看穿我。我已经收敛了自己眼睛里的锋芒，让荀砾看见我的面容上所呈现的真诚。

　　他半信半疑地说，我已经听说了，董安于的死是罪有应得。你杀掉了他，没有顾及他为你建立的功劳，说明你是公正的。我可以和你再次盟誓，现在我们就可以攻打共同的敌人了。若是董安于没有死，那就必然会引起内乱，因为他不听从你的命令，也不会听从别人的命令。这个人是高傲的，从来不会觉得自己做了犯罪的事情。若是别人都要效仿他，那么祸患就不会远了。

　　但我怎能忘掉董安于对我的忠诚呢？我让人偷偷收留了董安于的尸首，予以厚葬，还将他的灵位放在了我的宗庙里作为陪祀。我在祭祀我的先祖的时候也会祭祀他。不仅我不能忘记他，我的子孙也不能

古灵魂

忘记他。他不该死，但他代替我死去了。而我却不能代替他活着。我的悲痛没有人能够知道，因为我要将悲痛压在自己的心里，我不能将这悲痛显露在脸上。在镜子里，我发现自己一下子老了很多，悲痛已经化为了我脸上的褶皱。我变得沉默寡言，是的，我不想说话。我从前和他所说的话，都在我的心上盘旋，就像有无数飞鹤，围住了我。我从这无数的翅膀里寻找他。

有一次，我在梦中见到了他。他还是原来的样子，他的脸上的表情是严肃的，他的衣裳是整洁的，就像平日前来朝见一样。他对我说，我经常在你的前面或者后面，我可以经常看见你，但你已经看不见我了。我只有在这梦中前来相见。我已经看见了你祭祀的烟火，也看见了你的悲伤。我所来到的地方，是每一个人都要来的，所以死并没有什么可怕。人们不是害怕死，而是害怕到一个陌生的地方。

他又说，你将在攻打中行氏和范氏的时候，与齐国人和郑国人相遇，你不要害怕他们。你虽然兵少将寡，但仍会击败他们。你将会被敌人射中肩部，但没有生死之虞。你将在秋天包围邯郸，邯郸人会向你投降，荀寅和士吉射都会逃亡异乡，他们的宗族将会灭亡。晋国将会剩下最后的三家，赵氏是其中的一家。我所要告诉你的，只有这么多了。

刚刚说完他就转身离去，就像他最后一次见我的时候一样。他没有回头看我一眼，就突然消失于无形。我痛哭失声，并被自己的哭声所惊醒。我醒来之后，想着董安于和我说的话，我就和身边的人说了这个梦。他们将这个梦记了下来，等待着验证。一个人对我说，董安于即使死了，灵魂也是忠诚的，他还是不放心主君啊。他的话让我更加伤心，我的眼泪又一次止不住地流下来了。

董安于在梦中对我说的事情一件件开始应验。一个梦并不是梦，而是走在了时间前头的真实。我看不见的，一个死去的人会看见。我不知道的，一个死去的人会知道。我开始想到，死去并不是死去，而是用死的方式行走在了前面。过去，董安于跟随着我，他走在我的后面，现在我跟随着他，走在了他的后面。

这一年的八月来了，秋天的景色涂满了原野。齐国给逃到了朝歌的中行氏和范氏运送粮食，由郑国的子姚和子般押运。我的军队和他们在中途的戚地相遇了。是发起攻击还是退守避让？对手有着那么多战车和士卒，而我的将士很少。能不能击败强敌？我想起了董安于在梦中和我说的话，就决定放手一搏。我对将士们说，我们就要发起攻击了，我们绝不会失败。敌军固然数量众多，但他们是虚弱的，因为他们乃是违逆了天意。违逆天意的人怎么会不失败呢？

我对天起誓说，中行氏和范氏违背了天命，背叛了国君，又将百姓视为草芥，随意杀戮，既要在晋国专权独断，又要驱逐晋国的国君，他们所想的就是要晋国灭亡。可是晋国是不会灭亡的，我们将顺应天意，遵从国君的命令，向天下弘扬德义。能不能消除我们的耻辱，就看能不能击败强敌。若是战而胜之，上大夫可以得到县，下大夫可以得到郡，士可以得到十万亩土地，庶人工商者可以在朝为官，奴隶可以赎回自由。我若是没有什么罪过，就请求国君考虑我对你们的承诺。若是战败了，我就是死罪，就请求国君诛杀我，死后的葬礼也降为下卿。我说了的就要做到，请你们为我做证，也请天上神灵和我的先祖为我做证。

古灵魂

我站在了高处，看见了郑国大军的营帐。战车排满了军营，垒起的军灶就如天上的星辰。我的内心感到一阵阵焦虑不安，我不知道能不能战胜敌军。我的想法并不重要，重要的是将士们会不会因为敌军的强大而恐惧。夜晚降临了，我坐在这高处，一直观察着敌军的动态。他们似乎一直按部就班，没有一点儿慌乱之意。他们升起了篝火，巡守的士卒在军营四周走动。篝火将他们的影子不断改变，看起来既是凌乱的，又有着固定的节奏。

天上的星辰也同样像从前一样，亘古以来没有什么变化。它们用不断闪烁的眼睛看着我，我被这星辰笼罩在微光之中。这一切既像是真实的，也像是梦幻。秋风渐渐大了起来，它包含着从容不迫的凉意，从我的面颊吹过。我感到这秋风已经在侵袭着我的骨头，在我的每一个骨缝里穿过去。我不是一个真实的人，而是一个充满了缝隙的人，就像一棵树，有着无数枝条，所以这秋风可以肆无忌惮地穿越。我被不断地摇晃，我的心也在这摇晃之中，我似乎坐不住了，我下面的石头也好像在移动。

要是董安于在我的身边该有多好啊。我可以问他，我该怎么办？但是他已经远离了我。我的脸朝向天空，我看着漫天繁星，想着他一定在高处看着我。我在这夜空中搜寻着他的影子，可是只有漫天神秘的星辰，它们那么高远、那么冷漠、那么无动于衷。它们并没有和我说话，也没有为我示意。从我童年的时候它们就是这样，现在它们仍然是这样。它们似乎是不变的，可是我所面对的却是每时每刻的变化。

明天将是一场多么残酷的激战，我要用很少的兵力面对强大的敌

卷五百三十五—卷五百九十七

军。上天啊，你应该让我知道结果，赋予我无限的勇气，你应该保佑我，你也应该让我获胜。你要知道，这场胜利意味着我的转折，意味着改变命运。我需要力量，需要勇气，需要你的佑护。你要将那叛逆者拖倒在地，要将他的弓弦折断，也要将他的长矛折断。他们的箭将飞向天空，而不是落在我的身上，也不会落到我的将士们的身上。而我的箭将射穿他们的铠甲，我的战戈将砍掉他们的头颅，因为他们是叛逆者，他们应该受到惩罚。让他们接受这该有的惩罚吧。若是上天不给他们降下惩罚，又怎样让我相信上天的公义？

这一夜是这么短，我在这里坐着坐着，就等到了鸡鸣。远处的村庄，更远处的村庄，以及近处的地方，鸡鸣声隐隐传来了。有的声音是清晰的，也有的是模糊的。可毕竟是鸡鸣在召唤，东方的山峦上，隐隐现出了一片暗淡的白。是的，这白色还是晦暗的，还不是那么明显，但它的后面乃是一轮新日。它将从地下一点点浮上来。它将浮到山峦的齿状的峰线上，它将越出阻挡它的所有栅栏，它将自由地升起，并将磅礴的光芒向着地面撒开。

敌营已经骚动起来了。军灶已经点燃了，万千光线在众多的、凌乱的人影中穿梭，战马已经拉到了战车前。我的军营也是这样。我走向我的将士们。在凌晨的秋风中，我们的火焰也在喷吐着烟雾和光芒。造饭的军士已经做好了早餐，士卒们将战戈和弓箭已经准备停当。一匹匹骏马已经套上了战车，它们踢踏着，刨起了地上的尘土。它们已经吃饱了草料，等待着就要到来的残酷时光。

然后我命令士卒们推平了井灶，告诉他们，我们不需要这些东西了。若是我们战死了，我们不需要它们。若是我们战胜了对手，也不需要它们了。因为敌军已经为我们预备好了一切。军队集合完毕，天光朦胧中，我看不清每一个士卒的脸庞，但我已经看见他们精神抖擞的身姿。他们整齐地站立在我的面前，就要进入我设置的攻击阵形了。我要将精锐之师布置在侧翼，而中间用很少的精兵将敌阵冲散，然后真正的力量从敌军的腰部猛击，最后另一侧的军队击中他们的尾部。

我对士卒们喊道，敌军尽管人数比我们多，但他们是不堪一击的。因为他们长途押运粮食，已经疲惫不堪，而我们则精力充沛，更重要的是我们具有不可抵挡的勇猛。当初，魏氏的先人毕万是一个普通人，但他敢于和强敌搏杀，七次作战都俘虏了敌人，还缴获了众多战马。因为他的勇于搏杀，晋献公将毕地封赏给了他，还让他做了自己的戎右。他仍然勇猛杀敌，从而位列公卿，他的后代都得到了他的庇荫，直到现在魏氏仍然强大。没有比他更好的榜样了。每一个人从来都不是原有的样子，勇猛可以改变每一个人。现在你们都将成为毕万，以后你们都将获得荣耀。马上就要投入战斗了，战斗将让你们成为另一个人。

说完之后，我跳上了战车，蒯聩在我的身边作为我的戎右。我对蒯聩说，我们的时候到了，现在让我们冲向敌阵吧。蒯聩说，我会紧紧跟着你，我已经从你的身上看见了我自己。你是勇敢的，你的勇气已经传递给了我。蒯聩是卫灵公的儿子，是卫国的太子，他与卫灵公的夫人南子结下了仇怨，试图刺杀南子。但他的家臣到了行刺的时刻却反悔了。刺杀南子失败之后，他就奔逃到了宋国，又投奔了我。

他长得身体壮实，有着用不完的力气。我们两个对视了一下，彼此会意，我看见他的脸上充满了严峻而冷酷的意志。我说，我若是能够成功，就将你送回卫国，你将是卫国的君主。他说，现在不说这些事情，我们所面对的乃是数倍于我们的敌军。我们可以冲入敌阵了。随着御夫的一声大喝，我的战车冲在了前面，后面的战车随着我开始奔驰。马蹄敲击着土地，冲破了秋风的沙沙沙的屏障，骏马的鬃毛在飞扬，我的脸上感到一阵阵凉风刷过，似乎有一点儿疼痛，又有着无限的快意。

卷五百五十七

蒯聩

我挺立在赵鞅的身边，看见他满脸通红，可以知道他浑身的热血在沸腾，他的双眼冒出了残酷而可怕的光。那目光是带血的，充满了红，就像林中的野兽一样。但是他的身体却钉在了战车上，尽管战马在奔腾，车轮在颠簸中旋转，碾过了碎石和朽木，也碾过了松软的泥土和落叶，但他仍然一动不动地站立在车上。

我现在看见了这个人身上凶狠的力量。他的铠甲发出了冷光，他的战戈寒光闪闪，他背部的箭囊装满了箭，就像一个浑身都插满了刺的动物。他的手里拿着弓箭，随时准备拉弓。跟着这个人去搏杀，你会忘记了生与死，忘记了恐惧，也忘记了自己。你的眼睛被他的目光点燃，你也会变为一团烈火，你在熊熊燃烧中扑向前面的敌人。你不仅能看见他身上的火光，也可以感受到自己身上灼热的气焰。

前面的战马发出了一阵阵嘶鸣，这嘶鸣中既有愤怒的激情，也有惊恐的喷涌，它都被转化为速度和力量。它们似乎不是拉着战车，因为它们力量的爆发，已经摆脱了战车的束缚，它们不是在奔跑，似乎在飞行。而后面的战车不过是跟着它们飞。战车已经不是它们负重的理由，它们失去了这样的负重，因为战车完全变成了追随的影子，没有重量的影子。

我们的战车很快就冲进了敌阵，敌人被我们凶猛的气势所压倒。在赵鞅的眼中，前面似乎没有任何人，他只是挥动着战戈，将一个个接近他的敌人砍倒，就像一个秋天的收割者，他所挥洒的只有热气中飞扬的汗水。不，连汗水也没有，因为汗水经不起火焰的蒸腾，他的脸上冒着一股股热气，仿佛完全被一团热气笼罩。

郑国的大军很快就被冲散了，原本完整的、齐整的阵容，变为了凌乱的、毫无秩序的散兵游勇。他们被赵鞅的军队分割为几块，四处充满了尖锐的、悲惨的、嘶哑的嚎叫。血到处在流，我们的车轮已经被染红。鲜血在迸溅，我不知道为什么会这样，但我知道这乃是上天的安排。很快后面的战车就如潮水一样涌来，冲到了我们的战车的前面。他们看见了赵鞅的勇敢，也看见了敌军的虚弱。当然最重要的是看见了自己的勇敢。他们以鲜血为自己的镜子，他们看见了另一个自己。

晋军的将士们都奋勇争先，因为赵鞅给了他们力量和勇气。战车一辆辆冲到了前面，他们都护卫着赵鞅，因为他们看见敌军一浪又一浪涌上来，都朝着赵鞅而来。很快这一个个浪头被压住了，敌人带着一副副惊恐的面孔向后退去。接着一支支箭向赵鞅射来，他竟然毫不躲闪，只是挺立在战车上，呐喊着，擂响了进击的战鼓。战鼓有力的鼓点伴随着战车的奔驰，和战场上的晋军的喊杀声混杂在了一起。杀戮和血、秋风和战戈、铠甲的闪光、已经凋零的野花和一张张扭曲的、带着仇恨的面孔，都在战鼓的节奏中残酷地开放。

古灵魂

一支箭突然射中了他的肩膀。他似乎毫无察觉，依然在猛烈地擂着战鼓，甚至这战鼓的声音更大了。那支箭一直在他的肩头立着，箭尾的羽翎随着鼓点抖动。最后三面的大军合拢了，郑国的军队丢弃了押运的一千多辆粮车，丢盔弃甲而去。赵鞅仍然挺立在战车上，似乎意犹未尽，仍然在擂着战鼓。我扶着他的身体，生怕他因肩上的箭而倒下。最后他扔掉了鼓槌，用手拔出了肩膀上的箭。他将带血的箭递给我，说，将这支箭留下吧，我要将它献给神灵。是神灵让我获得这支箭，董安于在梦中说给我的，都已经应验。

我看着他的肩部流出了血。我想着给他按住伤口，他推开了我的手，说，让它流吧，我身上的血积蓄得太多了，让它流吧，让它流吧，我的血是流不完的。我的获胜乃是用我的血换取的，我的血还要换取更多的东西。血不是最宝贵的，它的奔流才可以证明它的宝贵。一切都不是最宝贵的，只有一切发生之后才证明它的宝贵。因为流血是为了别的事情，这说明还有比流血更重要的东西。一切也不是最宝贵的，因为这一切的发生乃是为了一切之外的东西。既然一切都不是宝贵的，那么，人世间没有什么是宝贵的。

我说，不，人是最宝贵的，一个人没有了，就什么也没有了。因为人是宝贵的，所以人才会面对死亡感到恐惧。我们乃是放弃了恐惧而获胜，敌军是因为被恐惧慑服而失败。因而，恐惧是最宝贵的，谁失去了恐惧，谁就可以获得解脱，谁得到了恐惧，谁就要失败。一个人需要扔掉这宝贵的，得到的才更宝贵。但是，放弃了最宝贵的东西，也就不再有什么宝贵的东西了。现在我们获胜了，你却中箭而负伤，你需要休息，现在休息是最宝贵的。

从早晨到下午，阳光越来越灿烂，天上的云彩也消失了。秋天的阳光撒在了地上，就像农夫撒下了无数金光闪闪的种子。它照耀着胜利和死亡，照耀着无数死去的人们和活着的人们。人间的悲惨和喜悦都在它的照耀中。我看着士卒们在收拾战场，他们从死去的人们中间一次次走过，拖着疲惫的影子，一次次用这影子覆盖尸体和血。一些战车的车轮因为激烈的厮杀、冲撞、颠簸而脱落，就像落叶一样丢弃在一边。战马因为疲累或者受伤而卧在了地上，一些站立的战马刚刚从惊恐中挣脱，还没有心思啃吃地上的枯草。

　　结束了，两军交战结束了，一天也要结束了。我这时才感到了浑身的疲累。我一点儿也没有饥饿感，只是想睡一会儿。我靠着战车，坐在土地上，感到就要睡着了。可是似乎有很多东西在我的身上躁动不安。我的双耳听见了各种各样的声息，也许这是秋天的声息，也许这是秋虫的鸣叫。但好像都不是。这些混合在一起的，分明是来自我背靠的战车。是的，是这战车上的木头在喘息和呼喊。

　　因为这战车的每一根木头来自山间的树，来自另一个季节的树。它的根须扎在了地下的泉水里，它汲取了这泉水的汩汩声，也汲取了地上的甘露，经历了天上的雨和严冬的雪。也经历了四季的来自每一个方向的风，微风或者强风，经历了每一天的日晒或者阴沉，还有月光的浸润和星辰的笼盖。我就靠在这木头上，感到了蕴蓄在其中的力量和声息，我似乎从中倾听到了甘泉的声音，风雪的声音，阳光和月光的声音，大雨和雷霆的声音，以及漫长的、寂寞的岁月的声音。

　　我就靠在这声音中昏昏欲睡。我不知道自己在这样的声音中待了多久，直到一缕刺眼的光芒覆盖了我的眼帘。在这样的秋天，我感到

古灵魂

自身就是一片飘零的树叶，在这阳光里静静等待。可是我还能等待什么呢？我是一个逃亡者，我跟随赵鞅，乃是为了重回我的国家。我什么时候才可以回去呢？现在，这是关键的一役，是消灭中行氏和范氏的好开端。截获了他们的粮食，朝歌就成了一座孤城。最后的胜利一点点倾向于赵氏了。

我相信，赵氏将成为胜利者。他的胜利将是我的胜利。他向前面迈进一步，我也向自己的国家迈进一步。我看着赵鞅在关键时刻所爆发出来的力量，就知道我也需要这样的力量。我觉得自己在赵鞅身边的日子，有一种独特的苦涩浸入了我的血液，我需要这苦涩的血。只有苦涩的血才可以酿造胜利者的酒。紧接着，赵鞅率军围住了邯郸，几个月之后，邯郸断绝了粮食，邯郸的民众背叛了赵午的儿子赵稷，举城向赵鞅投降。赵稷奔逃到了临，荀寅奔逃到了鲜虞。但叛乱者并不会甘于服从这样的结局。

到了寒冬，中行氏和范氏向齐国借军，攻占了晋国的邢、任、栾等地，在柏人一带负隅顽抗。赵鞅说，不能让他们喘息，我听说，冬天被冻僵的蛇到了春天就会苏醒，它的毒性会更强。而捕蛇者必须在它还没有醒过来的时候捕捉它，这样才可以避免危险。赵鞅做了准备之后，率军攻打柏人，荀寅和士吉射逃到了齐国。没过多少日子，齐景公死了，晋国的叛乱者也失去了齐国的支持，这样，中行氏和范氏也就从显赫一时的荣耀里消失在了苍茫的夜色之中。

晋国的内乱就这样结束了，晋国剩下了四个卿族。我乃是这个时期的见证者，和赵鞅一起经历了不断起落的命运。这既是赵鞅的命运，也是我的命运的一部分。在这一段时间里，荀砾也死了，他的儿子荀申继承了他的爵位。这样，赵鞅成为晋国的上军将，上军的辅佐是韩不信，下军将是魏侈，下军的辅佐为荀申。晋国就属于四卿了。重要的是，我也将迎来自己新的命运。我的父君灵公死了，我的儿子姬辄继承了君位。赵鞅对我说，我现在可以送你回国了。你跟随我这么久，在晋国建立了功勋，你应该回去寻回你的君主的爵位了，那是你本来拥有的东西。

我说，我跟着你，身上披满了风雨，我的铠甲更坚硬了。我跟着你经历了这么多事情，让我看清了眼前的路。我跟随你射出了无数支箭，也看着你从自己的肩头拔除敌人射伤你的箭。我也跟随你一路踩着血前行，我知道自己怎样走才能脚步稳健。现在我的国家发生了变化，我渴望回到自己的国家。卫国需要我，我想改变我的卫国。可是我的前路仍然充满了未知。请你给我一支军队，我率领这军队回到我的国家。我不会忘记你，以后的日子里，我们将是暗夜里的同行者，不论在哪里，我都能看见你身上的光，你只要召唤我，我就会来到你的身边。

赵鞅

　　我听说，荀寅在逃跑的时候，将自己的祝师召来，对他说，我现在只有奔逃他乡了，我的家族原本是强大的，可我现在却成了这个样子。为什么上天不佑护我呢？我这个人喜欢仁贤者，又厌恶不肖者，为什么上天会这样惩罚我呢？必定是你在祭祀的时候不够虔诚，敬献的牺牲也不够肥厚，斋戒的时候也不够恭敬，不然上天为什么要惩罚我呢？现在我的家族败落，我也要逃亡他乡，你为什么要这样做？难道我什么地方对你不好么？

　　祝师回答说，你对我十分厚待，我非常感激你。我也在祭祀中用了自己的全部虔敬，毫无半点虚假。无论是对你还是对上天，我都不敢存有私心和不恭。但到了现在的情形，应该另有原因。从前我们的先君穆子只有十乘车，但他从来没有忧虑这太少，只是忧虑自己的德行不足。可你已经拥有上百乘车，却从来不忧虑自己的德义微薄，却还是觉得自己的车辆太少。你的华车是那么精美华丽，却从来不考虑民众的税负因你的奢侈而愈加沉重。

　　他说，民众会因为你的不知餍足而怨恨你、诅咒你，可是你却从来不会去想他们怎样过日子。我每一次为你祈祷，都感到深深的不安。因为我一个人的祈祷，怎能抵过千万人的诅咒？上天能够听得见我的声音，也能听见千万人的声音。若是上天是公平的，那么它是听我一个人诉说，还是听千万人诉说？一个人的祈祷重要，还是一个国家的人祈祷更重要？若是你，你是听一个人的话，还是听千万人的话？可是你在平时从来不听千万人的话，却只是听自己内心的欲望。我作为你的祝师还能为你做什么呢？

荀寅原本想要处罚祝师，但听了他的话，自己感到了惭愧。他说，到了现在，上天已经惩罚了我，我也知道上天为什么惩罚我了。我原以为自己是无辜的，却不知道自己是有罪的。有罪者若是知道自身是有罪的，那么他还可以悔改。但我不知道自己的罪，就没有回头的希望了。可是你从来没有告诉我。你不能仅仅向天神祈祷，还要告诉我天神的旨意。我若是知道天神的旨意，那么怎会走到今天呢？

祝师说，我曾告诉过你，可你对天神的旨意并不在意。你只是在意自己的贪欲，却不知道听从别人的告诫。听到上天的旨意并不难，这旨意不是在天上，而是在人间。无论是在街道上的小贩的嘴里，还是在路边的流浪者的形象里，无论是在农夫枯干的谷子上，还是在自己的镜子里，都可以听见和看见上天的旨意。一个人若是自傲，他就听不见也看不见。一个人若是贪婪，他就看不见自己的手正伸向哪里，也听不见自己的脚步正在挪向了黑暗。即使是上天的旨意就像涛声一样汹涌澎湃，他也不会听见。我又有什么办法呢？我的声音是微弱的，我的声音只有上天可以听见，但它听见我的声音的时候，也看见了你的罪，我又有什么办法呢？

古灵魂

现在荀寅悔之已晚。一个人在平日的行动怎能想见自己将来的悔恨呢？我还听说，鲁国的贤人孔丘的弟子子路问他，一个贤良的君主治理国家，他的第一件重要的事情应该是什么？孔丘回答说，最重要的事情应该是让贤者尊贵，而让不肖者变得卑贱。子路又问他，我听说晋国的荀寅就是这样，他尊重贤者，而鄙视不肖者。可是他的结局怎么样呢？他为什么不得不逃亡呢？

孔丘说，他虽然尊重贤德的人，却不能任用贤德的人。他虽然鄙视不肖的人，却不能远离和排斥不肖的人。因为贤德的人会妨碍他，不肖的人又能让他满足贪欲，那么最后的结果已经被确定了。贤德的人因为自己不能被任用而抱怨，不肖的人知道自己被鄙视而结怨，他所得到的没有信任和忠诚，只有怨恨和仇视。他的邻居不愿意与他相处，他的敌人想要他死去，他表面上得到了奢华，可是内里却都是危险。可是这样的人并不会知道自己将要面对的结果。他即使不想流亡异国，可上天不会给他另外的安排。

我的先人赵武也曾经问过叔向，晋国的六卿中，哪一个卿族会最先灭亡？叔向乃是一个有智慧的人，也是一个博学的人，他想了想说，应该是中行氏先亡。中行氏家族一向苛刻，而他们却将这苛刻作为自己的聪明；一向善于欺诈，却将欺诈作为智谋；一向虚假，却将虚假作为忠诚；一向诡计多端，却又将这诡计多端作为本领；喜欢聚敛财富，又将这聚敛财富作为能力。这样怎么会不先灭亡呢？

他说，没有不会灭亡的家族，就像没有不死的人，但是要看谁最先死去。最先死去的必有该死的理由。聪明的人并不是最精明的，也不是最苛刻的，因为你的精明和苛刻必定要让别人远离，你就必定陷人孤立，将死的时候就没有人会救助你。有智谋的人是那些弃绝了运用智谋的人，他们不是不懂得运用智谋，而是看见了别人的智谋而用仁德应对。仁德是最大的智谋，若是抛弃了仁德，智谋和欺诈就变得一样。欺诈只是暂时会起作用，但别人终究会看见你的欺诈，欺诈就失去了效果。一旦欺诈失去了效果，那么运用欺诈的人连他的根也将失去，他将不能在人世间立足。

虚假的忠诚看起来也是忠诚，但虚假的必定能够被看穿。一旦被看穿，忠诚就不存在了，人们也不再会相信他。若是一个人失去了别人的信任，就像冬天的人失去了衣裳，他将被冻死。诡计多端又有什么用呢？没有别人的信任，诡计也不可能发挥作用。每一个人都喜欢聚敛财富，但有智慧的人知道什么属于自己，什么是别人的东西，知道不能贪求不属于自己的财富。但愚蠢的人只是知道什么都属于自己，所以他会强求不属于自己的东西也要归于自己，这就要让失去财富的人怨恨。这不是什么才能，而是真正的愚蠢。愚蠢来自欲望，或者说来自没有克制的欲望。若是一个人因聚敛财富而得到了众多人的仇恨，他怎么能持久呢？

中行氏看起来十分兴旺，但这乃是暂时的。不能看他的现在，要从他的现在看见他的将来。一个家族就像一个人，他有着难以改变的本性。他的将来不是因为他的现在，而是决定于他的本性。他现在的样子就像脱去了毛的兽皮，看起来很大，也很漂亮，但它却因为失去了毛而容易破裂。是的，中行氏已经自己刮去了兽皮上的毛，他就要破裂了，可自己仍然欣赏着自己光滑的外貌。这怎么不会先灭亡呢？

叔向真是有先见之明啊。他虽然早已经死去了，但他的话却留给

古灵魂

了我。我的先人赵武虽然看见了大的灭亡，但却不知道谁最先灭亡，也不知道那个最先的灭亡者为什么会灭亡。但他的智慧在于能够倾听智慧者的话，知道怎样从别人的镜子里看见自己，怎样避免别人的命运。我虽然在攻打中行氏和范氏中获胜，但我要从先人的问答中获得警戒。我看着中行氏和范氏奔逃的影子，不仅仅是为了观看，而是为了自己不要踩上他们的影子。

卷五百五十九

晋定公

也许这是我所能做的最后一件事情了。我知道自己不能做更多的事情，我缺乏这样的力量，也缺乏这样的条件。在我的晋国，我只是一个名义上的国君，而真正的国君乃是我背后的那些支配我的手。它来自四个卿族。是的，中行氏和范氏已经退出了，他们的田地已经被其他人瓜分，他们已经奔逃到了异国。我已经看见他们一点点消逝，只有他们的背影留在了我的心里，而且这背影也不是完全清晰的，只是一团淡淡的暗影。

这样的暗影只能让我感到恐惧。我不知道自己的结果怎样，但我看见了他们的结果。他们因反叛而失败，但这反叛乃是他们的罪名，而别的反叛者却没有这样的罪名。实际上，我的身边充满了反叛者，反叛者包围了我，我就生活于反叛的暗影里。更多的人早已反叛，只是他们看起来不像是一个反叛者。一个国君被剥夺了他的权力，也只是剩下了国君的名义。那么那些剥夺者难道不是反叛者？

可是我没有力量制止反叛，我只是用反叛者攻打反叛者。现在的结果不过是两个反叛者失败了，而另一些反叛者获胜了。这是反叛者

古灵魂

的较量，而不是我与反叛者的较量。这一切似乎与我无关。所有的反叛者都是对准我的，可我成了反叛者争斗的旁观者。是的，我只是一个旁观者，我只有用眼睛来看，却不能伸出自己的手来掌握。我还能做什么呢？我唯一可以做的，就是任凭反叛者不断发起争夺，我只是争夺者可以利用的一个名分。也许能够被别人利用就是我的意义。

别人的利用给我提供了利用别人的机会，这就是利用的意义。反叛者在相互攻击，但也相互利用。那么谁是反叛者？我也是反叛者，但我不知道我所反叛的是谁。这已经不是一个正当的人间，乃是一个反叛者的人间。若是正当的事情消失了，那么就让反叛者来争斗吧，他们也将在争斗中灭亡。若是反叛是正当的，那么争斗也是正当的。若是争斗是正当的，所有的灭亡都不足以惋惜，因为灭亡也是正当的。

那么，就让该灭亡的灭亡吧。不要为灭亡而担忧，也不要为灭亡而挽救。这就像疯狂的战马拉着一辆战车，在没有路的地方奔跑，直到飞向深渊。我也要灭亡，我也要死去，就像我前面的君主，因为现在的一切都是他们留给我的。我要将他们留给我的，归还给他们。是的，谁也不会永远活着，谁都要死去，谁都要灭亡。因而谁也不必为灭亡而担忧。

我曾见到过一个流浪者。他坐在野地里，坐在一条小路旁。他的眼帘低垂，即使我走到了他的身边，他也没有抬起头看一看。他不需要看这个世界，不需要看谁在走近他。他只是沉浸在自己的内心里。我以为他乃是因为饥饿的缘故坐在这里，于是我让人将饭食给他，他仍然没有看我，也没有看眼前的饭食。他还是低垂着眼帘，似乎一直在想什么。直到我走远之后，他仍然保持原来的样子。

可我却总是觉得他的目光在我的身上。他看着自己的内心，并没有看别人。他既是自尊的，也是谦卑的，因为他不关注自己之外的事情。可是他的内心发生了什么事情？谁又能知道他呢？我从来没有见过这样的人。更多的人乃是将眼睛看向前面，从来不关注自己。或者他们关注眼前的食物，但从来不关注自己。他们也许没想过，所有的事情不是发生在外部，而是发生于人的内心里。他知道，神灵从来都是住在心里，为什么要舍弃自己的神灵而向别处的神灵祈祷呢？就说荀寅和士吉射吧，他们一直在看着前面，但他们还是在前面跌倒了，因为总是看着前面的人，所看见的乃是迷茫。

现在我要到黄池去，到那里去召集诸侯会盟。实际上，我不是为了自己而去，而是为了晋国而去。我还是晋国的国君，我要做一件事情，那就是证明晋国仍然是强大的，仍然是诸侯的盟主。但我的内心是虚弱的，我知道自己是谁，知道晋国已经分裂了，虽然从外表看去，晋国仍然是完整的，我仍然是晋国的国君。为了这个虚假的名分，我需要到黄池去，我要到那里和诸侯们会盟。我的先君做过这样的事情，我的先君的先君做过这样的事情，我的前面的国君都做过这样的事情。

赵鞅陪同我前往。经历很多天的行进，我终于来到了黄池。这已经是夏天了，天气十分炎热，四处草木繁茂，一片葱茏。我听说，吴王夫差在黄昏就发布了命令，让士卒饱餐并喂饱了战马。夜半的时候已经让吴军穿好了铠甲，用马嚼子勒住了战马的舌头，将军灶里的火取出来照亮暗夜。他们每一百个士卒排列为一行，有上百行士卒排列

古灵魂

齐整。吴军的阵形乃是一个个方阵，有着不可阻挡的军威。

就在天刚刚发亮的时候，他们已经接近了我们的大军。我站在高处，很远就看见了他们众多的战车掀起的尘土。战车在前面开路，后面跟随着步卒。前面的人抱着铃铎，旁边的士卒高举着旌幡，士卒们将盾牌放在腰间的位置上，将领们手拿着战鼓和鼓槌，进入搏杀的时候就会敲响战鼓。他们都穿着红色的下衣，上身的红色铠甲发出了闪光。旗帜也是红色的。每一个士卒都背着装满了红色羽翎的箭，就像一片烈火向前方蔓延，在夏天葱翠的颜色里十分耀眼，就像要将人间的万物烧成灰烬。

吴王夫差站在战车上，亲自持着斧钺，在士卒的簇拥中挺立。他亲自拿起了鼓槌，擂响了战鼓，并敲响了金钲、金镯和金铎。士卒们又是一阵洪流一样的呐喊。这洪流奔腾不息，一个波浪压着一个波浪，就要将天霄冲破了。左军和右军跟随在两侧，穿着不同颜色的衣服和铠甲，持着不同颜色的盾牌。左军是白色的，士卒高举着白色的旗帜，披着白色的铠甲，白色的衣服下摆在夏风中飘动。背部的箭囊里插满了带有白色羽翎的箭，就像一片冰雪在不断地翻卷中向我推来。而吴军的右军则穿着黑色的下衣，披着黑色的铠甲，背上的箭囊里是黑色羽翎的箭。他们高举着黑色的旗帜，就像一大片暗夜向我们涌来。这暗夜是那么黑，没有月光和星光，也没有任何光亮，只有一片黑，从地上升起，仿佛要将整个人间覆盖。

这是多么雄浑而令人恐惧的军阵，烈火、冰雪和暗夜，一起奔腾而来。烈火意味着凶猛和热烈，它似乎热血一样在跳跃中呼啸。冰雪意味着寒冷和凝固，有着冷酷的意志和残忍的力量。而暗夜则是死亡的譬喻，它用无限的黑暗试图吞噬一切，让所有的光芒熄灭。人世间还有什么比冰雪还要冰冷？还有什么比烈火还要猛烈？还有什么比暗夜还要黑暗和令人恐惧？这三种颜料的组合代表了人间最为凶猛的力量。紧接着，从这三种颜色中喷发出巨大的呐喊，掀起了三种颜色的巨浪。

我对身边的赵鞅说，吴国的大军竟然这样令人胆寒。若是我军与吴军交锋，它的气势就足以压倒一切。我还从来没有见过这样威严而齐整的军队，吴王夫差真是不同寻常啊。赵鞅说，不要只看表面，表面上严厉的，内心必定虚弱，表面上凶猛的，内心反而怯懦，表面上宏大的，实际上乃是狭小。我面对郑国强大的军队的时候，原以为对方真的是强大的，但我的军队还是将其击败了。

这个时候，我多么怀念曾经的晋国，那时几千辆战车排列在那里，足以横扫所有试图阻挡的刀剑。我若是在那个时候作为晋国的国君该有多好。可是我不是曾经的国君，晋国也不是曾经的晋国，我是多么嫉妒吴王夫差啊。赵鞅对吴王夫差却不屑一顾，他似乎对眼前的一切是鄙视的。我看见他的眼神里闪过鄙夷的光。他说，真正强大的并不展示自己的强大，真正有道理的也不展示自己的道理，真正善辩的人也不会轻易展现自己的口才，剑术高超的人也不会轻易拔出自己的剑。吴国这样做，实际上已经输掉了。

古灵魂

卷五百六十

董褐

国君和赵鞅派我前往吴军觐见吴王夫差，我来到了吴王夫差的面前。他的四周矗立着一面面旌幡，以及无数战戈。他坐在战车上，等待我说话。他的眼睛扫视了一下四周刀戈林立的大军，又看着我。我知道他在向我炫耀自己的军威，我装作对他的军队视而不见，对他说，你和我的君主已经商定好要会盟，现在会盟的时辰还没有到，大王为什么违反先前的约定？吴军已经快到晋国的军营了，这不是违背本应遵循的次序么？

吴王夫差说，我乃是尊奉周天子的命令而来。现在的情况你们是知道的，周王室已经衰微，既没有诸侯前来纳贡，也没有诸侯听从天子的命令。天子乃是天下的共主，现在就连祭告天地的牺牲也匮乏了，姬姓同宗的人们也没有人关心，那么只有我来做这件事情了。当我听到天子的命令，怎敢耽搁和怠慢呢？我只有亲自率领吴军餐风宿露、昼夜兼程，前来为天子分忧纾困。现在晋国的君主虽为姬姓本宗，却不为周王的困境忧虑，拥有重兵也不去征讨那些藐视天子的戎狄和秦楚，又丧失了尊卑长幼本应遵循的祖制礼法，不断穷兵黩武，攻击同宗兄弟。我只能匡扶正义，遵照天子的命令奔赴周室之难。

——我的爵位是天子赋予的，我想保住自己的爵位，就要为天子忧虑。若是天子需要我，我不能也不敢违背天子的命令。我希望自己能够为天子建立功勋。我不敢说自己要超过我的先君，但我也不愿意不如自己的先君，那样我将怎样面对先君的灵魂？盟会的日子就要到了，我若是不能做到自己应该做的事情，那么诸侯就会耻笑我，我的先君也会感到痛心。我想，我需要和晋国的君主比试较量，若是屈服于晋君，仍然尊奉盟主的决定，我又怎能为天子而力挽狂澜？

——你是晋国的使者，你来到这里，就要让你把我的理由传达给你的国君。我从来都尊重你的国君，但你的国君却没有做出令人信服的事情。一个盟主不能为天子分担忧虑，那么这样的盟主就应该被别人取代。一个盟主不能为天下操心，那么这个盟主就失去了他本来的责任，他就应该被别人取代。一个盟主不能遵守先祖的礼义，违背天子的意愿，也违背诸侯的意愿，那么我们为什么需要这样的盟主呢？我们的军营相距不远，我就在这里等待你的国君的回应。现在，你可以回去了，我的话你已经听清，我就站立在自己的战车上，等待你的国君的答复。

我施礼告别，就要转身离去。吴王夫差却召唤军吏说，你将少司马兹和五个王士押过来。这六个人一起上前，他们向我酬谢和告别，并抽出了腰间的剑，在一瞬间自杀而死。我只是看见他们快速举起了剑，伸向了自己的脖颈，就像六道电光同时一闪，血顺着各自的剑流了下来。他们六个人几乎是一起倒下。他们的自杀都是这样整齐，甚至他们的脖子上的剑痕都是一样的。我感到了内心的震撼，却装作平静镇定的样子，似乎若无其事地再次向吴王夫差施礼，然后我转身离去了。

我听见背后传来了一阵阵呼喊，吴王夫差又一次擂响了战鼓，又敲响了金钲、金铙和金铎。我的脚步加快了，好像完全被这呼喊的巨浪所推动，一跃而上了战车。吴王夫差用这样的方式酬客，乃是表达了他决绝的信念。我听见这金钲、金铙和金铎的声响是那么清脆、激越，我听见这战鼓的节奏是这样明确而有力，他不仅用自己的话语，也用这各种声音，告诉了他的内心的躁动。车前的骏马开始还是冷静的，迈着均匀的步伐，但我已经感到这骏马的四蹄越来越快，最后竟然带着战车奔驰起来了。

我回到军营的大帐向国君复命，将吴王夫差的话一一说给他听。我看见国君皱起了眉头，好像一片乌云盖到了他的脸上。旁边的赵鞅说，你将自己的想法告诉我。我说，我观看吴王的脸，他的眉宇中间好像有着黑斑，他的脸上也敷满了阴云，他的气色不好，他的内心必定有大的忧患。我猜想，要么是他的宠妾或者嫡子死去了，要么是国内有了叛乱，要么就是越国已经攻入了吴国。他已经将自己的精兵强将都带到了这里，国内必然虚空，我听说越国的大军已经在吴国的边境上窥伺很久了。

赵鞅说，是的，越国早有图谋吴国的想法，吴王夫差这样为了虚名而不计代价，可以说大祸已经离他不远了。吴国的国内虚空，就有发生叛乱的危险。我听说有一种鸟，它的窝巢建在高高的树上，在窝里下了很多蛋，它离开窝巢的时候，一切都是平静的。但它离开之后，会有一只雏鸟破壳而出，这种雏鸟还睁不开眼睛，但它却会将窝里的其它蛋都费尽力气一个个拱出窝巢，让这些蛋都掉到地上摔碎。

——因为孵化者不知道，也是在它离开的时候，另一种鸟，它的敌人，已经将自己的蛋下在了它的窝里。它所费心孵化的，乃是自己的敌人。当它回来的时候，一切都晚了。还有一种鸟，它的窝巢也是建在高高的树上，当它离开窝巢之后，会有另一种鸟飞来，将它的蛋都吃掉，并占住了它的窝巢。它归来的时候，发现自己的家已经成为别人的家，只好在空中不断盘旋悲鸣。我看，吴王夫差已经不会逃出这两个结局。

我说，我也听说，被逼到了墙角的人会奋死而搏，而被逼到了厄境中的人也会变得十分凶暴。他已经完全疯狂了。这样的人不可与之交战。他就是想要和我们拼死一搏，我们不应该迎着他的疯狂而上。晋国应该答应让他先行歃血，他就是成为盟主又能怎样？一个将死的人，我们还和他争什么呢？但是，我们既不能冒着危险与之争夺，也不要无条件地屈服，这样诸侯将会嘲笑我们的懦弱。

赵鞅赞同我的说法，他说，你可以去吴王夫差那里复命了。于是我又一次来到了吴王夫差面前。我看见他的脸色是凝重的，他的目光里似乎含有愤怒，他的胸中有着巨大的风暴。他急不可耐地问我，你的国君怎样说？我说，我国的国君在你的面前不敢显露自己的军威，也不敢亲自前来，他派我告诉你——如你所说，周王室已经衰微，诸侯们也对天子多有失礼，我的国君承认你所说的话都是实情。

吴王夫差急切地说，既然承认我所说的，那么你的国君又说了什么？我说，我的国君说，既然吴王要用龟甲占卜，要恢复周文王和周武王时代的礼法，让诸侯尽到自己侍奉天子的责任，这乃是最好的事

古灵魂

情，我有什么理由不赞成呢？这也是我的愿望，若是吴王能够实现我所不能实现的愿望，那将是天下的福分。我的晋国距离天子很近，我的先祖与周王乃是出自一宗，天子遇到困难我却不能纾解，又有什么理由逃避罪责？

——我也不断听见天子对我的责备，天子曾说，从前吴国的先君尊奉祖制和礼义，每一年都按照季节率领诸侯朝见我。可是今天吴国遭遇了蛮荆的威胁，未能继续先君的朝觐之礼，所以晋国才代替成为辅佐天子的太宰，邀集同宗的诸侯前往朝觐，以消除天子的忧虑。现在你的权威已经覆盖东海，僭越的名声越来越大了，也已经传到了天子的双耳。你以尊奉祖制和礼法而征讨四方，可是自己却也逾越了祖制和礼法，这又怎么让诸侯仿效呢？

——既然这样，蛮荆和其它国家又能怎样对天子以礼义侍奉？天子早有明令，吴国的国君为吴伯，可是吴国的国君却自己称王，你不是违背了天子的命令了么？那么诸侯又怎敢尊奉你为盟主呢？天上不能有两个太阳，夜晚也不能有两个月亮，诸侯不能有两个盟主，周王室也不能有两个天子。可是你却要私自称王，这难道不是藐视和冒犯天子么？我的国君的意思是，只要你能够不再称王，而以吴公自称的话，晋国怎敢不顺从你呢？又怎敢不让你在盟会上先歃血呢？诸侯又怎敢不让你做他们的盟主呢？

吴王想了想，说，你的国君说得很有道理，但我并不是有意僭越和冒犯，而是我的先君都这样自称，我又不敢私自贬抑自己的称呼，那样我就会冒犯我的先君。但我对天子是忠诚的，我的先君对天子也是忠诚的。我既不想冒犯天子，也不想冒犯我的先君，那么我该怎么做？我说，你的先君已经冒犯了天子，也冒犯了自己，因为他们没有尊重天子给他的爵位。天子给他的，他不尊奉，而自己却夸大了自己的名分，这不是有罪么？而你明知自己有罪，却要用非分的理由来逃避，这不是又一次犯罪么？我听说，真正有德行的君王，应该听从上天的意旨，应该听从正义的呼声，若是自知犯错，那就应该纠正。这乃是一个君主的智慧，若是内心有智慧而又要违背，那么岂不是愚蠢？

吴王夫差的脸上露出了微笑，他紧锁的眉头也松开了，他一开始的怒气也消除了。但他的脸上仍然布满了乌云。这乌云来自他的内心，因而即使是微笑也驱逐不了，因而这微笑虽然放在脸上，但他的脸仍然是晦暗的。可以看出，他不是心甘情愿接受这样的称呼，可是他为了做诸侯的盟主，必须接受这样的条件。他的微笑不是因为达到了心愿，而是想用微笑来掩饰自己内心的苦楚。他知道，王是至高无上的，公则是必须承认自己的头上还有一个王。若是改变这样的称呼，就意味着降低自身的名分。

他是痛苦的，因为他必须做出不利于己的选择。吴王夫差是一个刚愎自用的人，他的迷茫乃是他一个人的迷茫。他永远高昂着头，却从来不会低头看自己。他一直看着前面，可是前面却一片迷茫。他不知道前面有什么，也不知道他的前面未必是真正的前面，因为前面还有前面，前面的前面还有前面。他的目光是有限的，因而他的目光穷尽之处，却并不是真正的结局。他若是低头看自己，就会发现前面不在前面，也不在别处，它乃是在自己的内心里。真正的前面就在自己的身上。但是现在，他看着前面的迷茫，却在这迷茫中失去了自己。

古灵魂

最后他选择了更大的虚荣，放弃了自己的王的自称。而晋国失去了什么呢？它只是回归自己的本真。多少年了，晋国虽然在名义上是诸侯的盟主，实际上诸侯们并不遵从晋国的命令，晋国也深知自己的虚弱，早已失去了号令诸侯的权威。这一次，晋国仅仅是抛弃了一个虚幻的名义，却获得了自己的本真。一个毫无用处的名义又有什么用？晋国的霸主地位早已经不存在了，本来就是这样，那么这又有什么不好呢？

盟誓的仪式开始了，吴王夫差、晋国的国君、鲁国的国君并列站在了高台上，开始检阅大军。高台之下，长戈林立，将士们身穿铠甲，幡旄飘荡，战马长鸣，战车齐整排列，鼓乐齐奏。就是天上的云彩都在飘动，不断改变着形状。它好像跟着鼓乐在起舞，又好像是地上的将士投向天空的倒影。我看见好像天上有一群骏马在奔腾，它们的背上都骑着一个人，又好像变为了几个人，又好像变为了众多的人，无数的人，最后汇合在一起，变为了一片茫然的景象，人影都消失在了茫然之中。天上的云比地上的云变化更快，天上的倒影比地上的事物更真实，地上的人们还在演示自己的威严和力量，而天上的人影已经消逝在一片模糊和苍凉的暗淡之中。天上的事物总是走在地上的事物的前头，但地上的人们看不见这样的征兆。这乃是他们在愚蠢中不能自拔的原因。

在众多的大军中，吴军的声势最为宏大。他们的士卒都穿着一样的铠甲和下衣，分成了三个颜色不同的方队，接受诸侯的检阅。吴王夫差出现在哪里，哪里就有吴军雄壮的军威和地动山摇的呼喊。吴王的脸上露出了志得意满的微笑，不断听见别的诸侯对他的赞美。鲁国的国君对他说，吴公真是了不起，你的大军这样威武雄壮，他们的动作就像一个人一样整齐划一。我的国君也称赞说，吴公的大军这样气势浩大，就是日月也显得黯淡无光。一个国君能将军队治理得这样纪律严明而听从将令，那么你的国家也会是这样。

我想，这不值得羡慕。越是暴虐的君王，他的大军就越是显得气势雄浑，然而这仅仅是将士们给你的外表。这样的齐整和听从号令仅仅是慑服于暴虐，而不是出自内心的服从。当初商纣王的大军也是这样，商纣王也站在高台上检阅他的军队，也以为自己的大军势不可挡。可是周武王的大军一旦发起攻击，很快就烟消云散了。暴虐可以让大军齐整，因为这齐整乃是暴虐的结果。但暴虐却不能造就真正的勇敢，也不会造就真正的忠诚。相反，暴虐会促使背叛，而齐整是混乱的前奏，因为外表的齐整掩盖了内心的混乱。

一切不出我的所料。趁着吴国的精锐参加会盟，越国的大军渡河击败了吴军，攻陷了姑苏城。吴王夫差回去之后，所看见的乃是一座被洗劫一空的姑苏城。这仅仅是开始，吴国灭亡的日子已可以掐指计算。他藐视一切的时候，别人也在藐视他。他炫耀自己的时候，别人却在他炫耀的时候击破了他的虚荣。当他似乎得到名声的时候，他的实利已经被剥夺。当他以为自己拥有了权威的时候，必有他人夺取他华丽的衣裳。当他失去一切的时候，也许才看见真正的自己。可是当他看见自己的时候，他已经仅仅剩下了自己，只有在孤寂和痛苦中吟唱内心的悲歌。

卷五百六十一

晋出公

　　人们一个个老去，一个个死去。先是周敬王死了，他的儿子姬仁即位，成为新天子。蒯聩终于回到了卫国，但因为贪婪无度，卫国的工匠们不能忍受他的虐待，围住了王宫，他只好带着太子疾和公子青越过宫墙逃命，腿也摔断了。他跟随赵鞅的时候，似乎是有智慧和勇气的，但没想到一旦成为国君，竟然变得残暴和昏聩，以至于激起了众怒。唉，一旦成为一国之君，一个人就会改变，就会变为一个为所欲为的国君，却忘掉了从前的自己。这是多么可怕的事情啊。

　　在他逃跑的途中，受过他糟害和残杀的戎人截住了他们，杀掉了太子疾和公子青。他只好逃到了戎人的一户人家。他向这一家的主人说，请你救救我吧，我将自己的玉璧送给你作为报答。主人的妻子曾经被他剪掉了头上的美发，用以给国君的夫人做假发。主人的妻子说，你从前剪断了我的美发，我就要剪断你的脖子。你从前所做的事情是不是忘掉了？你忘掉的事情太多了，可是我都记得。你无论是不是将玉璧给我，都不重要。因为我杀掉你，玉璧仍然归于我。于是蒯聩就被杀掉了。

荀砾死了，他的儿子荀申接替了他，掌管了智氏家族，继承了荀砾的爵位。但是没有多久，荀申也死了，他的儿子荀瑶接替了他。荀申临死前，他的族人智果曾劝谏，想让荀宵为继承者，他对荀申说，荀瑶有着漂亮的仪表、高超的箭术，他的每一样技艺都是非凡的，而且他有着巧文善辩的才能和坚毅果断的品格，但唯独缺少仁德之心。他常常借助自己的才能来欺压别人，做事残酷无情，若是这样的人成为智氏家族的宗主，智氏家族就距离灭亡不远了。荀申却说，只有拥有才能的人才可以让家族兴盛，只有仁德的人却毫无才能，那么仁德又有什么用呢？

智果劝谏失败，就带着自己的一支族人从智氏分离，另立了宗庙，以表示脱离了智氏。他对跟随他的族人说，智氏将在荀瑶的手中灭亡，若是现在从智氏脱离，将会躲过灾祸。我看见，多少聪明的人灭亡了，而有仁德的人却比那些聪明的人更持久。聪明将会成为聪明者的掘墓人，而仁德将成为仁德者的庇佑。聪明的人依仗自己的聪明，最终会断送自己，而仁德者放弃自己的聪明，却能够保全自己。但是智果的预言真的会应验么？我不知道。总之，一个个死者从我的眼前经过，我知道的是，无论一个人怎样强悍，都将要死去。若不在灾祸中死去，就在疾病中死去。谁也躲不过上天赋予的定命。

赵鞅也死了。他舍弃了嫡长子，将自己的爵位传给了庶子赵无恤。接着我的父君也死了，这样我就成为晋国的新国君。我在王宫里长大，一直看着父君在忍辱负重中生活，他太软弱了，也太缺乏勇气了，作为一国之君不能管理自己的国家，而卿族却肆意横行。这究竟是国君的国家，还是卿族的国家？谁是这个国家的真正主人？

我的眼前，一个个人死去了。这让我想起大雨中的泡沫。天上的雨水击打着，地上的水早已经铺满，但雨水仍然不停地落下，地上无数的泡沫被激起，它们都是在一瞬间鼓起，又在一瞬间破灭。地上的人们不就是这样么？只不过这泡沫破灭的时间长一点而已。每一个人仅仅是被天上无形的雨水激起，又在这无形的雨水中破灭。但是这大雨从来不会停下来，地上不断地破灭又连着不断地激起。我不知道这其中的含义，但一切都是和天上落下的雨水连在一起的。与其说这是泡沫的命运，不如说这乃是被雨水赋予的命运。

赵鞅死后，荀瑶成为晋国的正卿，担负起治理国家的重任。我和荀申一样，看见了荀瑶拥有足够的智谋，晋国虽然已经失去了霸权，但仍然有着足够的力量。荀瑶给周天子上书，也给我谏言，请求征伐齐国，以便夺回晋国内乱时被夺走的土地。这是一个好机会。我的父君之所以变得卑微，就是因为公室失去了足够的土地，若是能够夺回土地，晋国将重新变得强盛，我的力量也将变得强大，将会有一天恢复国君的权威。

我必须借助荀瑶的力量，让他的力量转变为我的力量。若是没有任何借用，谁又有多少力量呢？我的父君之所以无所作为，就是他不知道借用。一个人若能借用一千条手臂，他就拥有了一千条手臂。若是能借用更多的手臂，他就拥有了更多的手臂。在人间的争夺中，表面上看起来是少数人的争夺，实际上乃是手臂的争夺，是手臂的较量，是手臂的搏杀。而这些手臂并不属于真正拥有手臂的人，而是属于那些背后的借用者。

每一个人都拥有手臂，但这手臂却属于别人。我的父君的手臂就不属于自己,他不断被别人借用,可是他并不知道。他被范氏和中行氏借用,又被智氏和赵氏借用,他自己握着拳头,但手臂却属于别人。现在我是晋国的国君,我已经看见他们都盯着我的手臂,都要借用我的手臂。实际上,只要我的手臂还有被借用的意义,我就可以借用别人的手臂。我先将自己的手臂递给别人,然后我再接受别人递过来的手臂。若是我的手臂是无用的,那么我怎样借用别人的手臂?

荀瑶是一个聪明而贪婪的人,一个狡诈而专横的人。这样的人最需要我,最需要借助国君的名义来让自己更加专横和贪婪。专横者的专横需要借助别人的力量,不然他就没有必要的力量施展自己的专横。贪婪者的贪婪也需要借助别人的力量,不然贪婪也不能得以满足。而狡诈者施展自己狡诈的手段,就要利用别人的弱点。这个人最需要我,那么我也最需要这样的人。

是的,我需要这样的人,乃是需要恢复国君的权威。我需要借助他的手,将失去的土地夺回来,这样我就可以供养更多的军队。只要有了军队,有了战车和刀剑,有什么事情做不到呢?晋国的卿族之所以藐视国君,乃是因为他们的手里持有刀剑,他们的箭囊里装满了箭,他们的弓弦随时可以拉开。实际上,这个世界上并没有多少奥秘,所有的奥秘都藏在了刀剑里。只要他的剑在闪光,他的手就不会颤抖。

荀瑶谏言讨伐齐国,要夺回在乱局中被齐国掠夺的土地。他同时也上书周天子,得到了天子的命令。荀瑶率领晋军与齐军交战于齐国的犁丘,齐军的统帅是齐国的上卿高无丕。在两国交战前,荀瑶到即

古灵魂

将搏杀的战场察看，战马意外受惊一路奔驰，他的战车竟被拉向了齐军大营。荀瑶果然勇猛异常，他就顺势驱赶着战车一直冲到了齐军面前，面前的齐军士卒一片惊慌，他们根本没想到晋军的统帅为什么会单车前来挑战。

荀瑶看见惊呆了的齐军，蔑视着他们，说，你们已经收到了战书，我将和你们决一死战，你们准备明天受死吧。然后从容地返回了自己的营地。别人问他说，你为什么不勒住你的战马？荀瑶回答说，我的战马受惊，我必须向前直冲齐军，因为齐军都能看见我的旌旗，他们都知道我是谁，我怎么能临阵惧战？若是我勒住战马，那么齐军就会觉得我感到了恐惧，那么我怎么还能在搏杀中让敌军畏惧？我的军队看见我因为惧怕而返回，那么他们在交战中又怎能有勇气？我都丧失了勇气，我的军队还能有勇气么？

就要与齐军交战了，人们问荀瑶，我们应该占卜，问一问上天，明天是否能够战胜齐军？荀瑶说，这样的事情已经禀报了天子，得到了天子和国君的命令，出征之前也在宗庙占卜并得到了吉兆，现在又一次占卜，岂不是不相信以前的吉兆？得到天子的准允，这就是顺应天意，获得了国君的命令，就是得到了民众的支持，还有什么可犹豫的？齐国趁着晋国内乱，侵占了我们的土地，他们的罪难道不应该受到惩罚？若是上天赋予人间以正义，我们又怎么没有获胜的理由？既然上天已经说出了它的旨意，我们为什么还要再问上天呢？

荀瑶的勇敢和果断是令人敬佩的。他在临战前毫无犹豫，在搏杀中身先士卒，果然击败了强大的齐军，还亲手俘获了齐国的大夫颜庚。这是一个可以借用的人，他的手臂是有力的，他的内心是强大的，我需要他。荀瑶是贪婪的，他不会就此停住自己的脚步，若是他走在前面，我就会从后面看见他开辟的路，我的脚步也会走得快一点。他只看见前面的路，却看不见背后的我。

古灵魂

卷五百六十二

赵无恤

我继承了我父亲的爵位，成为赵氏家族的宗主。我感到自己背负着从未有过的重量。我就像一个砍柴人，原本是轻松的，但别人的柴捆忽然放在了我的背上。我还没有做好准备，本应该背负我自己砍斫的柴草，但我的父亲把他的柴草给了我。我要背着它在蜿蜒的山路上行进，山路是这样漫长，我还不知道我要将这柴草背到哪里，在哪里能够歇脚。

我的父亲是一个有智慧的人，他知道在什么时候后退，也知道在什么时候前行。他也有惊人的意志，敢于做出惊人的决定。他顶住了范氏和中行氏的攻打，又能够适时运用自己的计谋，借用了智氏、魏氏和韩氏的力量，最后反败为胜。这都在他的预料之中，他在后退的时候已经看清了前行的路。

重要的是，他选中了我作为他的继承者。他并不是随意将这责任给我，而是他早已观察我，考验我，只是我一点儿也不知道。我是父亲的幼子，应该说这个责任本不该属于我，它应该属于我的兄长伯鲁。几年前，父亲就将自己想好的训诫刻在了两块木简上，分别交给了我和我的兄长伯鲁。他说，这是我毕生的沉思录，你们要牢记在心。若是你们记住了，能够融化到你们的内心中，那么赵氏的未来就会被日月照亮。若是你们遗忘了，那么赵氏的未来将会暗淡。

我答应了父亲的要求，将这木简放在我的袖筒里，随时诵读。每当有什么事情的时候，我就会拿出来看一看。这训词是简洁的、朴素的，似乎每一个人都可以说出来。但它也是深奥的、神秘的，即使是人们说出来，也没有领会其中的含义。我们说出来的并不是我们都可以领会的，也不是我们都能够理解的。很多时候，我们所说的话不是因为理解了才说出，而是因为不理解才轻易说出。更为可怕的是，当我们说完之后，所说的话已经被遗忘。

父亲的训词是那么优雅，每一个字都经过了仔细斟酌。他沉思，他将自己毕生的智慧灌注到了这些字句里。我不仅能从每一个字里看见父亲的形象，还能从没有字的地方看见父亲内心的忧虑。我从这木简上不断看见父亲穿着铠甲的身影，就像一条波涛里的大鱼，在这文字里穿梭。铠甲就是他的鳞甲，紧裹着他的力量，也紧裹着他的伤痕累累的心。我看见他紧皱着眉头，思考着每一件事情。他的眉头中凝结了无数的问题，也产生了无数的智谋，多少风暴就是在这眉头中席卷而起。

木简上的文字不仅仅是文字，它还是一个个形象。是一个个手持战戈的形象，是一顶顶战盔的形象，是骏马拉着战车的形象，是沼泽和山林的形象，是城头挺立的形象，也是一个个思考者的形象。它是死亡的形象，也是新生的形象，是失败者的形象，也是胜利者的形象。它闪烁于明暗之间，既有白昼阴沉的云，也有暗夜无边的星辰。

古灵魂

既有山林中凌乱的影子里出没的猛虎的斑纹，也有树枝上鸣叫的秋虫身上透明的翅翼。

也许我根本就不可能读懂这文字，我只有不断背诵。我早已记住了文字的表象，它所包含的那么多形象，却让我一次次陷入了迷惑。每当我感到迷惑的时候，就将它藏入自己的袖筒。那些复杂而纷飞的形象在我的袖筒里躁动，这躁动盈满了我的身体，也将它自身灌注到了我的心中。是的，也许我真的读不懂这些文字，但我能够感受到它的温暖与寒冷，也能够感受到它的热血奔涌，感受到它的力量和智慧。它正在一点点刻满了我的全身，我感到了疼痛和欣喜。

几年光阴转眼过去了，我的父亲已经躺在了病榻上。他用满脸皱纹将我和兄长伯鲁召到了面前。他说，我给你们的训诫还在吧？你们是不是还记得木简上写的什么？伯鲁满面羞愧地说，已经好几年了，我已经不记得了。父亲又说，你将自己的那块木简拿来吧。伯鲁说，已经好几年了，我曾经记住过，一旦背诵之后，就不知道丢在了哪里。父亲沉默了一会儿，又问我，你可记得木简上的训词？我说，我记得，我丝毫不敢忘记，每一个字不仅刻在了木简上，也刻在了我的心里。它们在我的内心跳动，每一刻我都可以听见它们的声音。

我给父亲将木简上的训词背诵了一遍，又从自己的袖筒里拿出了木简。父亲从我的手里接过木简，说，这块木简上的字已经磨得十分光滑，我看见每一个字都在闪光。我从中看见了自己，我也已经在这光芒里了。他又说，我知道自己不久于人世了，但赵氏家族的命运就在你们身上。我带着赵氏家族走到了今天，已经可以瞑目了，但现在还是不放心你们能不能将我的基业守住。我已经给你们筑造了牢固的城墙，你们都站在了城墙上。可是城墙的一面是攻城者，另一面是我的宫殿和众多的民众。

他的气息已经十分微弱，他的声音也是颤抖的。他接着说，我要从你们两个中选取一个，作为我的继承者。我不能选择软弱而缺乏智慧的人，不然赵氏家族将会灭亡。我给你们的训词仅仅是一个秘密，你们不要仅仅看见上面的文字，要从文字的背后看见更多的文字。现在我告诉你们，我还在常山藏了一件宝物，你们谁要是找到了这件宝物，我就将谁立为我的继承者。现在你们去寻找吧。

我的兄长伯鲁说，常山太大了，父亲能不能告诉我们宝物在常山的哪一块地方？不然，那么大的常山，我们又怎能寻找到？父亲没有说什么，他微微闭上了眼睛，好像已经安然入睡了。我们只有退了出来。伯鲁很快就带着很多人前往常山搜寻宝物，而我仍然在思考，父亲所说的宝物究竟是什么？难道也是一块木简么？不，木简已经给了我们，而且这不能称作宝物。父亲一定是让我们寻找更重要的东西。可是这宝物究竟是什么呢？而且就像我的兄长所说，常山那么大，我又怎样从这么大的地方找到宝物？

我想，既然常山是那么大，那么这宝物也必定很大，不然父亲不会让我们去寻找。在大的地方怎么能找到小的宝物？这宝物必定是可以看见的，不然我又到哪里去寻找？一只猛禽能够找到它的猎物，乃是因为它在高高的天上盘旋，它可以看见最大的地面，不然它怎能看见一只野兔在奔跑？一个人能够在广阔的地方看见他所需要的，那就要站在高处，这样才能拥有最大的视野。没有大的视野就不可能发现真正的宝物。

古灵魂

我没有惊动任何人，在天亮之前悄悄地向常山出发。我的身上背负了两天的食物，默默行进在路上。我没有乘车，因为若是乘车而行，也许我会错过发现的机会。父亲的宝物也许在常山，但也许就在通往常山的路上？我走了很久才天亮。太阳渐渐露出了东山，将阴暗的云冲破，将光芒披到了我的身上，我前面的路愈加明亮了。就在这时候，我看见了前面有一个人，他也在快步走着，我追上了他。

　　我问他，常山距离这里还有多远？他说，我不知道有多远，因为我是一个流浪者，我从来不知道道路的远近，也不需要知道。我只是知道我每天都在路上，什么时候我感到累了，就坐在路边歇一歇。到了炊烟升起的时候，我就必定可以看见村庄，那时我就到农夫的家里要一点饭，然后继续赶路。我既不知道我要到哪里，也不知道我在什么地方。若是到了夜晚，我就在路边露宿，若是到了严冬，我就到背风的地方，睡到柴草堆里。你需要的，我并不需要，你要找寻的，我并不找寻。因为我不需要。

　　我说，实际上你也在找寻，因为你所找寻的就是流浪。你似乎已经得到了，但流浪却没有尽头。你的每一天都在找寻，只是你不知道自己在找寻。他问我，那么你也在找寻什么？我说，是的，我也在找寻，我所找寻的，我也不知道。我既不知道它在哪里，也不知道它是什么，但我必须找到它。我告诉他，我的父亲就要死了，他希望我找到他所需的那样东西。他惊奇地说，那么他就没有告诉你是什么？

　　我说，是的，他只是告诉我是一个宝物，从前他将这宝物藏在了常山。我知道常山在北方，但我不认识去常山的路，我从没有去过常山。我必须找到父亲的宝物，在他临死之前带给他。他说，我已经看出来了，你是一个贤德的人，也是一个不寻常的人。你所要到的地方是一个好地方，宝物一定在一个好地方。我不需要宝物，但我喜欢好地方。那么我就和你一起找寻吧，也许你要找的宝物，我也会喜欢。

于是我在路上有了一个伙伴。我们一直走到天黑，他说，我们已经看不见路了，就在路边睡一宿吧。夏天是多么好啊，不用忍受寒冷，但要小心野兽。不过夏天不缺少食物，野兽不会轻易打扰我们的梦。不过我从不做梦，也许我不需要梦，因为梦是为了告知未来，我没有未来，也不需要未来。就像你说的，路是没有尽头的。但未来的路仍然是路，既不需要告知，也不需要验证。

我说，每一条路都是不一样的，不然人就记不住路，它不能被辨认，也不需要问路。若是那样，你的流浪又有什么意义？他说，我不需要辨认道路，我只是一个流浪者。你看，这满天的星斗就是为了让人辨认的，可是谁能真正辨认它们？它们不断闪烁，乃是为了嘲笑。它们嘲笑所有的辨认者。我所要寻找的宝物和你要寻找的宝物不一样，我的宝物不在别处，就在我睡觉的地方。

不一会儿，流浪者就打起了鼾声。我躺在这路边的田埂下，野草在风中发出了浩瀚的声息，这是土地的呼吸。我不能入睡，我还不习惯于在野地里睡觉。我的四周都是虫鸣，有几只夜鸟突然从不远处的树枝上起飞，翅膀发出了扑棱棱的声响。更远的远处，隐隐约约地传来了野兽的叫声。它们和我一样没有进入梦乡，或者这正是它们寻找的时刻。它们总能寻找到属于自己的食物。我仰天而睡，看着天穹里的星辰那么明亮，仿佛就为了照耀我。我想着流浪者的话，我是不是就睡在属于自己的宝物上？

古灵魂

流浪者

我在路上遇见一个奇怪的人。他显然和我不一样，他不是一个流浪者，而是一个寻宝人。他不是在寻找别人的宝藏，而是寻找他父亲的宝物。他的父亲真是一个糊涂虫，既不告诉他要寻找什么样的宝物，也不告诉他宝物藏在哪里，却要让他去寻找。这个人也是一个糊涂虫，他什么都不知道，却要寻找自己不知道的东西。

我原本是孤独的，也习惯了这样的孤独。一个人在路上，既没有结伴而行的，也不会遇见和自己一样的流浪者。没有人和我说话，我也找不到说话的人。或者说，我不需要和谁说话。我和自己说话难道还不够么？在路上的时候，我经常自言自语，我不是一个人，我似乎本来就是两个人。因为我和另一个我说话，我甚至和另一个我辩论，但我总是获胜。

现在我遇见了这个人，我不知道他是谁，也不知道他究竟是做什么的。他看起来既不是农夫，也不是砍柴人，因为他穿着华美的衣裳，走路的样子也是优雅的。他说话的声音不大，但所说的道理却是我很少听见的。我的内心也知道这些道理，甚至还可以反驳他，但我知道他的道理和我的道理不一样。我的道理乃是流浪者的道理，而他的道理乃是属于他。

渐渐地，我已经被他吸引，他的身上有一股别人没有的气息，或者说，他的身上就藏着宝物，可是他还要到常山去寻找。他难道不知道这宝物就在自己的身上么？若是他的身上没有宝物，那么又是什么东西这样深深地吸引我？我跟随着他，却不知道我为什么要跟随他。他在前面走着，我在他的身后看着他的脚步是那样沉稳，每一步都坚定有力。他的衣裳在风中飘动，脚步是那么快，以至于我都快要跟不上他了。

他头也不回，他的眼睛只看着前面，因为他相信自己的宝物在前面，而后面的一切都是他要丢弃的东西。他对我说，我一定要找到宝物。我好奇地问，你若是找到了宝物，又拿这宝物做什么呢？他说，我就是为了告诉我的父亲，我找到了宝物。这样的用处还不够么？若是我的父亲看见我找到了宝物，他就会在临死之前微笑地看着我，并将更重要的宝物交给我。我说，你的父亲还有什么宝物？他说，一个流浪者不会知道寻找者的宝物在哪里，也不会知道他的宝物究竟是什么。我得到一个宝物，不是为了这宝物本身，而是为了得到另一个宝物。我不知道所寻找的宝物是什么，但我知道另一个宝物是什么。

我跟着他来到了常山脚下，看见这里有很多人在寻找什么。他们将每一个可能藏匿什么的地方都挖开，将很大的石头搬开。这么大的山林，什么地方不能藏匿东西呢？这里究竟藏着什么？他们沿着山坡搜寻，不知道他们究竟在找什么。我问，他们和你是不是寻找同一样宝物？他说，是的，可是我知道宝物不在他们寻找的地方。我们要找

古灵魂

到一条路，到山的最高处。一个人不站在高处，他所看见的就只有眼前的东西，而真正的宝物怎么可能就在你的眼前呢？

我跟着他爬上了一个山头，下面的沟壑纵横，一片又一片的山林和草地，马匹和牛羊在其间慢悠悠地吃草。远远的牧者就在这马群、牛群和羊群中间，他们显得很小很小，就像几个移动的黑斑。我跟随着的这个人站在一块岩石上，一动不动地看着山间的一切。这样的景色简直太好了，风也是这样凉爽，那么多的山头，就像大浪一样不断汹涌。是的，这些山头并不是安静的，好像是在风中不断飘动。

他没有回头，说，这是一个好地方。我说，你是不是已经知道了宝物在哪里？他说，不，我还不知道，我需要到更高的山头上。然后他指着前面另一座更高的山对我说，我们到那一座山头上，那里一定更好。我们一点点向山下的深沟走去。他说，一个人若要到更高的地方，就要先走下现在的山头，没有抛弃就没有获得。若是留恋现在的高处，就等于抛弃了更高的地方，而只有更高的地方，才有现在看不到的景色。

于是我们先下山，然后向着更高的山头攀爬。他边走边用手中的短剑将一些奇怪的文字刻在一些高大的树木上。我问他，你在上面刻了什么字？他说，这不是字，或者说这样的字只有我能辨识。我们要记住登山的路，不然我们又怎么找到返回的路？一个人若是只知道往高处行，却不知道退回到原来的地方，那么他就会困在高处，那样你就要遇到危险了。真正的宝物不是永远获取，而是随时准备丢弃获取的宝物。

终于我们攀上了更高的山头。那么多的山头，已经在我们的下面了。这时候，他坐在了一棵树下，静静地看着远处。我说，这里所看见的，和我们在前一个山头所看见的，有什么两样？在我看来，不过是更多的山，更多的树，更多的草地，它们都是相似的。前面所看见的，现在也可以看见，难道前面看见的还不够么？

他说，是的，前面所看见的乃是前面所看见的，现在所看见的乃是现在所看见的。我们不应该停留在一个地方观看。每一个地方看见的，看起来是那么相似，实际上你能够看见的更多了。难道看见更多的事情有什么不好么？你每天在路上流浪，不就是为了看见更多的东西么？若是你走了一段路，觉得每一段路都差不多，那么你为什么还要走下去？多与少是不一样的，你若看见得多，宝物就可能在其中，而看见得少，宝物就可能落在了外面。

我说，可是，群山是无穷无尽的，一座山连着另一座山，另一座山还连着另一座山，我们怎能看见全部呢？你看这群山绵延不绝，我们不可能看遍每一座山。他说，是的，这就要我们一直走下去，从一座山到另一座山。所以，我和你一样，也是一个流浪者。不过你是在路上流浪，而我乃是在自己的内心流浪。你从没有对自己的流浪感到厌倦，我也没有。因为这流浪者的流浪乃是因为其中有着欢乐。

他专心致志地欣赏着这夏天的景观，草地上的马群、牛群和羊群更多了。很多人在这山间放牧，这乃是他们放牧的最好时候。白云不断地飘过，一会儿就遮住了视线，一会儿那些放牧者和他们的马群、羊群和牛群又从中显露出来。这一切恍如梦境，他说，我曾在梦中见过这样的景色，可是我现在并不是在梦中——我已经知道了，知道我父亲所说的宝物在哪里，它就在我所看见的事物里。

我问，你说的宝物究竟在哪里呢？它究竟是什么？他神秘地一笑，对我说，一个人看见的，只有他自己能看见，我们两个人看见的并不一样。我说，有什么不一样呢？你看见的，我都看见了，不过是一个个山头，一道道沟壑，一片片草地，一群群牛羊和马匹，这有什么不一样呢？他笑了笑说，看起来好像是一样的，但我所想的和你不一样，所以看见的也不一样。你看见的不过是景色，而我看见的却是自己。你看见的在你的外面，我看见的却在我的内心里。

我又问，我们在哪里？看见的又是什么地方？他说，这不是常山么？我们看见的是代国。现在我们可以返回去了。我惊异地问，你不是为了寻找宝物而来么？他说，是的，宝物已经得到了，不过最好的宝物不是拿在自己的手里，而是需要在时间中等待。真正的宝物是拿不走的，你只能把自己放在它的中间。我不知道他说的意思，但我知道他找到了自己所要的东西。我不知道他寻找的宝物是什么，但我知道他已经看见了这宝物。我不曾离开过他一步，我和他站在同样的地方，可我为什么没有看见这宝物呢？

我们在返回的路上，看见那些人仍然在到处寻找。每一个人的脸上流着热汗，他们显然已经疲累不堪。他说，真正的宝物怎么会埋在土里呢？他们只是觉得宝物是小的东西，但不知道宝物乃是大的，谁又能将其埋到土里？他们可能会挖出什么，但绝不可能从中找到宝物。这些人不将目光放在大的地方，却在眼前的地方寻找，真正的宝物怎么会埋到土里？

我跟着他走了很多个日子，我不记得究竟走了多久。我们每天天还没亮就开始行路，渴了就找到河流和泉水，饿了就到农舍讨一点吃的，累了就在路边的树下歇一歇。我问他，你要带我到哪里去？他说，我没有带你到哪里去，是你要跟着我。我不需要你跟着，你应该继续去流浪，我也要去流浪，而我们的流浪是不一样的。我说，不，我现在需要跟着你。原来我在流浪的途中，从来不喜欢跟着别人，也不愿意和别人在一起，因为我一旦跟着别人，那么我将不再是一个流浪者，但我现在改变了想法。

他说，你就不怕失去流浪的快乐么？我说，不，我不怕。因为我跟着你就拥有了快乐。我跟着你上山，又跟着你下山，然后跟着你行路。我不知道你在寻找什么，但我知道你寻找到了。我也不知道自己在寻找什么，可我因为跟着你，也寻找到了——我现在才知道，我所寻找的就是你。我原来不相信人世间有什么宝物，因为那些被视作宝物的东西，在我看来一钱不值。所以我喜欢上了流浪。因为我在流浪中获得了宝贵的寂寞，也获得了宝贵的孤独，这乃是许多人想要抛弃的东西。更多的人是愚蠢的，他们只是想丢掉自己手里的东西，却寻找不属于自己的东西，这岂不是可惜？

——我现在知道了，只要跟着你，我本来的东西还在我的手里，我仍然是一个流浪者。因为我所跟着的人也是一个流浪者。原来我在路途中流浪，现在我跟着你，同样在内心流浪，我得到的欢乐也从路上转入了内心。因为这道路已经不在我的眼睛里，而是在我的内心里。我从前的目光总是游移不定，所以我不知道自己应该到哪里，也不在意自己在什么地方。自从你将我引向了山顶，让我看见了翻腾的群山，我的目光就被那么大的世界吸引，因而我已经不在我所在的地方，我的目光被你掐了下来，一段目光放回到了我的心里，另一段放在了你的身上。我想，不是我看到的有多么大，而是自己的内心乃是大的。因为这样的缘故，我也好像变得大了。过去我乃是一个渺小的流浪者，现在我似乎不再渺小了。

我跟着他走着，一路都在沉默中。但是这与我从前的沉默是不一样的，因为我的内心有了那么多的群山和沟壑，我不断能够听见自己的回音。我感到自己不仅拥有这群山和白云，还有充足的阳光，即使是夜晚的星辰也在我的内心闪耀。我原来在天地之间，而现在我仍然在天地之间。原来我的身体在天地之间，而现在我的心灵在天地之间。原来我在地上的小路上徘徊，现在我却有所跟随。原来我没有目的，不知道自己要到哪里。现在我跟随这个人，他要到哪里，我就跟随他到哪里。

我跟着他来到了一座雄伟的城池，又来到了他父亲的宫殿。现在我终于知道他乃是一个家族的继承者。他将拥有众多的兵卒，还有那么多的谋士和服侍者。他来到了他的父亲的病榻前，对他的父亲说，我找到了宝物。他的父亲说，你的兄长还没有归来，你却在这么短的时间里找到了宝物。我不知道你究竟找到了什么？不，我现在不想听你和我说什么，等你的兄长回来之后，你们一起来告诉我。

他的父亲躺在病榻上，似乎已经气息奄奄，因为他说话的时候，声音是微弱的，他已经失去了力气。他显然在等待最后的时辰。过了几天，他的父亲又一次将他召到了宫殿里。辉煌的宫殿里，四周燃亮了灯火，这灯火照耀着每一个人。他的父亲坐了起来，满脸都闪烁着光亮。他和他的兄长一起站在父亲的面前，高大的铜柱映照着他们的影子。这样的夜晚并不是黑暗的，相反比白昼更为明亮。

父亲先问他的兄长，说，伯鲁，你到了常山了么？他说，我到了那里，我率领了很多人，费尽了力气，却没有找到你说的宝物。常山太大了，要藏好一件东西，别人怎么能找到呢？父亲说，是的，一件宝物埋藏在大山里，的确很不好找。那么——父亲转过头来，面对着我所跟随的人，说，你找到了么？现在你可以跟我说了。

　　他回答说，我找到了。父亲吃惊地看着他兴奋的脸，说，你在哪里找到的？你要知道，我所埋藏的宝物可是在群山里，一座山连着另一座山，这群山乃是无穷的。他回答说，是的，正是这无穷启发了我。我站在了常山的最高处，看见了绝美的景色。那里有着数不尽的草地，草地上有着众多的牛羊。重要的是，这是一个丰饶的代国，它的草地上有着无数的马匹，我在高处看着这些马匹，它们几乎都是骏马。我看着它们吃草，也看着它们奔跑。它们吃草的时候，几乎忘掉了身边的一切，它们奔跑的时候就像风一样快，也同样忘掉身边的一切。我要是能够得到这些骏马，我们的家族就会兴盛不衰。我要是驾驭这些骏马，那么我就可以所向披靡。

　　他的父亲沉默了很久，然后感叹地说，代马、胡犬和昆山之玉，乃是世间的宝物，代国乃是良马的产地，那是多么好的地方啊。可惜我看不见这样的地方了。不过你所看见的，就是你所找到的。我没有看见，所以没有找到。你看见了代国，我却从你的目光里看见了赵氏的希望。我将把我的爵位传给你，或者说，我选择了你，乃是选择了希望。在人世间，没有比希望更重要的宝物，而你找到了我的希望，也找到了你的希望。

卷五百六十四

赵无恤

　　我的姊姊嫁给了代国的国君，赵氏和代国有了姻亲之好。我想，这乃是绝好的机会，我不能再等待了。赵氏必须壮大自己，荀瑶早已对我虎视眈眈，也许哪一天他就会前来攻打我。我的父亲临死前就告诉了我，代国乃是他所藏的宝物。现在我该得到这个宝物了。以前我只是看见了它，现在我要获取我所看见的。

　　我也不想一直等待，因为等待就意味着灭亡，我不能在等待中灭亡。丧服还在身上，现在就是最好的机会。机会从来不在将来，而是在你的眼前。我派遣使者前往代国，邀请代王到夏屋山相会。我的使者告诉他，夏屋山乃是避暑之地，赵氏和代国已是姻亲，应该相聚一叙，共谋今后的大计。现在乃是暑热将尽的时候，在夏屋山痛饮美酒，欣赏代国的美景，岂不是一件好事情？

　　我前往代国赴宴，决不能带许多武士，不然就会引起代王的猜疑。我必须在饮酒之间击杀代王，这样就可以兵不血刃地获取代国。我需要找到一个人，这个人必须能够将代王一击而杀。而代王乃是力大无穷、武艺高强的人，谁可以将他击杀？我让人秘密寻访，我的家臣们选拔了几个人，都不是我心中所想的——他们要么一看就是力壮如牛的武士，要么体弱无力，又双眼满含杀气，代王的武士们岂能辨不出他是一个刺客？

这时，一个人来到了我的面前。他说，我可以刺杀代王。我仔细审视着他，他还是让我感到失望。他的眼睛里没什么光，双眼乃是浑浊的，身材也很矮，头发很稀疏，还是一个驼背，但他的脸很大，这一张大脸上几乎没有什么皱纹。这个人既不威武，也看不出脸上有什么杀气，一点儿也不引人注目。我想，这样的形象怎能是一个刺客？也许他已经看见了我失望的表情，说，我是一个厨子，我若跟随着你，谁也不会猜疑我是一个刺客。

我说，代王不仅膀宽腰圆、力气非凡，还有一身高超的武艺，若是不能一击而中，那么我也不可能逃命。他说，我也许没有那么大的力量，但同样有着高超的武艺。我说，你会什么样的武艺，是不是可以让我看一看？他说，好吧。我又问，我不知道你擅长什么样的兵器？他说，一个厨子能有什么兵器？我用来斟酒的金杓就是我的兵器。

他从怀里拿出了他的金杓。长长的斗柄，前面是一个铜斗。我笑了，说，这就是你的兵器？他说，是的，我很小就成为一个厨子，因为我的父亲就是一个厨子，我的武艺乃是父亲传给我的。我可以将美酒从高高的地方斟满酒爵，既不会溢出，也不会不满。我还可以从背部越过自己的肩膀斟满酒爵，既不会溢出，也不会不满。我会用十二种姿势斟酒，既不会溢出，也不会不满。我可以让美酒流过玉环的孔而不让它沾湿。

我大笑着说，我带着你前往会见代王，并不是为了让你表演你斟酒的技艺，而是要将代王杀掉。你的技艺即使是非凡的，又有什么用处？我不需要无用的技艺，我只需要击杀代王。我不需要一个手艺高超的厨子，而是需要一个技艺高超的刺客。他说，你放心吧，你先看一看我的武艺吧——他的脸上露出了被藐视的愤怒。他说，我听说你喜欢有才能的人，可是，真正有才能的人来到了你的面前，你却不认识他。

　　说着，他开始挥舞自己手中的金杓。他先将金杓的柄立在指尖上，然后高高地抛起，金杓在空中旋转，好一会儿才落回了他的手上。他用左手的一个指尖接住，又一次抛往高处，金杓又一次在空中旋转，好一会儿又一次落回了他的手上。然后他一个跳跃，就像轻轻的飞翔，迅速从我的宫殿的一根铜柱飞跃到了另一根铜柱，那金杓似乎紧跟着他，金杓似乎并没有在他的手上，却从空中飞向了他的手。他的身体是那么灵巧而轻盈，金杓就在他的双手之间飞旋，以至于这飞旋的金杓遮住了他的脸，让我看见一张模糊的、不断闪烁的脸，那浑浊的眼睛里突然迸射出了不可思议的光芒。

　　是啊，这是怎么回事呢？他的目光不仅突破了浑浊，也突破了自己用金杓设置的屏障，箭一样飞出，这该是多么令人胆寒。他转身又一个飞跃，竟然在每一根铜柱之间不断飞舞，一个人就像令人眼花缭乱的兵阵，让我看不清他究竟在哪里，只看见他手中的金杓在空中划开了一道道金光，勾勒出一朵朵花瓣的边缘线。他似乎从这个叶瓣到另一个叶瓣，或者说，他同时既在这里又在另一个地方，可哪一个是真正的他？或者他将自己的身体分成了几个？这真是太神奇了。

卷五百三十五—卷五百九十七

我说，好了，我已经选中你了。你竟然能够将金杓作为兵器，还有这样非凡的绝艺，定然能够帮助我建立大业。他说，我的金杓中若是盛满酒，我在舞杓中将不会洒出一滴。我已经习武几十年了，只是等待能够有一天将这武艺奉献给贤德的人。你是一个贤德者，也是一个有智谋的人，我愿意将我的技艺献给你。我将为你杀掉你所要杀掉的人。我已经看出来了，你有着非凡的雄心，而我的绝技就是要给你这样的主人。

——我知道，你早已想要得到代国，先主也早已想得到代国，但没有得到机会。若是你可以得到代国，那么赵氏将变得无敌。你要杀掉自己的姊夫，这乃是无德的，但这无德将换来以后弘扬更大德行的机会，这样的无德乃是因为贤德者的雄心。你的雄心太大了，它需要一个更大的天地予以寄寓。无限的仁德是软弱的，若要获得大的仁德，就要先抛弃小的仁德，现在，我从你的身上看见了你要抛弃的。

我说，好了，我可以登上夏屋山了。秋天就要来了，这是最后的炎热。在夏屋山上，炎热将会得以扫除，我将在山上看见整个代国，也看见赵氏的繁荣。没有这秋天的落叶，怎会有另一春天的萌发？现在看来，一切都是好的。我需要找到父亲的宝物，在常山的山巅，我看见了。我看见了父亲想要的东西，我看见了我要做的事情，也看见了通往代国的路。我已经将我的所想作为一个个记号，用短剑刻在了通往山巅的树上。

古灵魂

卷五百六十五

厨子

　　我是一个厨子，我做得一手好菜肴。我所做的饭菜，远远地就可以闻见香味儿。我煮的鹿肉，让我的主人十分赞赏。他总是说，这是谁的手艺？真是太好吃了。可是别人告诉他的时候，他却从来不会记住我的名字。是的，他从来不知道我，不知道谁为他做饭。他不需要知道，因为每一天、每一顿饭，都会有人将我做的菜肴端到他的面前。他只需要好的菜肴，不需要知道是谁为他做饭。

　　我藏在他的厨房，那就是我的地方。我经常从远处看见他，看见他华美的衣裳和挺胸昂首的样子，可是我没有机会和他说话。他怎么会听一个厨子和他说话呢？我每天看着火灶里的柴火，看着从中喷吐出来的火苗，看着釜中沸腾的水，甚至忘掉了自己。别人不记得我，我也不记得我自己。

　　我不仅身材矮小，还长得丑陋，没有人看得起我，甚至没有人愿意和我说话。这样我也就变得沉默寡言，只是默默地干活儿。我将好柴火塞入了灶火中，火焰立即就大了起来。我知道，我就是这好柴火，只是需要一只手，将我塞入灶膛。我唯一喜欢的就是在闲暇的时候挥舞自己的金杓。我的金杓中若是盈满了酒，无论我怎样挥舞，或者将它抛在半空，金杓中的酒也不会洒出来。我的浑身都充满了力气，但是我没有使用这力气的时候。我练就了一身绝技，却没有用武之地。我只有在炉灶旁默默地等待，总会等到那一天，有人看见我身上的好武艺。

有一天，我听说我的主人需要寻找一个刺客，以刺杀代王。听说他已经找了几个人，但都不满意。于是我向我的主人说，我能够做这件事。但他不相信我，也许我长得不像一个刺客，我的脸上没有那种冷酷和残忍，是的，我的脸上不需要表情。一个刺客难道必须是充满了杀气么？多少年来，我所看见的真正的刺客，从来不是那种表面上呈现自己真相的人，那样的人，一切都已经显现于脸上，他又怎能杀掉别人呢？

我的冷酷和激情都深藏在我的内心。就像种子埋藏在地里，你在冬天的时候看不见它，在春天的时候似乎看见了一点点，但是它长成了大树的时候，你会感到吃惊。我就是那样的种子。我被深埋在小小的厨房，只有灶膛里的火焰可以映照我的脸。这火焰就是我的镜子，我从火焰里可以看见自己。火焰从来不会将自己固定在一个形象里，是的，它没有固定的形象，却有着无数的形象。我就像伴随我的火焰一样，内心充满了骚动和激情，因为我本身就是火焰，我的心里藏着猛烈的火焰。若是我一直等待，那么这烈焰将焚毁我自己，我将因着这烈焰而成为灰烬。

我告诉我的主人，我的浑身有的是力气，代王固然是有力气的，但我的力气更大。他的力气乃是表面的力气，而我的力气是来自我的

古灵魂

燃烧的灵魂。我头发稀疏，乃是因为我内心的火焰太旺了，而我的驼背则是我的力量积蓄了太久的缘故。所以，你不要看我的表面，你的目光应该穿透我，看见我丑陋的形象里蕴藏的勇气和力量。在我的火灶里，没有一根木柴是好看的，灶膛里的火却是旺盛的。

我不用更多的话语，我的武艺就是我的话语。还有什么比这样的话语更有力量？我拿着自己的金杓在主人的宫殿里飞舞，从一根铜柱到另一根铜柱。我从地上不断飞跃，我的金杓不断被抛起又不断落下，它旋转，就像奔驰的车轮，又像飞鸟的翅膀。我浑身的力气就像火焰的喷泉，是的，我就像最激烈的火焰从一个形象转化为另一个形象，我的形象变化无穷，我的金杓也变化无穷，还有什么比这更好的话语呢？

他选中了我。我从厨房走了出来，跟随主人到夏屋山去。那是一个好地方，我从来没有去过夏屋山。我知道自己身负使命，但我是轻松的，因为我有着必杀的绝技。我和主人到了夏屋山的大帐，代王早已经在这里迎候。我的主人只带了几个侍卫，他的身上什么兵刃都没有携带，他的剑也放了自己的宫殿里。代王是真诚的，他的脸上堆满了笑容。他们的交谈也是真诚的，似乎一片欢声。但我已经闻到了死亡的气息。是的，这死亡的气息就在他们的呼吸里，就在美酒的香气里。

我用金杓不断为他们斟酒，我的技艺不断获得他们的喝彩，可是谁知道我华美的姿势中已经酝酿着杀气。我已经看见这杀气在空中飘动，它穿过了代王和主人的话语，也穿过了他们手中的酒爵，一点点充满了大帐。一个个美女在舞蹈，她们的衣裙在这杀气中飞舞，她们轻盈的身体将这杀气带起，我看见了飞溅的火星。我的主人亲自为代王斟酒，但代王不知道这酒中已经映照出他死亡的面影。

我的金杓不仅是斟酒的酒具，也是我的兵器。它的金斗是特制的，比一般的金杓要重得多。它的方形的金斗有着死的重量。它已经被磨得金亮，可以看见四周的人影。所有的事情都被映在其中。我从这金斗上可以看见代王的笑容，可以看见我的主人的笑容，但每一个笑容都不一样。当然，我也看见了自己的毫无表情的脸以及浑浊的眼睛。

就在我又一次为他们斟满美酒的时候，我的主人向我瞟了一眼。我立即明白了他眼神里的含义。我说，我可以为代王表演我斟酒的绝技。于是，我将自己手中的金杓向着空中抛起，用一根手指接住了它，那金杓就立在了我的手指上。然后我又一次将这金杓抛起，它在空中旋转，当它就要落下的时候，我一个飞跃，在接住金杓的一瞬间，金杓里已经盛满了酒。我将金杓转到了我的背后，在低头的时候，金杓里的酒已经倒入了他们的酒爵。这时，我的主人和代王不约而同地大声喝彩。

就在这个时候，我的金杓的斗柄已经被我紧紧握住，并高高举起。一道金光从高处落到了代王的头上。这一道金光里含有我的千钧之力，代王的脸一下子被压扁了，我看见了这个变形的脸，他的笑容顿时停住了。埋伏于四周的武士立即涌了进来，迅速将代王的侍卫杀掉了。我的金杓在飞舞，代王的一个个侍卫在我的金光中倒下。我只看见自己手中的金光在闪耀，在空中不断地闪耀，伴随着一阵阵野兽般的嗥叫。

卷五百六十六

赵姬

我的弟弟杀掉了我的夫君，从天而降的霹雳击中了我。我还在宫室中梳妆，听到了外面的一阵阵喊杀声。有人告诉我，我的夫君已经被赵无恤杀害，赵氏的大军已经攻陷了代国的都城。我前面的铜镜立即带着我惊愕的面容掉到了地上。我听见了砰的一声，我也落到了这巨大的声响里。

我是深爱着我的夫君的。他身材魁梧，双眼里满含着真诚。他喜欢抚摸我闪亮的黑发，我感到他的手指在我的波浪一样的头发上飘动。我享受着这样的爱抚，感受到一个男人质朴的爱。我所爱的人死去了，我的梳妆还有什么意义？我的美好的面容还有什么意义？我的一切已经归于他，我的身体以及我的容颜，一切一切，原本都归于他。可是他已经死了，我已经无所归附。

我不需要江山社稷，我只需要一个人，一个在我的身边的男人。我依偎在他的怀里，就获得了人世间的一切。我原本已经得到了我想要的，但我的弟弟将它夺去了。我现在已经一无所有。是的，我什么都没有了，什么都没有了。代国已经属于赵氏了，可我又属于谁？我的夫君死了，可我还活着。我原本属于他，可我所属于的，已经死了。那么我为什么还要活着？就像野兽身上的皮，它的肉已经被吃掉，那么这皮毛也被丢弃在地上。是的，我已经被丢弃了。

代国的都城已经被攻破了，我的弟弟披着铠甲站在了我的面前。他对我说，姊姊，我们回家吧，代国已经是我们的了。我直直地盯着他，问他，我的家在哪里？从前，我们在同一个家，后来我嫁给了我的夫君，我的家就到了代国。现在你杀掉了我的夫君，也夺走了我的家。我的家又在哪里呢？请你告诉我，我失去了夫君，也失去了归宿，我的家又在哪里呢？我的家乃是有我的爱的地方。从前我爱我们的父母，也爱你，后来我爱我的夫君，现在，我的爱已经没有了，我的家怎么可能在没有爱的地方？

——若是谁杀掉了我的父亲，那么我会成为一个复仇者。若是谁杀掉了你，我会成为一个复仇者。若是谁杀掉了我的夫君，我也会成为一个复仇者。因为谁要是杀掉了我所爱的人，他就是我的仇人。可是，现在是你杀掉了我的夫君，是你杀掉了我所爱的人。我想恨你，可是你也是我所爱的人，所以我无法恨你。我若对你复仇，那么我就将失去我全部的爱；若是不对你复仇，那么我不仅失去了我的爱，也失去了我的仇恨。请你告诉我，我的家又在哪里呢？我的爱又在哪里呢？

他说，不，你还能找到爱。一个人的爱不会因为一个人的死而失去，你还能从另一个人的身上找回它。赵氏永远是你的家。你是那么美丽，很多人都会爱你。现在需要你忘掉代王，这样你才能平复内心的伤痛。他已经死去了，而一个死去的人不可能复生了。你要知道，

古灵魂

我一点儿也不仇恨代王，甚至我和你一样喜欢他。但我必须杀掉他。有时候自己所要杀的人不一定是仇人，但为了赵氏的未来，我必须杀掉他。

——你应该理解我，也要理解我们的父亲。我杀掉代王，不仅是我一个人的意愿，也是父亲的旨意。若是我不杀掉他，赵氏就得不到代国。若是得不到代国，赵氏就可能被别人消灭。你要知道，我继承了父亲的大业，就不能只想着我的爱和恨，也不能顾及你的爱和恨。自己的爱和恨已经变得微不足道。因为我是一个继承者，我是一个家族的宗主，我将要带着这个家族走向繁盛，那么就要将所有阻挡脚步的石头搬开。这一切，既不是为了仇恨，也不是为了爱，而是为了未来。我们都爱未来吧，未来有着无穷的可能。

我说，我不是不爱未来，而是不喜欢你用这样残酷的杀戮来迎接未来。既然现在是这样残忍和丑陋，未来还有什么值得期待？你杀掉了和你没有冤仇的人，也毁掉了爱你的人，现在的一切都没有了，还会有什么样的未来？已有的东西都没有了，我在未来还能得到什么？你欺骗了一个真诚的人，你将他引向了夏屋山，你用虚假的微笑和热情对待他，而他所用的却是他内心的真情。你觉得这平等么？他用最好的美酒招待你，他将你视为他的亲人，可你却杀掉了他。你觉得这合理么？若是你的内心还存有一点温情，你是不是已经毁掉了它？若是你还有一点仁德，你是不是已经丢弃了它？

他说，天下有很多男人，你可以任意挑选。你失去了代王，还可以找到别人。若是代王因为疾病而暴毙，你该怎么做？跟我回家吧，你仍然是最漂亮的女人。若是赵氏拥有未来，你就会拥有未来。你应该相信我。我说，是的，我应该相信你。从前我相信你，是因为你是我的弟弟，我从小看着你长大，我相信你的智慧，你的聪明，你的果断的品格。不然父亲怎么会挑中你？可是现在我不这样想了，我谁也不相信，包括你。

因为你的智慧变为了诡计，你的聪明变为了阴谋，你的果断变为了杀戮。你用这样的手段夺取，你得到了，可是也失去了。你得到了你想要的，可也会带来你不想要的。以后，谁还会相信你呢？我都不相信你了，谁还会相信你呢？人们再也不会相信你的微笑，不会相信你的话语和承诺，不会相信你的每一个姿势，不会相信你的一切。天下的人们都已经看见了，看见了你的所作所为，看见你杀掉了自己的姐夫。而且，他用全部的真诚迎候你，他用最好的美酒款待你，他用最纯洁的笑容面对你。可是你却杀掉了他。

我不知道你现在对我说的是不是真诚的，也不知道站在我的面前的是不是真的你，你给我许诺的未来是不是真的未来，因为你已经变得虚幻，所以我认不出从前的你。或者说，我在从前就没有了解你，我从来就没有认识你。我原以为对你是了解的，因为从你小的时候，我就看着你，我曾那样欣赏你，欣赏你的才能，欣赏你的笑容，欣赏你的箭法，欣赏你驾驭战车的姿势，也欣赏你狩猎时的样子。我记得，你对着前面的猛兽，毫无畏惧地冲向前去，用你手中的弓箭，对着它。那一次，你射中了一只猛虎的眼睛，它逃走了。

可是这一次，你的姐夫没有逃脱。他失去的不是眼睛，而是生命。或者说，你的姐夫是因为先失去了自己的眼睛，才失去了自己的生命。他既没有看见你的诡计，也没有看见你微笑背后的狞笑。因为你用虚假的东西将自己包裹起来，而你躲在这虚假的外壳里，射出了自己弓弦上的箭。你为什么要躲在这虚假的东西里面？因为，你是卑怯的，你不敢将自己的真面孔露出来。现在，我看见了你的真面孔，但我也失去了自己的夫君。若是我为了看见你的真面孔而失去我的一切，我宁可不看见你。你连我也杀掉吧，我已经觉得自己毫无理由继续活下去，我已经不想待在人世间了。因为我既不想看见我的现在，也不想看见你。是的，我什么都不想看见了。

他又说，我还是想带你回家，你不要固执了。你的心情很坏，我完全能理解。你应该从镜子里看看自己，你是多么漂亮。你若是感到绝望，那么绝望就会毁坏了你的美丽。你不能沉浸在悲伤里，不能一直流泪。悲伤的眼泪会冲垮你。你仍然应该相信我，因为我所做的是替我们的父亲做的，我不能让他的灵魂悲伤，也不愿意让你悲伤。我也相信，父亲也不愿意看见你悲伤的样子，不然他会心疼的。你应该知道，他是爱你的，我也是爱你的。

我说，爱我？我怀疑你嘴上说出的爱，我再也不听你嘴上所说的话了。可是我知道自己的爱，知道我那么爱你，那么爱我们的父亲，后来，我又那么爱我的夫君。我只知道自己的爱，我知道自己的爱是没有保留的，我愿意为这爱放弃自己的生命，因为我的生命就是用来爱的。现在你毁灭了我的爱，因为我所爱的人一个个消失了。我也爱你，但不是爱你的杀戮，也不是爱你的卑怯，而是爱你的爱别人的样子。我爱你的笑容，却不爱你虚假的笑容。从你的身上，我将爱和非爱分离开来。你让我知道，一个人竟然有可爱的和不可爱的。从前我觉得我若是爱一个人，就爱他的一切，现在我不这样想了。

因而我只爱死去的人，是的，我的父亲死了，我爱他。我的夫君死了，我爱他。你站在了我的面前，我却在爱与不爱之间徘徊。我不愿意这样徘徊。徘徊就是犹豫不决，就是游移不定，就是失去了选择。所以我不愿意在徘徊中停留。你还是杀掉我吧，徘徊是痛苦的，爱也是痛苦的，而失去了爱，我不仅痛苦，而且完全陷入了绝望。我不能在一个无爱的人间活下去，我已经失去了爱我的人和我爱的人，那么我的爱还在哪里呢？

　　我的弟弟说，我还是要前来接你回家，你是我的姊姊，我们的身上都流淌着父亲的血，你还是要想一想。他说完就转身离开了。我泪眼朦胧地看着他转身的样子，不禁放声悲哭。我带来的侍女过来安慰我，说，你不要悲伤了，死去的已经死去，活着的还要活下去，悲伤只能损坏自己身体，却不能挽救和改变事实。赵氏已经取得了代国，这未必就是坏事情。你还是属于赵氏，应该帮助你的弟弟成就大业。你的弟弟是有雄心的，他必定能够成为一代雄主，那么赵氏的兴盛指日可待。

　　我说，我是一个女人，我不需要什么大业，我只需要安宁的生活。我原本不是很好么？代王宠爱我，他让我感到自己是一个真正的女人。我的眼泪为我的夫君而流，我在泪水的光芒里看见了他。我只是出自赵氏，但我已经属于我的夫君了。在我的夫君身上，寄寓了我的全部日子。现在我的寄寓没有了，只有在泪水中看见他的面影，看见他向我微笑，也看见他惨死的样子，看见他的悲伤，也看见他与我的告别。你出去吧，让我一个人待一会儿。我现在需要一个人。从前我不愿一个人待在这里，现在我渴望着空无和孤寂。

古灵魂

只剩下我一个人了。是的，只有我一个人。这个屋子里的所有陈设都是熟悉的。我用来梳妆的地方，我安寝的地方，我在白天休息的地方，一切都是熟悉的。可是这些东西对我又有什么用呢？我的夫君不在了，这些东西还有什么用呢？因为我在这里，因为我的夫君在我的身边，这些东西才有意义。平日我喜欢它们，乃是因为喜欢我的生活。我在镜子里看着自己的脸，我知道自己是美丽的，我欣赏自己的美丽，就像另一个人欣赏着我，或者是我欣赏着另一个美丽的女人。

我离开了赵氏家族，来到了我喜欢的地方。代国是美好的，代国的日子是美好的。我以为自己已经获得了所需的一切，我以为自己将在这样的日子里消耗自己的一生。可是我的弟弟改变了一切，他将这样美好的日子切断了。寝宫里渐渐暗了下来，又一个夜晚就要来了。我不知道这样的夜晚该怎样度过。黑暗一点点罩住了我，我感到自己的身体在这黑暗中下沉，下沉，下沉……我的脚下的土地已经没有了，我踩不住任何东西，我便只有在这黑暗里下沉，下沉，下沉……

只有在这黑暗里，我才不知道自己置身何处，因为哪里的黑暗都是一样的。我想在这黑暗里忘掉一切，可是一切又在这黑暗里浮现。我才知道，黑暗拥有一切。你以为那些消逝的已经消逝了，但黑暗中它又出现了。从前我害怕黑暗，但现在我不害怕黑暗了，却害怕黑暗里所浮现的一个个影子和一个个场景。它们不知道从哪里出来，又在哪里消散。我听见我的夫君说，我被赵无恤杀害了，可你还独自留在人间。我是多么宠爱你，现在我看不见你了。是的，我能和他说些什么呢？我听见了他微弱的声音，却说不出话来。因为我不知道怎样回答他，又怎样安慰他。

他的灾祸都是我带来的。我若不嫁给他，他怎么会这样死去？他宠爱我，乃是因为美丽的容颜和一个女人的温柔，可是他怎能想到，这美丽的容颜和温柔的背后却藏着致他于死命的剑。他啜饮我，不知道我乃是一杯毒酒。他和我说话，乃是和他所饮的毒酒说话，而毒酒对他说的，只有一个字，那就是死。我来到代国的时候，同样不知道自己是一杯毒酒，我以为自己乃是美酒，乃是可以让我的夫君感到欣悦的。现在我已经显出了真相，我从这黑暗里看见了自己的真相，因为我已经是这黑暗的一部分，我已经分不清自己在哪里，而黑暗又在哪里。

我就这样坐在黑暗里。风敲打着窗户，那么轻，那么轻。可我所听见的，却是那么宏大，那么浩瀚，那么悲凉。代王给我的服侍者进来了，她点着了灯。灯光是那么刺眼，那么难以让我接受。我说，我不要灯，我不要这光，我要的是黑暗。于是她将点亮了的灯又灭掉。她的面孔在我的面前闪了一下，也灭掉了。我听见了她的声音从黑暗中传出，她对我说，你应该为代王报仇，他是无辜的。你嫁给了代王，可他被杀掉了，你为什么不报仇呢？你在这里流泪有什么用？你的悲伤又有什么用？

我说，我不是不报仇，而是失去了仇恨，它和我的爱一起失去了。或者说，不是没有仇恨，而是不知道这仇恨在哪里。嫁给代王之后，我获得了代王的宠爱，他对我的深情没有谁能比得上，我生活在这样的爱中，还有什么不满足的？我也对他百般依顺，我对他的深情，他是知道的，他也因为得到了我而感到满足。生活本来是美好的，可是这美好的东西很快就丢掉了，我甚至都不知道是怎样丢

古灵魂

掉的。

代王遭到了杀害，我的爱也遭到了杀害。我若不能为他复仇，还怎么谈得上仁？但是，杀害他的乃是我的亲人，是我的弟弟。我乃是赵家所生，我的身体里流着赵家的血，我若是杀掉我的弟弟，就违背了父亲的意旨，还怎能谈得上孝？我从婴儿开始，就在赵家长大，乃是赵家养育了我。我若是复仇，就要损害赵氏的基业，赵氏家族的未来就会动摇，甚至将失去立国之地，这还怎么谈得上义？若是仁义孝都没有了，我还怎么配活在这人世间？我既要复仇，又不能复仇，你说我该怎么做？不仁的事情我不能做，不义的事情我也不能做，不孝的事情就可以做么？在仁义孝这三个字中，我该丢掉哪一个？若是不能丢掉其中任何一个字，那么只有我自己死去，那样，这三个字，我就一个都看不见了。

天亮之后，我的弟弟派人前来迎我回去。我照着镜子，看着我红肿的双眼和凌乱的头发，内心的悲伤，像烟雾一样缭绕。我的侍女为我精心梳妆，就像平时一样。我看见自己的黑发被梳理、编排和盘绕，我的脸上施了脂粉，发黑的眼圈，晦暗的脸庞，似乎得到了粉饰，可我知道这乃是遮掩的结果。我从这镜子里重新看见了自己的漂亮和美丽，但这漂亮和美丽已经失去了光泽。我穿起了出嫁时的衣裳，是的，我要让人们看见我最美的样子，让我夫君的灵魂看见我最美的样子。

我上了车，侍奉我的侍女们也跟随我乘车而行。不知走了多久，一座山出现在了面前。我们开始翻越这座山。一路上，我沉默着，我身边的人们也沉默着。微风从我的面颊吹过，我的脸上感到了凉爽。

我觉得自己已经是一个死去的人，我不过是自己的一个替身。车行到了高处，我让车停下来。我说，这里距离山顶很近，我要最后看一看代国。于是，我的侍女和随从们跟着我向着山顶走去。

我在山顶的一块方形的大石头上坐下。下面就是代国的王城。代国的王城就像一个方形的小盒子，里面也都是一些方正的小格子。它的上面飘动着雾气，似乎在朦胧中变化。我曾经住在里面，那里有我的快乐，有我的爱，也有我的悲痛和绝望。我又向南瞭望，那里就是赵氏的土地了。牛羊和马匹散落在山间，它们享受着我从前的自由和快乐。这里很好，这是一个好地方，这块石头这么平整，多么适合我坐在这里休息。

这里真是太好了，我感到浑身一阵阵舒适。漫山遍野的树木和野草，一片繁茂的景象。在这里，我既能看见代国，也能看见赵氏的土地。既可以看见我的父亲，也可以看见我的夫君，他们的灵魂都在我的面前，我都可以看见。他们在白云里，也在这山间的草木之中。我拔下头上的发笄，它在阳光下发出了炫目的反光。这反光中似乎存放着我的一切。我把它紧紧攥在手里，在这石头上磨着，磨着，它的尖端露出了温柔的雪亮。我将它拿起来，又一次看着它的尖刺，然后对准了自己的咽喉。

古灵魂

卷五百六十七

御夫

　　我接到了赵姬。我看见了她的美貌，不然她怎会让代王着迷？我仅仅是瞥了一眼，就已被她的美貌所震撼。她的衣裳也是那么美丽，和她高贵的身份是匹配的。她的脸上似乎有着隐隐的泪痕。她的脸上没有任何表情，既没有快乐，也没有悲伤。只有石头般的平静。

　　她坐在了我驾驭的车上。我的骏马扬起了四蹄，在临近秋天的吉日里向南而行。山路是崎岖的，车轮不断碰到小石头，马车颠簸着。赵姬和身边的侍女都不说话，她们的沉默中含有深深的悲伤。我能感受到她们内心悲伤的重量。我的马也似乎感受到了，四匹骏马也只是默默地行走。这悲伤的力量传递到了车辕上，我的马匹乃是拉着这悲伤前行。我手中的鞭子在空中扬起，又缓慢地放下来。

　　代国已经归于赵氏。赵无恤用计谋击杀了代王，又攻破了代国的王城。我可怜我车上的这个漂亮女人，因为她是孤单的，她的命运不属于自己。她是悲伤的，可是她除了悲伤，还能做什么呢？她的丈夫死去了，而她的弟弟获胜了。她是该高兴还是该愤怒？我听说，代王和赵氏的宗主赵无恤在夏屋山相会，他们十分快乐，气氛热烈而友好，美酒和歌舞已经让代王沉醉其中。

侍奉他们的厨子突然举起了手中的金杓，击杀了代王。赵氏的伏兵涌进了饮酒的大帐，将代王的侍卫都杀掉了。那个厨子是谁？我怎么一点儿也不知道。赵氏早已想得到代国，可代王却从来没想过会这样死掉。我听说代王力大无穷而武艺超群，怎么会被一个厨子杀死呢？可是他真的就这样死了，将这绝美的赵姬留在了世间。赵姬太可怜了，以后她怎样摆脱这样的悲伤？

她紧闭着嘴唇，用悲伤压住了颠簸。她的华美的衣裳似乎披满了风雨，她的嘴唇似乎紧咬着仇恨和爱，让这两个本不相融的东西紧紧贴在了一起，永不分开。她的双眼既不是看着前方，也不是看着两旁，她什么也不看。对于一个失去了丈夫的女人，她已经不想看四周的一切了。我的车轮发出吱吱吱的响声，车轴和车毂互相擦着，或许这乃是她的灵魂在地上摩擦。她忍受着疼痛，但车轮仍然发出了刺耳的叫声。

不知走了多久，上山的路是艰难的。我们翻越这座山之后，就可以到平地上了。赵姬说，我要到高处看一眼代国，也许我将永远告别代国了。代国有我的死去的夫君，有我的一个个快乐的日子，有我的爱，也有我的恨。可是我现在既不能爱，也不能恨，我要看一看这夺去了我的爱，也夺去了我的恨的地方。

这座山叫作马头山。上面有耸立的山峰，就像骏马昂起了头。无数的草木就是马的鬃毛，在风中发出了沙沙声。她下了车，顺着牧羊人的山路向上攀登。我看见她的步履有着坚定的节奏，几次差点儿被脚下的石头绊倒，但她仍然向上攀登。我看着她登上了山顶，坐在了一块石头上。她安静地坐着，仔细看着山下的王城。我看不见她的目光，但能看见她坐着的姿势，笔直而端庄。

突然山顶上传来了她的侍女们的哭声，我看见血从她所坐着的石头上流下来。我知道出现了令人震惊的事情——赵姬自杀了。她磨利了自己的发笄，用这尖锐的笄杀掉了自己。我赶忙登上山顶，赵姬仍然端坐着，血从她的脖子上涌出，她已经闭上了眼睛。侍女们哭喊着，但她已经听不见了。其中一个侍女说，我一直跟随着夫人，我还要跟随她。说着也拔下了头上的笄，刺向自己的脖子。这个侍女缓缓倒下，倒在了赵姬的身边。

另外几个侍女说，我们也愿意跟随夫人。她们都拔下了自己头上的笄，刺向了自己。她们一个个倒下了，血汇聚在了一起。我想要夺下她们手中的笄，可是我怎能夺走她们跟随主人而去的意志呢？赵家派来迎接赵姬的使者，看着这样激烈的景象，一下子惊呆了。他说，我所迎接的人没有了，我又怎么能一个人回去呢？若是主人问我，你迎接的人在哪里呢？我又怎么回答？他拔出了宝剑，朝着自己的脖颈用力砍去。

现在，只有我站在这流血的山头。那么多人死去了，云彩从他们的前面飞去。我从那几朵变化的云彩上，看见了他们的模样。云朵缓慢地变化，它们看上去就是几个人形，显现出了几个人的身形和他们的脸庞，甚至还有隐约的眼睛，放出了强烈的目光。这目光中有着犹豫不决？有着留恋和伤心？有着决意远去的辞别？还是有着无限的冤屈？还是愤怒、仇恨、爱和仁义的冲突？还是既不想离去又不想留下的彷徨？这是他们的灵魂乘云而去。我的马发出了一声声嘶鸣，仿佛受到了惊吓。

卷五百六十八

荀瑶

　　赵无恤是一个十分可怕的人。这个人看上去是柔弱的，但却有着不可预知的凶狠。他竟然可以杀掉自己的姐夫，兵不血刃地取得了代国，这是多么厉害啊。赵氏的土地多了，也拥有了代国的无数骏马，变得更加强大，可是我再也不能相信他了。这个人毫无信誉，他所说的话乃是说给别人听的，他心里所想的是另一回事。一个人能将自己的内心和外表完全分开，这是多么不容易。

　　不仅我不再相信他，别人也不再相信他。他获得了代国，却抛弃了仁德，也抛弃了信义，也许他失去的比他得到的还要多。这个人也是不孝的，他还没有脱下丧服，就急于杀掉他的姐夫。这难道是他的父亲赵鞅愿意看见的么？为了获取利益，这个人已经变得疯狂。我必须警惕这个人，这个疯狂的人。

　　他的姊姊赵姬也因为他的不择手段而自杀身亡，赵氏家族的内部也有很多人对他不满。赵无恤已经让魏氏和韩氏有所忌惮。他们原来是亲近的，现在也显出了裂隙。这一切都对我有利。不过我仍然是晋国的正卿，是我主持晋国的国政。即使是赵无恤对我不满，但还不敢

古灵魂

违背我的命令。我请求国君让我率领赵无恤讨伐郑国，若是能够借此削弱赵氏的力量，那么他的气势就会有所收敛。

越国已经灭掉了吴国，吴王夫差也自缢身亡。吴国曾经是多么强大啊，可是被越国灭掉了。吴王夫差曾是多么骄傲，但也只能自杀而死。这是多么可怕。我不知道自己将面临什么，也不知道自己真正的敌人在哪里，但是我知道我的敌人随时可能出现在面前。也许赵氏就是我的敌人，可是我又怎么预防这敌人呢？因为我的敌人既不在我的前面，也不在我的后面，而是在我的旁边。我前面的敌人可以看见，我后面的敌人回头就可以看见，我旁边的敌人却让我误以为是同行者。

几年前我曾攻打郑国，一路无所阻挡，驻兵于桐丘。但齐国派出了大夫陈恒救援郑国，我看见齐军的阵容齐整，士气旺盛。若是与之交战，胜负难以预料。我攻打郑国，乃是为了获取土地，若是损兵折将，那我又图了什么？我对身边的人说，齐军前来救援，我不曾想到，我听说，一个人不曾想到的事情，就不要去做，没有把握的事也不要去做。我身边的谋士也赞同我的看法，于是我就匆匆撤军了。

我派使者前往齐营，对陈恒说，我撤军不是为了躲避齐军，而是我出兵郑国的时候曾经占卜，卦象显示了吉兆。可是与齐军交战，我还没有来得及占卜。我为什么要攻打郑国？乃是为了查明陈国是怎样灭亡的。你们陈氏难道不想知道自己亡国的原由么？陈氏家族不就是陈国的公族么？陈国被灭之后，你们逃到了齐国，你难道不记得从前的事情了么？若不是郑国的罪过，陈国怎么会被楚国所灭？你的先祖曾与晋国交好，你却帮助仇人来攻击晋国，从前的事情真的忘记了么？你已经失去了自己的国家，你不过是寄居于齐国，却要来攻打自己曾经的朋友。你真的忘掉自己乃是出自陈国么？

现在我率领大军再次攻打郑国，赵无恤是我的辅佐，我想，齐国还会来救援么？不，他们不会来了。若是他们来了，我还会撤军的。和我的预料一样，郑国的军队几乎没有什么抵抗，晋军很快就攻打到了郑国的都城下。我命令赵无恤率军攻城，我说，现在看你的了，击破郑国已在旦夕之间。你不是善于攻城么？现在你可以率领赵氏大军建功立业了。

赵无恤说，我的父亲善于攻城，但我已经不善于攻城了。我的军队远不如你的军队训练有素，也不如你的军队勇敢善战。还是你率领军队攻城吧。的确，郑国的都城指日可破，你怎么能将建功立业的好机会让给我呢？我听了赵无恤的话，愤怒的火焰点燃了，他已经不听从我的命令了。他不愿意攻城，乃是不愿意消耗赵氏的力量。我怒斥他说，现在我已经不能忍受你了，我原以为你是有胆量的，可你竟然这样怯懦。我不知道赵鞅为什么选择你作为继承者，在我的眼里，你不过是一个无能者。

赵无恤说，是的，我是一个无能者，我是一个怯懦者，我也是赵氏的继承者。你可以愤怒，但你更应该将这愤怒放到攻打郑国上，我想郑国的守军怎能抵挡你的愤怒？可你的愤怒发泄在我的身上，这就是你的勇敢和才能？我的父亲选择了我，不是因为我的勇敢，而是我的怯懦，不是因为我善于攻城，而是我善于忍耐。我善于忍受，赵氏就可以保全自己，这有什么错？

我更加愤怒了，我说，我听说你击杀代王的时候是勇敢的，你攻

古灵魂

打代国的时候也是勇敢的，可是你现在却要忍耐了，怯懦了。我不知道你在什么时候勇敢，又在什么时候忍耐。赵无恤说，是的，为了赵氏的基业，我可以勇敢，为了赵氏的未来，我也可以忍耐。忍耐看起来是一种怯懦，它是另一种勇敢。退让看起来是怯懦，同样是另一种勇敢。我击杀代王那是我的谋略，我的忍耐和怯懦也是谋略。我使用自己的智慧和谋略，这有什么错？

我说，你既然采用自己的谋略，可你的谋略是卑劣的、怯懦的，我还有什么好说的？那么我们就放弃攻城吧。这就符合你的谋略了吧？于是我传令撤军。我们掠夺了郑国的粮食和财富，回到了晋国。这一次，我已经领教了赵氏的用心。我总会有机会除掉赵氏，上天一定会给我一个机会，这同样需要我忍耐，并在这忍耐中等待。

南文子

　　荀瑶是一个贪婪而奸诈的人，也没有什么仁德。他现在是晋国的正卿，掌管着晋国的国政，而晋君已经失去了权力。这个人，不仅开始攻打郑国，对卫国也有觊觎之心。荀瑶刚刚执政晋国，吴国就派遣使臣前往晋国祝贺。使臣借道卫国的时候，我亲自为他扫榻，又以礼相迎，每日设宴招待，并在他临行时赠与他厚礼。我这样对待他，仅仅是想让他到晋国之后，在荀瑶面前能为卫国美言，返回的时候，能够和我谈一谈晋国的情况。

　　没想到，就在他作别晋国踏上归途的时候，荀瑶要用一艘巨船送他。吴国的使臣想，我只有几个人，为什么要用这么大的船呢？后来他发现这大船上藏着晋国的士卒。他立即明白了，这是荀瑶借他回国途经卫国的时候，要对卫国发起突袭。要是这样，他不就是罪人了么？于是他假装生病，放弃了马上归国的打算，又暗中派人将晋国的图谋告诉了我。

　　过了几年，荀瑶派人出使卫国，给我的国君带来了宝马和玉璧。国君十分高兴，就设宴庆贺，并向众臣展示晋国的礼物，朝臣们都向国君道贺。我却立在一旁无动于衷。国君对我说，你身为卫国的大夫，在我得到大国的礼物时却不向我道贺，反而面有忧色，眉头紧锁，这是为什么呢？你是不是觉得我不配得到这样的礼物？

我说，不，我没有这样想。我面有忧色，乃是因为心中萦绕着从前的故事，我的眉头紧锁，乃是从前的故事不能化解。国君惊奇地问，是什么故事让你忧伤？难道眼前的美酒还不能将其化解么？我说，我想起了当初晋国假道伐虢的故事，也想起了唇亡齿寒的悲剧。君王接受了这样的厚礼，又是因为什么？无功而获得奖赏，没有为晋国出力却获得了厚礼，这难道没有原因么？是的，看起来没有任何原因。但没有原因就是真正的原因。君王应该从中审察荀瑶的本意。这样的重礼乃是小国献给大国的礼数，可现在大国却送给了小国，这岂不是诡异？

我的国君立即从美酒中醒来，他说，是啊，晋国人善于用礼物作为引诱，当初晋献公就是这样灭掉了同宗同族的虞国。近处就有吴国被越国灭亡的例证，吴王夫差就是接受了越王勾践的贿赂而遭到了灭顶之灾。以前吴国的使臣救了我们一次，但他不知道出使晋国的时候，越国人已经攻打吴国，他归去的时候已经失去了自己的家，我们应该警醒啊。国君收起了玉璧，让人将宝马牵回马厩。他说，他送来的，我就接受，但我不愿意看见这礼物了，我的卫国岂是这礼物可以换走的？

结果，荀瑶真的率军前来讨伐卫国，他来到了卫国的边境，发现卫国已经严阵以待，只好收兵返回。我听说，他曾对身边的人说，卫国一定有贤能而有智慧的人，不然怎会知道我的计谋呢？这个人乃是贪婪的人，内心充满了诡计，可是他的诡计太过明显，别人怎么能看不见呢？他将短剑藏在了袖子里，却露出了刀尖，别人怎么能看不见呢？

又过了几年，荀瑶突然处罚自己的长子荀颜，将他驱逐出境。荀颜就带着许多人向卫国奔逃。我对国君说，荀颜好像没有犯什么错，却被荀瑶驱逐，这是怎么回事？我们可以接受荀颜的投奔，但他的车辆不能超过五辆，其余的车辆不能允许入境。结果，在荀颜的后面果然跟随着众多晋军。荀瑶想着用这样的诡计图谋卫国，可是他的诡计又一次落空了。

这样诡计多端的人，必然将深陷自己的诡计中。他的诡计似乎是为别人而预备，但这诡计也是为自己预备。我已经看出来了，这样的人不会有什么人信任他，也不会有什么人归附他。他用自己的武力恐吓别人，若是有人表面上亲近他，那是因为害怕他，但这害怕他的人一旦拥有机会，就会用箭射他。他用权势来欺压别人，又用诡计来图谋别人，这样的人不会有好结果。若是晋国又有一个卿族灭亡，恐怕就是荀瑶的智氏家族了。

古灵魂

卷五百七十

晋 出 公

　　十几年过去了，我将荀瑶视作忠于国君的贤良之臣。他讨伐齐国，夺回了被齐国夺走的土地，还与赵无恤一起讨伐郑国，拔掉了郑国的九座城池。晋国的强盛又回归了，过去脱离了晋国的一些小国又开始归附晋国了，晋国重新在诸侯中拥有了声望和权威。只是赵氏、魏氏和韩氏各自有着自己的盘算，他们都暗中扩张自己的土地，兵卒和战车也越来越多。他们依仗自己的力量，已经不太听从荀瑶的命令了。

　　但是，荀瑶和其他三家卿族，竟然强行瓜分了范氏和中行氏的土地。既然灭掉了范氏和中行氏，他们的土地应该归于公室，可他们几家竟然私自瓜分了，将其并入了自己的采邑。他们的眼里不仅没有我这个国君，还将本应属于我的土地私分了。这太让我愤怒了，我决定拼死一搏。我派人前往齐国和鲁国，让他们帮助我讨伐四卿。

　　齐国和鲁国早已想得到晋国的土地，接到了我的求助，就派兵前来讨伐。但是四卿合在一起用兵，攻打我的宫室。我的兵卒太少了，怎能抵抗他们的猛攻？我只好在一个暗夜逃出了都城，向着齐国的方向奔逃。唉，也许我太莽撞了，不应该匆忙做出决定。我也没有估量对手的力量，即使是齐鲁两国讨伐四卿，是否就有获胜的可能？

可我又不愿意承受这样的屈辱。我是晋国的国君，我是晋国的主人，而他们却一点点夺去了我的一切。我就像一棵老树，他们先将我的果子摘掉，放入了他们的筐子里，然后又将我的叶子摘掉，扔在了地上。接着他们还要将我的树枝折断，作为他们的柴火。现在，他们连我的皮也要剥掉了，我将完全成为一棵干枯的树。我怎么能承受这样的屈辱？我原本不仅有着巨大的树冠，还拥有我的脚下的土地，现在我什么都没有了，什么都没有了……那么，我即使活着，还有什么用？

一个国君的尊严高于死亡。可是我还是失败了，死亡战胜了尊严。我开始奔逃于道路上，我的车载着我，我的身边有我的家眷和侍卫，还有和我一起逃命的士卒。可是，我不愿意这样奔逃。因为我已经失败了，即使是逃到了齐国，我不过是一个死去的国君。可以预见的是，我不可能再回到晋国了。我原以为尊严是最重要的，所以我才会愤怒。可实际上，我不仅失去了国君的位置，尽管这是一个虚假的位置，仅仅拥有国君的名义，可是我还是失去了它，连同我的尊严也一起失去了。

我所要捍卫的东西一样都没有得到。在这流亡的路上，我想着自己所做的一切。是啊，我几乎什么都没有做，所有的事情都是别人做的。我原以为可以利用别人做自己想做的事情，我错了。一个没有力量的人不可能借用别人的力量。我仅仅有一个国君的虚名，那么别人是可以利用我的这个虚名的。我也以为别人仍然忠实于我的虚名，但实际上，没有人忠实于虚名，他们仅仅是借助了我的虚名，他们从来

古灵魂

都忠于自己。

我能够给予他们利益的时候，他们可以忠于我，我不能给予他们利益的时候，他们就可以抛弃我。我没有什么东西可以给他们，而我的东西他们却可以随意拿走。我需要他们，但他们实际上并不需要我。可是以前我不知道这一点。我只是觉得自己是重要的，因为我乃是晋国的国君。实际上，他们完全可以抛弃这个国君。从前，国君是这个国家的主人，现在他们就是主人，所以他们怎么会允许另外有一个主人？他们真正需要的不是主人，而是一个忠实的仆人。

我事实上已经是仆人了，但还不知道自己是一个仆人。这就是我失败的原因。我早已失败了，可我不知道。从成为国君的那一刻起，我已经是一个失败者，可我不知道。我被自己的虚名所迷惑，我被别人虚假的礼仪所迷惑，我被自己的梦所迷惑。我原先藐视我的父君，藐视我的父君的父君，可我发现真正愚蠢的是我自己。

我原先觉得我的先辈毫无作为，只知道贪图享乐，面对卿族的骄傲，自己却那么卑微。可我现在知道了卑微的意义。因为卑微者乃是知道自己是卑微的，骄傲者知道自己是可以骄傲的。若是卑微者知道自己的卑微，卑微就可以让你获得卑微的快乐。若是不知道自己的卑微，那么，你将连同卑微的日子也要失去。

可是想这些又有什么用呢？无论我怎样想，睁开眼睛的时候，所看见的自己还是一样的。可是别人看我的眼神都不一样了，我感到我身边的人都用异样的眼光对着我。他们好像不是看一个国君，而是看一个失去了国君身份的人。我身上原来所披着的光没有了，它和我一起退入了暗淡之中。也许在别人的眼里，我的面目已经模糊不清。

我不愿意逃往齐国了，因为那毕竟不是我的国。我不愿意成为一个寄居者。于是我就在渡河之后，驻扎在路边的一个小小的城邑里。我既不想离开，又想离开，因为我不知道将走向哪里，所以才在这里停留。是的，这是一次停留，是在我决定之前的犹豫，而不是我的终点。这是我的中途，是在离去和不离去之间的抉择，是我走向哪里的准备，而不是我的目的。或者说，我已经没有目的，那么中途就是终点？我怀疑地问自己……可是我对这样的问题同样没有答案。

　　这样的路既是通向前方的，也是通往后面的。后面的路已经没有了，只有向着前面走，可前面又是一片茫然。一连几天我都睡不好觉，噩梦一个接着一个。我梦见荀瑶来到了我的面前，他对我说，你本来不需要逃走，但你选择了逃走。你的路原来在我的手上，现在我已经将你的路捏碎了，泥土撒在了你的坟墓上。他的脸变得越来越大，最后碎裂为几片，飞到了空中。

　　我在夜晚坐在了星空下，看着天上的月亮。它被乌云遮住，我陷入了漆黑之中。远处传来了夜枭的叫声，这叫声让我感到了惊骇。这样的夜晚不知过了多少个，它一次次加深我的痛楚。我病倒了，我听见自己的呼吸粗重，也许我的生命已经到了最后的时刻。我听说，荀瑶已经将晋昭公的曾孙姬骄立为新的国君，而我还在逃命的中途。我既看不见前面的路，也看不见后面的路，我只有停在中途。那么就让那遮住了月光的乌云覆盖我吧，就让天上的星辰覆盖我吧，我已经不属于白昼，也许我只属于夜晚。让远处的夜枭飞过来吧，它的翅膀将驮着我的灵魂，飞向更深的夜。我已经听见了我耳边的风声，是的，地上的路已经消失，我只有在暗夜飞向天上的乌云。

古灵魂

卷五百七十一

魏驹

　　我的父亲魏侈将魏氏的大业传给了我，但荀瑶却向我索要土地。我该怎么办？晋出公已经死在了逃往齐国的途中，荀瑶将晋昭公的曾孙姬骄立为新的国君。实际上，荀瑶已经成为晋国的主宰，宫室剩余的土地已经被我们四卿瓜分了，国君已经听命于荀瑶，而荀瑶却借助国君的名义对我们发号施令。

　　荀瑶将三家卿相召到朝堂，对我、赵无恤和韩虎说，晋国原本就是诸侯霸主，但被吴国和越国夺走了霸权。现在新君想要恢复往昔的荣光，让晋国变得像先前一样强盛。这应该也是你们的愿望吧？你们身为晋国的卿相，理应为晋国的兴盛出力。我的想法是，我们每家都献出一百里土地和一万户人，用于强兵强国，以重建晋国的霸权。

　　面对荀瑶咄咄逼人的威势，没有人敢于说话。他说，那么，我先献出一百里土地和一万户。我知道他说这样的话乃是骗人的，他所献出的还属于他自己支配，而我们献出的也属于他支配，这实际上是以国家的名义抢夺我们的土地。若是我们不给他，他就会以国家的名义讨伐我们，那样我们就有灭族的危险。若是给了他，我们的力量将被削弱，晋国实际上就已经归于智氏了，我们就只有在他的压迫下卑微地生存。

他先向较弱的韩氏施压，韩氏的宗主是韩虎。韩不信将韩氏的宗主之位传给了韩庚，韩庚又传给了韩虎。韩虎为了保全韩氏，只有忍痛将一百里土地和一万户交给了荀瑶。现在，荀瑶又派人向我索要奉献，我也将一百里土地和一万户交给了他。比之于灭族的危险，这仅仅是眼前的损失。慑于荀瑶的威权，我又有什么办法呢？现在，得到了我们的土地，智氏家族更加强大了。我不知道他以后还会想出什么诡计。他已经分完了晋国公室的土地，现在他又要一点点拿走我们的土地。

荀瑶又派人索要赵氏的土地，对赵无恤说，现在魏氏和韩氏都已经交出了土地，现在你也要交出应交的土地，而且，要将你的蔡和皋狼两地交给国家。但赵无恤说，这是我的祖上留下的土地，我怎么可以随意送给别人？我若送给了你，我的先辈的灵魂将会问我，你为什么将我们的土地送给了智氏？我怎么回答我的先祖呢？我的父亲将赵氏交给了我，我却失去了他交给我的土地，我的父亲岂不是看错了人？

荀瑶十分愤怒，就命令我、韩虎和他一起攻打赵氏。荀瑶率领中军，由韩氏的大军作为右军，而我率领自己的军队作为左军，围攻赵氏的宫室。经过几天的激战，赵无恤率领赵氏大军退守晋阳。唉，荀瑶乃是以国君的名义发出的命令，我们怎敢不遵从呢？我的心里十分清楚，若是灭掉了赵氏，下一个被灭掉的就可能是我或者韩氏了。荀瑶独占晋国的想法已经昭然若揭了，可我又有什么办法遏制他呢？

古灵魂

过了一些日子，荀瑶率领我们三家的军队围攻晋阳城。赵无恤的军队闭城不出，只要攻城者接近城墙，箭矢就会从城头暴雨一样落下。尽管我们兵马众多，却难以攻破赵无恤的坚城防御，倒是我们的士卒不断在乱箭中死去。我们的士卒已经士气低落，而赵氏还不断派出小股军队在夜晚袭击我们的军营。一个季节又一个季节，夏草变得枯黄，冬天又要来临，但晋阳城依然矗立在那里。

秋风扫去了树上的枯叶，农夫收割了田野里的谷子，寒冷的冬天来了，我们忍受着寒风，人们蜷缩在军营里，攻城暂时停歇了。城头的士卒就像一个个影子，随着天上的云飘忽不定。我似乎可以看见他们警惕的目光向着军营投射。荀瑶将我和韩虎召到他的营帐中，商量怎样才可以攻破晋阳城。他已经变得十分焦虑，不断地在地上走来走去。我说，你这样聪明都没有计策，我们能说出什么好的谋划？晋阳城太坚固了，要么我们放弃攻城吧？

韩虎说，已经一年多过去了，赵氏的城牢不可破。我们的士卒已经精疲力竭，士气已经枯竭，若是这样等待，什么时候是尽头？或者等到冬天过去，我们再来攻打。荀瑶说，不，我们已经围住了他，我们在外面，他在里面，但他的粮食总有吃完的时候。我记得赵无恤曾经和我说过，他就是能够忍受，看来他说得不错，这个人太能忍受了。我们不断攻城，他竟然能够一直坚守，我要看他究竟能够忍受多久？

冰雪覆盖了晋阳城，它四周的山峦和沼泽也已经一片冰雪苍茫。混乱的世界消失了，只有干净的、一尘不染的、令人惊心动魄的单纯和单调。这是让人感到抹杀了一切的雪白，它将从前的一切盖到了下面。我们曾经有什么或者没有什么，都藏在了雪白之中。我不知道已经发生过什么，也不知以后将发生什么。在这冰雪之中，似乎不必要知道什么。我甚至不知道将来将面对什么，因为冰雪替代了我想知道的一切。我的眼前只剩下一片冰雪，冰雪既覆盖了晋阳城，也覆盖了我的思考。我站立在这冰雪之上，我的影子浮现在雪白中，我不知道自己是谁，因为从前的我，已经被眼前的冰雪埋藏起来。

我并不希望赵氏被灭掉，因为荀瑶太强大了。若是赵氏被灭掉，等于我的力量又少了一部分。因为赵氏的原因，荀瑶还需要我。赵氏若是灭亡了，我也将变得无用，那么我也将成为荀瑶的盘中餐。我虽然在荀瑶的统率下攻打赵氏，但已经感到了我也在被攻打。若是赵氏被攻破，我也不会变得完整。若是赵氏被灭掉，我也将被灭掉。我所攻打的，并不是和我无关的，而是我攻打的乃是我自己。我已经意识到，我的左手正在和我的右手搏杀，我的左手已经抓住了我的右手，我感到了疼痛。

时间停在了这疼痛中。冬天终于熬过去了，冰雪融化，冰河开冻，冰凌顺着晋水汹涌而下。北面的沼泽地波光闪耀。鸿雁从南方归来，天空不断传来雁叫声。荀瑶看着水势浩大的晋水，对我说，你看，晋水绕过了晋阳城流到了远方，要是把晋水从东北方引到晋阳城的西南，不就可以水淹晋阳么？我说，可是怎样将晋水引来呢？荀瑶说，只要在上游筑起堤坝，拦住晋水，等到积蓄到一定程度的时候，扒开堤坝，大水就会漫过城池，赵无恤就成为水中的鱼鳖了。

古灵魂

卷五百七十二

赵无恤

　　晋阳城已经被围困得太久了，储藏的粮食也要吃完了，若是一直这样下去，我的城池必然会被攻破，即使不会被攻破，我也要献城出降了。若是那样，赵氏将被灭族，以荀瑶的傲慢和凶残，我也要被杀掉。我登上城头，发现晋水上游的地方，荀瑶的军队在搬运石头和土，他们在做什么？

　　后来我知道了，他们在修筑堤坝，试图拦水蓄水，然后以水来灌城。我有这么坚牢的城墙，还挡不住水么？他们围城已经快两年了，关键是城中的民众缺少粮食。我不知道还能坚守多久，什么时候才看到转机？我只能向上天祈祷，让上天护佑赵氏。上天啊，赵氏几次遭遇起落，几次差点被灭掉，每一次兴起都是上天护佑的结果。我每一次祭祀都是怀着虔诚，将最好的牺牲献给上天。现在，赵氏遭遇了灾难，上天难道放弃赵氏了么？

　　夏天来了，万物都现出了葱茏，河水在奔流，大泽水波潋滟，芦苇布满了沼泽地，山坡上的野花开放，一切原本是这样美好。可是我却在晋阳城中等待，等待上天的恩赐，让赵氏有一个圆满的结局。雨季开始了，天气转入了迷雾之中，天上的乌云从北面涌动，一连几天的豪雨，让河床涨满了水。我不知道这对于赵氏来说，是警告，还是考验？是灭顶之灾的预示，还是转危为安的机会？

荀瑶的士卒将筑好的堤坝掘开了口子，大水直奔我的晋阳城而来。我站在城头上，看着下面一片汪洋，白浪不断涌起。大水从城门的缝隙中不断涌入城内，城里的许多房子被淹没，火灶也没入了水中。人们不得不将釜悬于树上，或者人们在房顶上做饭。柴火都淹了，人们将湿淋淋的柴草从水中捞出，在房顶上晒干，才可以生火做饭。但，城里的民众充满对荀瑶的仇恨，他们说，即使是淹死在水中，也绝不投降。

水位还在城墙边一点点升高，我站在城墙上巡察，看见水面距离城墙的顶部已经剩下三板的高度了。我十分焦急，但似乎想不出什么好办法。我对家臣张孟谈说，现在赵氏已经到了最危急的时候，我实在想不出什么办法可以脱困。民心固然没有变化，他们的心里都充满了愤怒和仇恨，可是这样下去，我不知道会成为什么样子。一旦晋阳失去了，赵氏就失去了依托，距离灭亡就不远了。

张孟谈说，是的，现在存储的粮食已经很少了，宫室的围墙都是楛木做的，现在都已经拆掉了大半，宫中的铜柱也都冶炼为箭矢和兵器，只要城墙不会倒塌，还可以抵抗一段时间。但是荀瑶心意已决，不灭掉赵氏绝不会收兵。以我看来，荀瑶所率领的大军已经失去了意志，他们只是因为害怕荀瑶，不得不坚持攻城。尤其是魏氏和韩氏，他们并不想为荀瑶攻打你，也不愿意献出自己的土地。虽然他们对荀瑶心有怨恨，但又不敢违抗荀瑶的命令。若是能够前往说服他们奋起

古灵魂

反抗，我们就会反败为胜。

　　我说，谁能前去说服魏氏和韩氏呢？张孟谈说，我也许能行。过去赵氏和他们都比较亲近，现在若是和他们分析利弊和大势，他们必定会转向我们。何况几年来的围困和攻城，早已经让他们厌倦，现在也许是最好的时机。我曾经和他们都有交情，我愿意前往试一试。我说，我知道你的才能，现在我最需要你，我的希望将跟随你，并充满你的言辞。

　　这是一个黑暗的夜晚，我亲自来到了城头送他出城。城门已经封死了，出城的路就在水面上。漫天的星辰在黑暗里点亮，城墙下的水上映照出了绚烂的星空。天空和水连成了一片，你不知道自己是在地上还是在天上。我亲自和士卒们用绳子将张孟谈垂吊下去，并将一段木头也吊了下去。他轻轻地落入了水中，抱紧了木头，向着岸边游去。

　　我看着他的黑影在水中游，他的身影冲开了水中的星辰，伴随着无数个光斑，渐渐离开了城墙，直到我看不见他。那个黑影不见了，我已经将我的一切寄托在了这个消逝于黑暗的影子里。夏天的风是凉爽的，我就坐在城头，看着这安静下来的水面。水上的星光恢复了原样。我听着耳边的风声，感到这风声越来越大了，好像我不是坐在这里，而是骑在一匹快马上疾驰。

韩虎

荀瑶让我和魏驹陪着他察看水势。说实话，我很佩服荀瑶能想出这样的诡计，竟然用晋水来淹没晋阳城。这是一个诡计多端的人，又十分果断和富有耐心。已经将赵无恤围困了两年多了，现在大水快要漫上城头了，也许过不了多少时日，晋阳城就要垮掉了。

荀瑶十分得意于自己的计谋，对我和魏驹说，看吧，赵无恤的晋阳城就要被冲垮了，他就要灭亡了。他不听从我的命令，舍不得他的土地，背叛了我，这样的结果是他自己寻找的。从前我以为要用重兵来攻城，晋水乃是晋阳城的又一道城墙，它阻拦我的进攻。现在晋水不会阻拦我，相反它可以灭掉阻拦我的人。

魏驹说，是啊，只有你能想出这样的妙计，一条妙计就可以灭掉一个国家。他边说，边用胳膊碰了碰我。我也用脚踩了踩他的脚背。我们两个人彼此会意，我们的内心都感到了震惊。荀瑶可以用水来淹没晋阳，又怎么不会淹没我的封邑呢？又怎么不会淹没魏氏的封邑呢？魏氏的封邑在安邑，而我的封邑在平阳，我们的封邑旁边都有着汹涌的河水。魏驹的话提醒了我，我现在看见的，不仅是赵氏的末日，也是我们自己的末日景象。

大水映着晋阳城的倒影，曾经雄威高峻的城墙，在大水滔天之中变得十分矮小，整个城池就像浮在水上的一艘大船，它似乎马上就要沉没了。晋阳城在这波光里浮动着，挣扎着，却不知道水岸在哪里。我是不是也在这大水中沉浮？我的命运是不是也在这大水之中？我为什么要被荀瑶驱使，攻打一个我不愿意攻打的城邑？我把自己的土地献给了智氏家族，还要为智氏来卖命？我不仅要卖命，最后还要被荀瑶剥掉我的皮？我的肉也要被他吃尽？赵氏也曾为他卖命，曾跟随他攻打郑国，可现在赵氏已经浸泡在大水中。

一个暗夜，我的士卒押着一个人走入了我的军帐。我在幽暗的灯光里看见了他的脸，这不是赵氏的家臣张孟谈么？他的浑身湿淋淋的，显然他是泅渡来到这里的。我先让他换上了干净的衣裳，然后对他说，你来到我这里，一定是晋阳城已经守不住了，就要在大水中崩塌了。

他说，你应该知道，晋阳城是坚牢的，在你们攻打之前，已经储存了足够多的粮食。赵氏的宫城是用一丈多高的楛木铸造，拆下来就可以制作兵器和箭杆。而宫殿的柱子都是铜的，冶炼之后就可以打造箭头，现在宫墙只拆掉了一小半，而铜柱还没有拆掉。要是我们坚守晋阳城，还可以坚守几年。只是大水已经淹了很多房舍，民众对荀瑶更加仇恨，他们坚决不降。他们的日子已经十分艰难，在屋顶上睡眠，将釜悬在树上做饭。我已经不忍心看下去了，我的主人也不忍心看下去了。我乃是为民众而来，也是为你们而来。

我说，你和我说一说理由。你为什么是为我而来？他的目光就像火炬一样投向我，在这暗淡之中，他的目光是那么明亮，灯火勾勒出了他的脸的轮廓。他的声音是低沉而有力的。他说，是的，我也是为你而来。你也看见了，赵氏之所以被荀瑶讨伐，乃是他不肯献出自己的土地。他所做的事情，乃是为你们所做，你们却要替荀瑶来攻打他。难道你们愿意献出自己的土地么？难道你们愿意被专横跋扈的智氏驱使么？

　　——你们不敢说话，但我的主人不仅为自己，也为你们说话。你们不敢做的，他替你们做了。你们所做的，却是为你们的敌人所做。这难道是符合仁义的么？原来范氏和中行氏与荀瑶一样，也想着自己是强大的，所以欺压别的卿族，但他们灭亡了，结果已经看见了。现在，智氏也要这样做，他难道不应该灭亡么？上天怎会袒护这样的人呢？既然这样的人为天道不容，你们又怎能助纣为虐呢？

　　——你们攻打赵氏，就是攻打自己。赵氏的现在就是你们的将来，晋阳城的大水就是你们的结果的预演。荀瑶让你们献出了一百里土地和一万户人，你们竟然给他了。这乃是你们的先人留给你们的，你们却给了他。对你们来说，这乃是不孝。这仅仅是开始。他向你们要什么，你们就必须给什么。若是你们不愿意给，那么就会被讨伐。可是他为什么向你们索要土地？他没有任何理由。或者说，他唯一的理由，是你们都害怕他，他利用了你们的恐惧。对你们来说，这乃是不勇。这是真正的抢夺，只有强盗才这么做。可你们还是将自己的东西给了强盗。你们又帮助强盗攻打自己亲近的人，对你们来说，这乃是不义。你们明知道这是错的，还要这样做，不仅违背了自己的内心，还违背了天意。

古灵魂

——他不会因为你给了他，他以后就不会抢夺。不，他是强盗，抢夺就是他的本性。他不会改变自己，但你们要改变自己。他会一点点将你抢夺完毕，然后杀掉你。他若是讨伐赵氏获得了成功，那么，他向你索要什么，你就必须给他什么。他名义上是讨伐赵氏，实际上乃是要将赵氏的结果给你们看。让你们看见说真话的结果，看见不给他土地的结果，让你感到害怕。你们若是一直感到害怕，那么，他就会继续剥夺你们的枝叶，挖掉你们的根，烧掉你们的皮，吃掉你们的果子。

——你想想吧，荀瑶可以想出引水淹城的毒计，也会用别的毒计对付你们。这不是故事的结束，而是另一个故事的开头。你们不是置身事外，而是故事中的人。你们的封邑都在水边，今天的引水淹城也适合于你们。你们应该知道，赵氏的大军毫发无伤，完全可以对你们予以反击，但他没有这样做。因为他知道你们并不是真心想要这样，而是荀瑶逼迫你们这样做。所以他一直忍耐，不愿意和你们结仇。现在我来到你的面前，就是为了给你说明原由，而我说的一切，你的内心也应十分清楚。你不仅害怕荀瑶，也害怕自己的内心所想，是的，恐惧已经捆绑了你。

我说，我是韩氏的宗主，我从父亲的手里接过了重任，可是我已经丢掉了他的一百里土地。就像你所说的，我并不想这样，可是我害怕荀瑶施加报复，因为他太强大了。的确是恐惧捆绑了我，所以我才被别人宰割。我并不想攻打赵氏，但我只得服从荀瑶的命令。若是我违背他的命令，他就会以国君的名义讨伐我。我想魏氏也是这样。你所说的都是有道理的，我一直也在矛盾重重的痛苦中，可我又能怎么做呢？

张孟谈说，对于强盗，我们不要寄望于他的仁爱，他没有仁爱，只有残暴和抢夺，只有无满足的贪欲。那么我们只有一个办法可以制止他，那就是杀掉他。因为你不杀掉他，他就会杀掉你。他现在没有杀掉你，不是他不想杀掉你，而是他在等待时机。你是选择活着还是死亡？若是选择活下去，就不能给他更多的等待。若是选择死去，也要在搏杀中死去。何况，荀瑶敢于向你们索要，是因为看见了你们的软弱，也看见了你们各自保全自己。若是我们三家一起向荀瑶发起攻击，他又怎能抵挡？

我想了想说，好吧，我愿意这样做，现在还需要你到魏驹那里，告诉他你的想法。我想他和我一样，也是因为害怕而屈服。我们是软弱的，而赵无恤却比我们有勇气，而软弱的要攻打有勇气的，这就违背了天意。你说得对，软弱就会助长强盗的贪婪，而强盗的贪婪本来就是无穷的，他不会满足于所得到的，他要不断得到。你可以告诉魏驹，我已经决定了，我已经为从前的软弱而懊悔，现在我不能软弱下去了。面对一个强盗，软弱是可耻的，软弱也不起作用，因为你的软弱不能改变强盗的本性。

我说，今天已经不早了，你就留在我的军营里，明天我让人护送你到魏驹那里。他说，不，你既然已经决定，我就不能停留。我现在就去魏氏的大营。而且晋阳城里的百姓还在水中挣扎，我怎么能停留呢？我的主人也焦急地等待我的回音，我怎么能停留呢？今天的夜这样漆黑，我可以借着夜色的掩护而不被荀瑶看见。若是在白天，就可能引起他的怀疑，他就会有所准备。他是一个多疑的人，我们只有暗中突袭，才可以杀掉他。

我将他送到了营前，我让几个人护送他，很快他们就融入暗夜。我回到自己的营帐，想着张孟谈的话。是啊，我不是不知道别人在做什么，而是从来没有面对自己。我多么在意强者的想法，却忽视了自己的想法。一个强盗已经闯入了我的家里，我却从没有想到反抗，相反要等待强盗的恩赐。我的生命乃是属于自己，我的家族是父亲交托给我的，我却无视这一切。赵氏是勇敢的，他却在水中沉没，我又怎能独自等待死灭？

我终于做出了自己的决定，这乃是我所做出的最重要的决定。我的父亲曾对我说，要亲近有德行的人，要远离奸诈和贪婪的人。可是我却和这奸诈而贪婪的人一起去攻打一个勇敢的人。那么我又是什么人呢？夜已经很深了，风声敲击着军帐，我躺在了床榻上，却不能入眠。也许是因为兴奋，也许是因为忧虑，也许是因为一个还不确定的明天就要到来，我久久不能入眠。我索性坐起来，穿好了衣裳，来到了军帐之外。

天空又是阴云密布，是不是又要下雨了？夜是这么黑，只有天边还有几颗星亮着。浩瀚的水声在耳边汹涌，夜风送来了凉意。远处的晋阳城陷入了这漆黑的包围之中，偶然可以看见几点波光，那是仅剩的几颗星映照在其中。在晋阳城头，可以看见几个士卒举着火把在巡夜。这是多么黑暗的人世间，若是只有一个人面对这样的漆黑，会不会感到恐惧？不过，无论是令人愉悦的，还是令人绝望的，都将在这黑暗里发生。

卷五百七十四

张孟谈

　　我从韩氏的军营出来，天更黑了。也许天上乌云翻卷，可是在夜晚却看不见。熟悉道路的士卒为我引路，一路上到处是泥泞，几次差点儿被石头绊倒。来到魏氏军营的时候，魏驹已经睡下了。人们将他从睡梦中叫醒，灯光照着他睡眼惺忪的脸。他仔细看了我一会儿，才对我说，我梦见你要来，原以为是梦中的事情，怎么会在现在发生呢？我在梦中听见你说话，但我没有听清你究竟说了什么，现在你再对我说一次。

　　我说，好吧，既然你已经在梦中见到我，那么就预示着上天已经把一切告知你。那么我所说的，也许和上天的意旨一样。现在的情况，上天也看不下去了。我听说，一个人的嘴唇没有了，他的牙齿就会寒冷，就会因寒冷而掉光。赵氏就是你们的嘴唇。若是赵氏灭亡了，就该轮到魏氏和韩氏了。荀瑶可以引水淹没晋阳城，也可以引水淹没你的封邑。你的封邑不也在水边么？

　　魏驹说，是的，我的封邑也在水边。荀瑶所做的事情我已经看见了，可是我自己势单力薄，恐怕敌不过他。若是反叛的谋划一旦泄露，灾祸就会降临。我的父亲将魏氏家族交给了我，乃是让我能够率领家族安稳前行，若是我遭遇了灾祸，岂不是违背了父亲的意旨？我所想的不是自己，而是我的魏氏家族。若是我独自一人，还会害怕什么呢？

我说，你将父亲给你留下的土地给了智氏，以后你还要给他更多，直到你什么都没有了。那么，你的家族还有什么前途？你又怎么交代你的父亲？又怎样向你的家族交代？你的父亲死了，但他的灵魂还在看着你。赵氏为什么不答应荀瑶的无理要求？因为他看见荀瑶的贪婪乃是无止境的。你给了他，他还会要，而且会要的更多。他知道面对一个强盗，既不能讲理，也不能软弱。

他说，我早有这样的想法，可是我担忧的是，没有和我一起的同行者。我一个人的力量是不够的。我若是起而反抗，我的结局就会和赵氏一样。现在我乃是攻打者，若是我不攻打，就会变为被攻打的。我若是和别人密谋，若是被发现，我也是同样的结果。所以我就不想这样的事情了。软弱者的软弱，乃是让自己忘掉自己的软弱。我已经忘掉了自己的软弱，至于以后的事情，我就不敢多想了。

我说，我刚从韩氏那里出来，来到你这里，是想告诉你，他已经不想继续做一个软弱的人。他让我告诉你，他已经决定要走出软弱，还要为自己的软弱而雪耻。现在一切都已经具备，就看你能不能从梦中惊醒。你担心谋划会被泄露，但你所说的，只有我一人听到。而韩氏所说的，也只有我一人听到。在这样的暗夜，荀瑶已经在他的美梦里，我不知道谁还可以听见呢？荀瑶在梦中还在想着怎样增加自己的土地，而从来不想积累自己的仁德，怎么会不灭亡呢？那就让他在梦中灭亡吧。

他说，好吧，你不必多说了，既然韩氏也已经决定，我还有什么可犹豫的？我们已经见到了你，现在又和你密谈，这乃是上天对我们谋划的恩准，我还有什么可犹豫的？我送你回到城里，我们约定好了，到时候，你们让人将荀瑶派去守护堤坝的士卒杀掉，扒开拦水的堤坝。一旦看见大水冲向智氏家军的营地，我们就一起乘船杀入他的军营。

我在凌晨的时候，返回了城头，我的主人还在城头等待着我。他亲自将绳子垂下来，将我拉了上来。火把照着他的脸，但他迟迟不说话。我知道，他不敢问我，只有等我说话。他的面色是凝重的，他的目光盯着我。我说，可以了，韩氏和魏氏都说好了，我们的困境就要解除，我们就要走出暗夜了。

他还是没有说话。突然他手捂着脸，哭了起来。泪珠从他的指缝里流了出来，在这火把的照耀下，就像两串晶亮的珠子掉了下来。我似乎听见了泪珠落地的噼啪声。一会儿，他松开了手，他的脸从手掌后面露出来。他的表情仍然是严峻的，他用沙哑的声音说，我的城已经被荀瑶的大水洗干净了，我的泪也将我的脸洗干净了，我要用他的血洗他的脸。

卷五百七十五

荀瑶

　　我从来没想到水有着这么大的威力。我为自己能够想出这样的计谋而暗自得意。我每天都在巡察水情，看看这大水距离晋阳城的城头还有多高。我所看见的是水势越来越大了，赵氏的晋阳很快就会被淹没于水下。这个城邑曾是多么宏伟，它的阴影能够盖住旁边的河流。从远处看起来，就像一座方形的山丘，矗立在晋水和汾水之间。可是它在水势高涨之中已经奄奄一息了，它的影子变短了，几乎要看不见了，只有窄窄的一条黑带围绕着，水中反射的阳光，让这座城变得暗淡。它很快就会成为鱼鳖的家园了。

　　一天早晨，我站在高处看着前面的大水苍茫，想着赵氏就要覆灭了，内心十分高兴。这些土地以及赵氏的晋阳都将归于我了，我将赵氏的土地收归公室，还要将很多土地分给魏氏和韩氏。这时，我的家臣郗疵来到了我的身边，他对我说，韩氏和魏氏都会反叛，你要留心他们的动向。我惊奇地问，你是怎么知道的？

　　郗疵说，我观察他们，又依据人的常情来获知，他们一定是想着叛乱。你想吧，你命令韩氏和魏氏的军队攻打赵氏，那么赵氏被灭之后，灾祸就要轮到韩氏和魏氏了。现在你们约定灭掉赵氏之后，三家将均分赵氏的土地和财产。赵氏眼看就要灭亡了，大水离城头不足三板高了，可以断定，赵氏投降的日子没几天了。可是，我发现他们的脸上没有兴奋的神色，反而面带忧虑，这不就是想着反叛么？

我说，你太多虑了，他们跟着我打下了赵氏，我分给他们土地和财物，他们岂能不高兴？他们若有忧虑，那就是害怕我少分给他们土地而已。可是我每一次见到他们，他们都是高兴的，因为几年的攻打终于有了结果。一个农夫耕播之后，最喜欢的是风调雨顺，即使到了秋天，也有着他们的忧虑，害怕在收割的时候下起了秋雨。所以他们每天都抬头仰望，看一看天上有没有乌云。

郗疵说，我只是依据常情来推测，但愿他们会安心地跟着你。他们在你面前露出的，乃是做给你看的，他们脸上的表情不是真实的，而在我的面前，他们就会摘掉虚假的面具，露出真实的自己。所以，你看不见的，也许我看得更清楚。大功就要告成了，你要多留一点心眼，不要被别人的假象所迷惑。

过了一会儿，我回到了军帐，就将魏驹和韩虎召来，我将郗疵对我说的话告诉了他们，并观察他们的神色。我之所以这样做，乃是为了让他们知道，即使人们在我的面前说什么，我都是信任他们的，不然我怎么会将别人告诉我的话又说给他们听？我也用别人的话敲击他们，让他们不要想着叛乱，因为一切都已经在我的掌握之中。

韩虎说，我怎么会这样想呢？你让我献出自己的土地作为公田，我立即就献出，你让我攻打赵氏，我毫不犹豫就跟着你攻打晋阳，我怎会有别的想法？晋国本来就是诸侯的霸主，若是将赵氏灭掉，我们就一心一意对付中原的诸侯，晋国将恢复往昔的霸主地位。每一次想到晋国的将来，我就会感到欣慰。晋国若是没有你的统领，怎么会存有希望？每当到了关键时刻，就会有小人扰乱，我从不听信他们的话，你也不会听信的。你现在将小人的游说告诉我们，就是对我们的信赖。

魏驹说，是啊，我也是这样。你让我献出自己的土地时，我也是毫不犹豫的，因为我知道，你已经为晋国设计了一个好的将来。让晋国恢复往日的繁荣，乃是我们的心愿。而赵氏竟然不理解你的用心，我就跟着你攻打这样的叛逆，我怎会有别的想法？眼看赵氏就要灭亡了，可是我又有一点忧虑，就是这大水若是退去，岂不是功亏一篑？所以我就像农夫一样，每天仰头看天，一看见乌云翻滚，我就高兴，一看见晴空万里，我就感到忧愁。雨季就要过去了，我害怕赵氏若是熬到了雨季之后，我们什么时候才可以攻破晋阳？

韩虎说，是啊，马上就要攻克赵氏了，我们都可以分到他的土地，怎会不高兴呢？越是这样的时候，人就越会有所担忧，这岂不是正常的么？小人的话，岂可听信？我想，小人就是为了在这样的时候，让你怀疑我们，这样你就可以放松攻打赵氏，就会让赵氏躲过灾难，那样我们反而要遇到麻烦了。这个人乃是出于嫉妒，我也乃是用常情来推断。我们眼看就要分掉赵氏的土地，而这个人不愿意看见我们得利。我们怎会放弃就要得到的利益，而去做那些危险的事情呢？何况，你对我们这么好，我们怎会有背叛之心？

我说，你们说得都很好，我知道你们对我乃是忠心的，我怎能怀疑你们？你们放心吧，过几天赵氏就会投降，他的土地和财富，我都会按照我们的约定分给你们，一点儿也不会少。你们跟随我攻打赵氏，已经为晋国建立了功勋，我绝不会亏待你们。赵氏一旦投降，我立即禀报国君，履行我们的约定。让我们共同辅佐国君，以后的晋国必定会兴盛、强大，诸侯都会归顺我们。现在，赵氏的灭亡已在旦夕之间，我们就等着收获吧。

魏驹和韩虎走后，郤疵就进来了。他问我，你怎么可以将我的话告诉他们两个呢？我说，是啊，我告诉他们了，你是怎么知道的？郤疵回答说，我来的路上，看见他们见到我的时候，脚步就加快了。他们没有看我，似乎在躲避什么。这就是说，他们已经知道我识破了他们的想法，他们不敢面对我。

我说，这有什么呢？我告诉他们，乃是为了试探他们。不过，他们所说的话，都是真诚的。而且这两个人和赵氏不一样，他们是十分怯懦的。我从来看不起怯懦的人，也看不起他们。他们怎么敢反叛呢？我真是不敢相信，他们的先祖曾那么英勇无畏，却有着这样一些怯懦的后人。他们不仅为即将分到的土地而高兴，也对我充满了感激之情。

郤疵说，我来这里是想和你说，请你允许我到齐国出使吧。赵氏的晋阳城已经就要攻破了，这里已经不需要我了。晋国真正的敌人是郑国、卫国和齐国。你早已想将郑国和卫国灭掉，但齐国却给我们阻碍。我会将赵氏覆灭的消息告诉齐国的国君，以便我们攻打郑国和卫国的时候，齐国不敢予以干涉。我想了想，说，好吧，你先去出使齐国，我会在都城等你的好消息。

郤疵向我施礼后，退出了我的军帐。这个人是一个多疑的人，他既然会怀疑别人，也会怀疑我。他乃是处于怀疑之中。怀疑让他失去了勇敢，也让他失去了自己。我也怀疑别人，但我不喜欢怀疑别人的人。不过郄疵是一个善辩的人，他也许最适合做一个使者。一个人若是不怀疑，他就会将自己置于危险之中。若是总在怀疑，那么他就会在犹豫不决中失去机会。因而既要怀疑又不能陷于怀疑，这样才可以做大事情。我的父亲之所以将智氏家族交给我，就是看见我乃是一个智勇双全的人，也看见了我该怀疑的时候就怀疑，而不该怀疑的时候绝不怀疑。我的父亲乃是有一双慧眼，他已看到了我的现在。

又一个夜晚来了，我到军营之外做了最后的巡察，一切都按照我的意愿，大水还在高涨，也许就在明天早晨，赵氏就会投降。我将会用蔑视的目光看着他，看着他在我的面前求饶。可我怎么会饶恕他呢？若是他一开始就向我求饶，也许我会给他一条生路。可是，现在一切都已经晚了，我要让他带着悔恨死灭。我还要嘲笑他，让他不仅带着悔恨，还要带着羞辱离开人世。这乃是一个清夜，天空现出了繁星，它们从黑暗的天穹涌出，以微弱的光芒，注视着即将发生的事情。

我的身上披满了星光，将这星光带入我的睡梦。我卸掉身上沉重的铠甲，也卸下了一天的疲劳。今天我要早一点睡了。灯火熄灭了，我闭上了眼睛，我的身形都嵌入了黑暗，我是黑暗的一部分。今夜我会做一个什么样的梦？一会儿，我就进入了迷蒙的睡眠之中。突然，一阵喊杀声将我惊醒，我一下子从卧榻上坐起来，发现自己浸泡在了水中。怎么会这样呢？我蹚着水走出了营帐，兵营已经被水淹没了，士卒们一片惊慌。我想，一定是水坝溃决了，我赶忙命令我的侍卫前往察看。

卷五百七十六

张孟谈

我的使命已经完成了，我也该离去了。今天夜晚，赵氏的命运将发生转折，几年的围困就要结束了，这也是荀瑶最后的日子。我好像就是为了打破这围困所生，我做了这件事情，以后还有什么事情要我做呢？不，我不想再做别的事情了，我要到一个安静的地方去，在那里过属于我的日子。我不喜欢岁月沧桑，不喜欢人们的相互杀戮，不喜欢人世间的喧嚣，我只喜欢安静地生活，喜欢不受任何干扰的静悄悄的日子。

我来到了赵氏的身边，不是为了功名，不是为了禄位，只是为了证明我自己。我可以是一个有用的人，有作为的人，但我却放弃别人羡慕的一切。我可以是一个有智慧的人，可以是一个有谋略的人，但我放弃这智慧与谋略。我成功，于是我放弃。我需要成为一个隐者，让所有的人忘掉我。

我来到了赵无恤的宫室里，我对他说，我要离开了，这里已经不需要我了。他说，你为什么要走？我多么需要你留下。要是没有你，我的城被淹没了，我也不能坚守了，赵氏就要灭亡了。若不是你在暗

古灵魂

夜联络和说服韩、魏两家，我也不会活下去了。现在我已经准备派人前去掘开荀瑶的堤坝，也备好了船只，很快就要击杀荀瑶了，你却要离开。赵氏就要走出逆境，就要走向新生的时候，你却要离开了。你难道不想和我一起饮酒欢庆？

我说，若是我在你遭受困厄的时候离开你，那么我是不义的。若是我在你获胜的时候还要显耀自己，那么我是不仁的。我从来不贪图虚名，我也不需要。今夜就会有一个好结局，我已经知道了，就不需要观看了。我们三家已经约定了信号，我已经知道荀瑶的结果了。我所做的是解救了赵氏，也解救晋阳城中的百姓。我也只能做这么多了。以后的事情，你会比我做得更好，也会有更多的人帮助你。因为一个人在顺境中，帮助他的人就多，而在困境里，他可能就失去帮助。于是，顺境里的人总是穿行于顺境，而逆境里的人就很难摆脱逆境，而你已经摆脱了逆境。

他说，我还是需要你。不论是顺境还是逆境，我都需要你。你不仅有非凡的才能，还有无私的仁德。我的父亲曾说，要亲近有仁德的人，我将这诫告牢记在心。可是你却要离开我了。你要离开了我，别人会说，我是一个嫉贤妒能的人，我就要成功了，却容不得一个功臣在我的身边。

我说，这也正是我要离开的原因。我不想接受任何报答，也不想接受你的报答。若是我不离开，别人就会说，瞧，这个人做事情就是为了别人的报答。那么，我的德行还怎么保留呢？我现在离开，就是为了带着我的德行离开，并让别人忘掉我的德行。德行不是为了让别人记住，真正的德行乃是为了别人忘掉。你想想吧，我们记住了许多德行，也记住了许多有德行的人，但真正的德行已经被忘掉了，真正有德行的人也已经被忘掉了，只有在忘却中才有德行的真义。

就说你的晋阳城吧，平时是那么宏伟高峻，人们看见了，都会赞美。但是它的意义不是在人们的赞美中，而是在危急之中才露出它的意义。大水就要淹没它的时候，它已经不那么宏伟了，城中的百姓即使是悬釜造饭也决不投降，这才是一座城的意义。但是它最终的意义是为了人们忘掉它的意义。当你已经灭掉了智氏，百姓都变得平安，生活复归了原本的样子，似乎什么都没有发生过，那么德行本身才变得愈加珍贵。因而真正的德行不是为了彰显，而是为了隐没。

他说，可是我不舍得让你走。你若走了，我要再遇到什么事情，该与谁商量呢？赵氏若要再遇到危机，我该让谁来担负重任呢？我不仅需要危急的时候你在我的身边，也需要欢乐的时候你在我的身边。因为危急的时候需要你承担，欢乐的时候，我需要你来分享我的欢乐。若是那样，该有多么好。你还是不要走了，我们在一起的日子有多么好。若是你走了，我该会多么寂寞和孤独。

我说，不会的，一切都会好的。你的身边会有很多人，他们都愿意和你分担忧虑，更愿意和你分享欢乐。你的身边会有很多有才能的人，若是遇到了什么事情，他们会使用各自的智慧，为你提供各种计谋。你也不会因为我的离去而寂寞和孤独，不会的。你已经拥有了权威，你可以得到你想要的，也可以排除你不想要的。我知道，你是想报答我，可是我不需要报答，我只需要你将我忘掉。你就忘掉我吧，只有忘掉，才会有新的开始。

我之所以执意离去，就是害怕我的名声会干扰你。我知道自己有功劳，可是这功劳乃是因为你而建立的。我一直思考怎样治理一个国家，也向往很多先贤的故事。可我的故事已经讲完了，剩下的故事该由你去讲述了。我害怕我的名声会超过你，那么我又该怎样压低自己的名声？从前的故事已经告诉我，从来没有君臣之间在权势差不多的情况下能够和睦相处的，前面的事情就是我的师傅告诉我的，我又怎能不听从师傅的话呢？你还是让我走吧，我现在就要离去了。

他说，那么你要到哪里去呢？天地茫茫，我若是想念你，又到哪里去寻找你呢？我说，我现在就退还我的封地，我什么都不需要了。你将我的封地收回，还可以派上别的用场，或者奖赏给那些有功勋的人，他们就会更加感念你的恩宠，就会牢固自己的忠心。至于我，天地之大，必有我的容身之地。我不会告诉你我要到哪里，因为我自己都不知道要到哪里去。你也不必寻找我，因为我要到一个你寻找不到的地方去。我离去，不是为了别人的寻找，而是为了别人的忘记。

他说，我已经没什么可说的了，我对你的感激之情将不能忘记。即使所有的人忘记了，我还不能忘记。这不由我自己，因为你已经深深地印在了我的心上。只要我还活着，我就不能忘记，也许我愈是想要忘记，就记得愈深，这有什么办法呢？我只是感到深深的遗憾和惋惜，我的身边少了一个真正的智者，我的心中又增加了亏欠你的东西。我感到自己变得沉重，已经不知道该说什么了。

我说，你是我的主人，我也永远记得你。我将把我的记忆带到遥远的山林，带到泉水和云岚之中，带到我的快乐之中。我现在就离去了，夜晚很快就会来到，你需要做你的事情了。于是，我乘着一叶小船，从水波激滟的大水上漂去。我看见他在城头向我施礼，我也向他施礼。船夫划着桨板，我的船是那么慢，那么慢。我的身影落在了水面上，我看着自己的影子和白云一起，在这水波中漂动。是的，我离开了我的主人，也离开了纷乱和不安。远处的荀瑶的军营中，有一些乱糟糟的人影，这一切对我来说就像昔日的梦幻。我知道，又一场杀戮就要开始了，星光将照耀人世的残暴。

卷五百七十七

赵无恤

一切从夜晚开始。我坐在星光中等待，等待令我激动的那一刻。午夜三更到了，我派出了小队士卒，他们乘船悄悄到了荀瑶的堤坝上。他们杀掉了守护堤坝的敌人，掘开了堤坝。我看见对面的堤坝上升起了火光，我悬着的心放了下来，我知道一切都是顺利的。可以出击了，我给我的军队下达了攻击的命令。我看见自己的大军，甚至很多城中的民众，都加入了我的大军之中。他们乘着小船和连夜捆绑起来的木筏，或者抱着门板和木头，向着敌人的营地杀去。整个水面上，布满了火把，将浩瀚的水面映照得一片红光，喊杀声从这火光里迷雾般升起。

我乘上一艘大船，用力击打战鼓，战鼓的鼓点是密集的，赋予水上的喊杀声以鲜明的节奏。我已经看见韩氏和魏氏的大军从两侧发起了攻击，荀瑶已经陷入了重围。他们的军营已经被淹没。想要用大水淹没别人的，却被大水所淹。引水加害别人的，就会将自己淹死在水里。我的士卒们奋力杀敌，用火把照着水中挣扎的敌人，然后用战戈向他们砍去。

我听见魏氏的战鼓和韩氏的战鼓，和我的战鼓相呼应。智家军的哭嚎和尖叫，和我们的喊杀声混合在一起。天边似乎露出了微微白光，智家军已经被完全击败了，他们的士卒有一些游水逃走，更多的不是被淹死，就是被杀死。我大声呼喊，说，要捉住荀瑶，要捉住荀瑶。人们举起火把，到处搜寻着荀瑶的踪影。

天亮了，有一个士卒过来说，荀瑶已经被杀死了，说着将一具尸体拖到了我的船边。我看着这个人，他的脸已经变形，身体已经肿胀，显然他没有被一下子杀死，而是在水中挣扎，大水灌满了他的肚子。我对着他的尸体说，荀瑶啊，智伯啊，你现在还能看见我么？还能看见我的眼睛么？你还能看见你自己么？你已经看不见了，可我看见了你的样子。我曾经看见你骄横的脸，现在看见的是你最后的脸。我要将你的头割下来，我要剥掉你头上的皮，用你的头盖骨做我的饮器，我要用你的头颅来喝酒，让你看见我每一天的快乐。你要淹没我的水，填饱了你的肚子，我曾在水中忧虑，而你却在水中挣扎而死。你的头颅可以用来盛满美酒，你不仅在水中浸泡，还将在酒中浸泡。这就是你的结果。你已经看不见了，但我以后的每一天都可以看见你。

卷五百七十八

晋哀公

　　先君已经死在了路上，我是晋国的新国君。可是我也仅仅是一个国君而已。实际上，国君只是我的一个名字，就像别人的名字那样。我的先君曾经想依靠智氏，智氏的家主是荀瑶，他也是晋国的正卿。可是他还是和其他三卿一起将先君驱赶出去，让先君死在了奔逃的路上。他本来要逃往齐国，可还没有到齐国，就已经死去了。

　　我是晋昭公的曾孙，也许是荀瑶看见我是软弱的，就将我立为国君。是啊，我是被他选中的，事实上，他想要让谁成为国君，就可以让谁成为国君，我只是碰巧被选中而已。除了晋国的都城和祖宗之地曲沃之外，我还有什么呢？我只有在自己的宫室中过着无聊的生活，观赏美女们的舞蹈，听一听单调的乐曲。我已经看够了，也听够了。难道一个国君就不能做一点别的事情么？

　　是的，不能做，也没有什么可做。晋国所有的大事情都由他们来做。他们都替代我做了，睡梦一样的日子里，包裹着重复的、简单的、毫无乐趣的生活。但是，很快他们自己就打起来了。先是荀瑶向三家索取土地，但遭到了赵氏的拒绝。于是荀瑶就率领魏氏和韩氏攻打赵氏。赵氏退守晋阳城，他们又开始攻打晋阳，遇到了赵氏的顽强抵抗。

但是荀瑶想出了水灌晋阳城的破城之策，赵氏在最后的关头联合魏氏和韩氏灭掉了荀瑶的大军。然后他们又攻打智氏的封邑，杀掉了智氏的两百多口人。他们将智氏索取的土地又拿回来，并将智氏的全部土地分掉了。他们做这一切的时候，似乎和我这个国君无关，我只是一个旁观者，但这却是发生在我的国家的事情。

这还不够么？是的，不够的。赵氏、魏氏和韩氏三家又将我的公室所属的最后一点土地也瓜分了，我只剩下都城和曲沃两个城邑了。这就是我的全部财产。除此之外，我什么都没有了，可我还是一个国君。我都怀疑自己，我真的是一个国君么？一个国君却与他的国家无关，这还是一个国君么？

是的，他们一直承认我是一个国君，乃是承认一个名义上的国君。他们承认我，却拿走了我的一切。我将自己的脸对准了镜子，我看见一张变形的、充满了忧虑的脸，一双毫无生气的、暗淡的眼睛。这不是我的脸，也不是我的眼睛。我不需要这样的脸和这样的目光。我需要一张充满了活力的、英姿勃发的面孔，需要一双炯炯有神的、火炬般的眼睛。我需要用这样的脸和这样的目光面对这个人间。可是，似乎有什么最珍贵的东西没有了，有人从我的脸上拿走了它。

我沉浸在美酒之中，我常常看着美酒发呆。我不知道这美酒的味道，因为我不在乎这美酒的味道，我只是喜欢其中的苦涩，喜欢它的烈性，喜欢被它侵蚀之后的快意和忧愁。因为我在这美酒中将遗忘一切。是的，我在美酒中不是寻找悲伤和欢乐，而是寻找遗忘。遗忘乃是在悲伤和欢乐之上，它是一切悲伤和欢乐的萃取物。

可是我忘掉了么？还是没有忘掉。因为我还要从一切美梦中醒来。我在黑夜里睡去，沉入了梦中，但这每一个梦我都记不清楚，它只给我留下一些奇妙的片段。我从暗夜醒来，发现那些片段也不存在了，它们都消失在了无边的黑暗之中。现在，我似乎既没有醒来，也没有梦，却在无边的黑暗之中。我所怀疑的是，我究竟是谁？我是晋国的国君？还是先君的继承者？还是我自己？

若是先君的继承者，那么先君还试图恢复先祖的基业，但他失败了，最终在逃亡的路上死去。若是晋国的国君，我的国家的一切都应该和我相关，可是我却是一个无所事事的旁观者。若是我看自己，那么我只有一具肉体，只有一具百无聊赖的肉体，可我就是这样的肉体么？我的灵魂又在哪里呢？

卷五百七十九

豫让

　　我是不是一颗灾星？我投奔哪一个人，哪一个人就要灭亡。原来我侍奉范氏和中行氏，但他们被四卿剿灭。我投奔了智氏，侍奉智伯荀瑶，可现在智伯也被韩赵魏三家所灭。智伯乃是一个聪明而有智谋的人，他对我十分宠信，我在他的门下做事感到十分快乐。遇到了一个理解你、赏识你的主人，这是多么难啊。

　　智伯曾对我说，赵无恤这个人，既软弱又极其让人厌恶。他的内心是阴暗的，他所做的事情也是自私而无耻的。他能够杀掉他的姐夫，又让他的姊姊自杀，可想他是多么残忍。可是，我让他攻打郑国的都城，他却退缩于一边。一个怯懦而残忍的人，是多么让人厌恶啊。我说，是的，在韩氏、魏氏和赵氏中，赵氏是最难纠缠的，若是能够灭掉赵氏，晋国就会属于你一个人。

　　可是我担忧的事情真的发生了。智伯率领魏氏和韩氏围住了晋阳城，却久攻不下，我的心中就有了一种不祥之感。后来，他想出了引水破城的计谋，灭掉赵氏已经指日可待，可是魏氏和韩氏却背叛了他。智伯太不在意了，也许他太相信魏氏和韩氏了，也许他太相信自

古灵魂

己的力量了，也许他已经看见了获胜的希望而忘记了近在身边的危险，所以遭遇了覆没。

他没有听从郗疵的劝谏，这是他在怀疑中忘记了真正的怀疑。他尽管是多疑的，却在这样的时刻，以为眼前即将到手的利益可以笼络住魏氏和韩氏。他没想到，魏氏和韩氏不仅要看眼前的利益，还要看未来的利益。若是未来的利益不可获得，眼前的利益也将失去。所以，郗疵看见的，他却没有看见。这乃是他覆灭的原由。

郗疵已经看见了结局，所以他在智伯覆灭之前就逃走了。他乃是为了躲避一个可以预料的结局，因为智伯将他的劝谏告诉了韩氏和魏氏。事实上，我也远远地看见了这样的结果。因为智伯的骄傲和自信决定了他的命运。也许，很多人早已看见了这样的结果——在他继位之前，就有族人劝过他的父亲，觉得他什么都有，就是缺少德行。可我觉得不是这样，他的对手中，谁又是有德行的人？

最后的命运并不是取决于个人的德行。一个人不是在别人的攻打中沉沦，而是在自己的骄傲中灭亡。在四卿之中，哪一个人不是贪婪的？哪一个人不是自私的？哪一个人不想独占晋国？只有智伯还想着怎样让晋国复兴，恢复从前的霸主地位。可是这注定是不可实现的。从前失去的，已经失去了，你就不要再想着拿回来。一个人的目光应该向前，而不是向后。后面的东西就让它留在后面。

是啊，一切都已经注定，所有的理由都是从前的理由，是事情还没有开始的时候就已经有了的理由。也许，这是由于我的原因？我是一颗灾星？我走到哪里，哪里就没有好结果？我不知道，我不知道。人世间是这样残酷，不是因为别人的残酷，而是因为所有的人都是残酷的，而每一个人都置身于这残酷之中，而这残酷又因每一个人的加入而加倍。

韩、赵、魏三家接着攻打智氏的封邑，将智氏家族的两百多人杀掉。就在这攻打中，我逃出了重围，逃到了罕有人迹的山林之中。在山中躲藏的日子，我以清泉为饮，以山果为食，用兽皮制作衣裳。这是多么清净的日子，没有人间的烦扰，也没有人世的残酷。我藏身于一个山洞中，在青石板上睡觉，在清风之中迎着朝日呼喊，又获得山峦起伏之中的回音，以及鸟兽叫声的唱和。

这里没有时间，只有一个个白天和夜晚，只有太阳、月亮和群星陪伴。我不知道在这里过了多少个日子，直到有一天，我遇到了一个樵夫，他背着山柴就要下山去。我问他，山下现在还是晋国么？晋国的国君是谁？他说，是的，山下还是晋国，不过这晋国已经不是原来的样子。它已经被韩、赵、魏三家分尽了。他们一起杀掉了智伯荀瑶，也灭掉了他的智氏家族。我听说，赵氏将智伯荀瑶的头盖骨做成了酒器，上面刻着智伯的名字，四周镶嵌了花边，将这头骨漆成了黑色，每天用它饮酒，在宴请宾客的时候，还向周围的人炫耀。

我看着这樵夫的背影渐渐消失，一片白云出现在我的视野里。我看着这白云无以名状的形象，似乎看见了我自己。我难道就要在这山林里穷尽一生？我难道要像一个懦夫躲在这山洞里？我就这样从众人的眼中消失不见？我就是为了获得性命而躲藏？那么我的性命又是为了什么？一个女人尚且要为自己喜欢的人而梳妆打扮，让自己所喜欢的人喜悦自己的容貌，一个国士就不应该为赋予自己知遇之恩的人而死么？

古灵魂

我在智伯的身边度过了我最快乐的日子，他让我知道了自己的才能，也让我知道了自己生命的意义。现在他已经死去了，他的家族已经被灭掉，我却在这山林里过着悠闲的日子，我难道是一个有仁义的人么？一个人失去了仁义，他的苟活又有什么意义？每一个人都会死去，也许现在就死，也许会有更多的日子，但得到别人的赏识却是不容易的。我应该为智伯复仇，应该为他而死，为自己恩人而死，这样才可以保守自己的仁义，才可以报答智伯对我的礼遇和恩德。

　　我要将自己的剑对准赵无恤。他用我的主人的头盖骨作为酒器，盛满了他的仇恨，饮下的却是我的仇恨。我要夺下他手中的酒器，将我的主人的头盖骨埋葬在高处。这样我的主人才可以获得安宁。我的主人的头盖骨怎能在仇人的手里？他的头盖骨上有着仇恨的火焰，有着不眠的遗憾，有着被杀的耻辱，这也是我的仇恨、我的耻辱。是的，我要从仇人的手里夺过这仇恨和耻辱，将这仇恨和耻辱还给他。

　　可是我先要做的，就是让自己变为别人，不然许多人会辨认出我。他们就会捉住我，杀掉我。我要想办法改变自己的容颜，将自己装扮为受过刑罚的罪人。我对着镜子，看见了自己丑陋的模样，我终于认不出自己了。我都认不出自己，谁还能认出我？好吧，都准备好了，我要找一个好机会，潜入赵氏的宫室里。

　　赵氏宫室需要一个清洗茅厕的人，这正好适合我。因为这是赵氏必到之地。我以一个罪人的身份做这件事，就是为了刺杀仇人。不是我自己和他有什么私仇，不是的，我甚至一点儿也不仇恨他。但我却又有着更深的仇恨。那么这仇恨是怎样的仇恨？我不知道，但这的确是仇恨，而且是更深的仇恨。这是一种没有仇恨的仇恨，是一种奇特的仇恨，一种超过了自己的仇恨的仇恨，一种镜子里的、虚幻的仇恨，却又是这样深刻的、不可更改的仇恨。这仇恨乃是无以名状的仇恨，就像我看见的天边的云。云是那么高，看起来我够不到它，可它却属于我。

我将短剑藏在身上，只要我接近他，就可以杀掉他。这一天，机会终于来了。我看见他已经来到了茅厕。就在他快要到我身边的时候，突然返身而去。接着，许多侍卫一拥而上，将我捉住了。他们将我捆绑着，押解到了他的面前。他久久看着我，双眼盯着我，问我说，你是谁？为什么要刺杀我？

一个侍卫认出了我。他是怎么认出我的？我不知道。那个侍卫一跃而起，就要杀掉我，但让别人拦住了。赵无恤对我说，啊，你就是豫让，我以前听说过你，你是荀瑶的贤臣，可荀瑶已经死了，他的后代也已经死了，你却要来复仇。我难道和你有什么仇恨么？你为什么乔装打扮、改换名字要来刺杀我？你觉得你可以杀掉我么？

我说，是的，我和你没有私仇，我甚至没见过你。可是你杀死了我的主人，还将他的头盖骨制成了酒器，这乃是对我的主人的侮辱，那么也是对他的家臣的侮辱。我的主人待我不薄，我怎能看着我的主人死掉后仍然忍受侮辱？他的仇恨就是我的仇恨，我从来没有自己的仇恨，可现在我的主人的死给了我仇恨。从前我的主人给予我的是宠信和爱，现在你杀掉了这宠信和爱，剩下的只有仇恨了。

他说，我喜欢贤臣义士，我看到的是荀瑶的专横和自负，以及他的残忍和无情，所以我看见他的四周都是他的仇人，没想到他的身边还有你这样的贤臣义士。我以为我已经杀掉了他，也杀掉了可能为他复仇的人，可没想到还有你，这让我感到惊奇。过去我恨他，他几乎灭掉了我，所以我杀掉了他。我将他的头盖骨做了酒器，乃是因为对他的仇恨。我用它饮酒，我感到我已经报仇，每当饮酒的时候，就会感到复仇的快意。

我是一个复仇者，却遇见了另一个复仇者。我理解你，甚至因为你而羡慕荀瑶。他喜欢你，我也喜欢你，但我不是喜欢一个刺杀我的人，而是喜欢一个没有私仇的义士。我很想杀掉你，因为我想要杀掉一个想要置我于死地的刺客，我又不想杀掉你，因为我喜欢一个忠于主人的贤臣义士。这让我十分为难，因为他们都是同一个你。我若是杀掉行刺者，也杀掉了我所喜欢的人，所以我要放了你。

就这样，我被释放了，我又重回人间。我走出了赵氏宫室，走出了死亡，但天上的那团云仍然在我的头顶。他释放我，并不是他施与了恩德，因为我并没有仇恨这个人，我仇恨的乃是杀死我的主人的那个人。既然没有仇恨，恩德又从何而来？是的，施恩者和仇敌，他们乃是同一个人。因而，他既没有施恩，我也不曾复仇，但这两者之上，仍然漂浮着真正的仇恨，我已经坐在这样的仇恨上，我可以逃离赵氏的杀戮，但仍然不能逃离仇恨。

卷五百八十

赵无恤

这一天，天空是阴沉的，我想到茅厕去，就要走近茅厕的时候，突然感到一阵心慌，心跳越来越快，头上冒出了冷汗。我立即返回去坐了下来，对我的侍卫说，我忽然觉得心神不宁，是不是有什么事情要发生？你带人到四处仔细搜寻，是不是有什么人混入了宫室？

一会儿，他们将一个人带到了我的面前。我仔细审视他，看见这个人衣冠龌龊，面容脏污，他的身体受过刑罚，似乎身有残疾。但这个人显然和他的身份不一样，因为他的目光是那么犀利，有着别人少有的骄傲之气。我问他究竟是谁？他不说话。我又问他，你为什么深藏利刃？他说，我要杀掉你。

我又问，你为什么要刺杀我？你和我有什么仇恨？这时我身边的一个侍卫认出了他，告诉我，这个人是荀瑶身边的家臣豫让。啊，我知道了，这就是豫让。我曾听说过这个人，知道他乃是荀瑶的贤臣，他的名声十分响亮，可我从来没见过这个人。我身边的人看见他毫无悔意的样子，就要杀掉他，被别人拦住了。

我叹息了一声，说，你身为高贵之士，却将自己弄成这个样子，真替你感到惋惜啊。你们拿一面镜子，让他看看自己是什么样子。我的仆人拿来了一面镜子，他从中照着自己的形象，大笑起来。他说，是啊，我曾经是别的样子，现在你将我变成了这个样子。你杀掉了我的主人，也灭掉了他的家族，拿走了他的土地，将他的头盖骨做成了酒器，我为什么不杀掉你？你侮辱了我的主人，也侮辱了我。智伯以国士待我，我就要以国士的身份回报他。我若是对别人的恩德不予回报，我还有什么仁义可言？智伯死了，我却躲到深山，我又有什么智勇可言？智伯死了，我还活着，我还有什么忠心可言？我若是不将自己弄成这个样子，又怎能杀掉你？我若不杀掉你，智伯不就白白死掉了么？

我说，是的，荀瑶和我也有仇，所以我杀掉了他。我杀掉他，乃是因为他要杀掉我。可是我和你并无仇恨，你为什么要刺杀我？他说，是的，我和你并无冤仇，可是你杀掉了我的主人，我们的仇怨就有了。自古以来，恩与仇是相连的，他对我有恩，而你却对他有仇，你杀掉了他，就杀掉了我的恩人，难道这不是仇恨么？这仇恨原本是没有的，但你给了我仇恨，所以我怎能不予复仇？

我说，我喜欢你这样的人，我喜欢所有的贤臣义士，所以我要释放你。我不会杀你，不是因为你不该被杀掉，而是因为我不想杀掉一个贤臣义士。我看你的目光虽然犀利和睿智，却没有一个刺客眼中的凶光。你不是一个凶残的人，但你对自己是凶残的。你杀不了我，因为你没有足够的凶狠之气。即使是有更多的你，也杀不了我。若是上天对我护佑，再多的刺客又有什么用？你的主人被我杀了，但他乃是被自己杀掉的，他触怒了上天，上天要除掉他，我只是顺应了上天的意志而已。当然，我杀掉了他，也让我报了自己的仇。但他是该死的，让该死的死掉，这有什么错？

他说，在人世间，没有什么人是该死的。就像你所说的，一个人的死乃是由上天决定，而不是让你来决定。你杀掉了我的主人，你就是我的仇人，我今天没有杀掉你，不是因为你不该死，而是因为我的无能。我来到你的宫室，就没有想着活着出去，所以请求你杀死我，这样我就可以报答主人的恩德了。我将自己弄成了现在的样子，就不是为了求生，而是为了求死。你现在就杀掉我吧。

我放声大笑，说，我要杀掉你真是太容易了，但我不想做容易做的事情。你所要做的事情是这样不容易，我为什么做容易的事情？我若现在杀掉你，岂不是成就了你的美名？我若现在杀掉你，国人就会说，瞧，他杀掉了一个义士，那么我就会受到国人的鄙弃。既然成就了你，又让我得到了污名，我为什么要这样做呢？我若真的这样做，岂不是上了你的当？你可以自杀，但我不会杀你，现在我就放了你。

他说，不，我不自杀。若是我自杀了，国人就会说，豫让的复仇只是给别人看的，他不过是寻找一个死的理由。他没有杀掉别人，只能杀掉自己。他的复仇乃是对自己的复仇，他没有将他的利刃对准仇人，而是对准了自己。不，我不会自杀，那样我岂不是上了你的当？好吧，你放了我，那么我就回到我原先的地方。我原先的地方不是为了安度余生的地方，而是复仇的起点。

我让人解开了捆绑他的绳索，这个人抬起头来看了我一眼，什么话都没有说，然后转身离去了。我的侍卫问我，你为什么放了他？他可是要刺杀你的。他临走时还说，他还要复仇，这样的人，怎么能放掉呢？这一次不杀掉他，他还会再来。怎么能放了他呢？我说，是的，我知道这还没有结束，我不能就这样结束。荀瑶的死去，乃是他自己在寻找死灭。这乃是天下争夺的残酷和血腥。

——即使我没有杀掉他，别人也会杀掉他。若是我和荀瑶换一个位置，他又怎会饶过我？是的，我不仅杀掉了他，也杀掉了他的家族、他的后代，看起来是残暴的，但我必须这样做。若是他能够击败我，他对我也会这样。所以面对敌人，他所想的就是你所想的，他要做的你也要做。残暴不在自己的内心里，而在别人的内心里。或者说，残暴不在事实中，而在对未来的想象中。他在想象中将这样对我，我在想象中也这样对他，这是对等的，只不过我知道了他的想象，所以我将自己的想象变为了真实。

——豫让是一个真正的贤臣义士，他的主人死了，他的主人的后代也死了，荀瑶所等待的就是被人彻底遗忘。我是他的仇人，但我还记得他。我将他的头盖骨做成了酒器，就是为了记住他。不然，他的一切就会落到荒草丛中，只有蝼蚁能够光顾他。但我不知道还有他的一个家臣记得他，并为他复仇，这让我十分感动。

——我若杀掉了他，国人就会说我杀掉了一个义士，我若不杀他，国人就会说我喜欢贤臣义士，即使他要刺杀我，我也要释放他。这是以德报怨。这样，更多的贤臣义士都知道我是怎样对待这样的人的，他们才可以投奔我、亲附我。我何乐而不为呢？我放掉了他，他又能怎样？他现在杀不了我，以后就可以杀掉我么？我已经看出他仅仅是一个仁义者，而不是一个凶残者，也不是一个恶人。这样的人，仅仅是求死，他刺杀我，不过是自己求死的途径，今天我折断了他的途径，他感到的只是挫折。

——以后的日子，我将倍加小心。但以我对他的观察，他并不是要真正杀死我。我放掉了他，已经施恩与他。别人的恩德他能牢记，我的恩德他就会忘记么？荀瑶对他乃是知遇之恩，而我对他乃是不杀之恩，这两样恩德，都是大恩德，他又怎会忘记？是的，他还会来的，但不知道他将怎样来到我的身边，我等待着他。

我说完之后，拿起了荀瑶头盖骨所做的酒器，斟满了美酒。我从这美酒里看见我的面容，我的面容浸泡在了这美酒里，却被这仇人的头盖骨托了起来。不，是我的手托着仇人的头盖骨，仇与复仇已经不可分离了。我的仇敌已经死了，但他的头盖骨仍然在我的手里。我的仇恨已经消解，而他的仇恨还藏在他的头盖骨里。

我对着这头盖骨里的美酒，也对着映照在其中的我的面容，说，荀瑶啊荀瑶，你的头盖骨中有我的美酒，美酒中有我，我的手却拿着这一切。你死了，我却和你一起品尝用仇恨酿造的美酒。我羡慕你，我原以为所有的人都恨你，没想到却有人深深地爱着你，愿意为你复仇。我原以为所有的人都想杀掉你，没想到也有人想杀掉我，你不曾做到的，别人也做不到。你是不是感到了失望？

——我以为你就要被人遗忘，只有我还记得你。我不是想记住你，而是想记住对你的仇恨，不论是怎样，你应该感激我。因为要让一个人记住他，这不是一件容易的事情。我记住你，你就应该感激我。我的手里拿着你的头盖骨，就是为了和你说话，让你看见我的快乐。我从你的仇恨里得到了快乐，这仇恨是你给的，这快乐同样是你给的。所以我也要感激你。现在，我们的仇恨已经化为了美酒，可还

古灵魂

有一个人，你的贤臣豫让牢牢记得，我们的仇恨已经不在我们之间，而是转赠给了别人。将仇恨赠给别人，将欢乐留给自己吧……说完之后，我将这美酒一饮而尽。

卷五百八十一

豫让

　　我没有被赵无恤杀掉，但我已经死了。我没有将自己当作一个活着的人看待，而是将自己作为一个死去的人。是的，我已经死了。我的肉体已经死了，可我的魂灵还活着。我没有被杀掉，乃是我的耻辱，我的耻辱又增加了，一个耻辱变为了两个。

　　但赵氏释放我之后，我又感到了犹豫和彷徨。它没有动摇我复仇的意志，却让我陷入了矛盾之中。我要复仇，可是我要怎样复仇？赵氏本应该杀掉我，但他没有杀我，他放了我。知遇之恩是恩，不杀之恩也是恩。我要用知遇之恩杀掉不杀之恩？我为了报恩而替我的主人复仇，但我却忘记了另一个恩，还要杀掉那个给予我恩德的人。仇人给予的恩德就不是恩德么？若是这样，我还能被称为义士么？

　　是的，这仇人乃是我的主人的仇人，但这仇人的恩德乃是给我的。我还是要替我的主人复仇，而我的恩德待我复仇之后再报。可我也许就在刺杀仇人的过程中死去，一个死去的人还怎么报答活人的恩情？不，我只能做一件事，只能报一个人的仇，其它的事情都可以忘掉。赵氏没有杀我，乃是我在复仇中被施与的恩德……我只有将最先的事情做完。

　　思考是活人的事情，我已经死了，不应该再想任何事情了。我要彻底变为另一个人。我这次刺杀的失败，乃是因为我的变化仍然没有瞒得过别人的眼睛，还是有人认出了我。我不能再让别人辨认出我是谁，我将成为这个世间完全的陌生人。谁也不知道我是谁，我也要将自己忘掉，我只记得我是一个复仇者，只记得我要杀掉谁。

　　我先将自己浑身涂了漆，让浑身都生满了癞疮，这样让人看起来十分恶心。我还剃光了自己的胡须和眉毛，用利刃将脸划伤，我的面目看起来让人既恶心又恐怖。就这样，我沦为一个肮脏的乞丐。但我和真正的乞丐不一样，乞丐乃是放弃了所有的选择，只剩下肉体，乞讨也是为了这肉体的保持。而我不是，我只有一个选择，那就是复仇。我的肉体只是我复仇的工具，我乃是因复仇而保留自己的肉体。

　　为了检验一下我毁容的效果，我就回到我的家里去乞讨。我的夫人是善良的，她十分怜悯我，不仅给了我食物，还给了我一件我穿过的旧衣裳。可是她没有认出我。她看了我半天，说，真奇怪，你的声音怎么这样熟悉？她想了想又说，太奇怪了，这个人的声音和我丈夫的真相似啊，若是没有看见你的面貌，我就以为我的丈夫回来了。她摇了摇头，又自言自语地说，也许我太想念他了，也不知道他究竟在哪里。

　　我接受了她的施舍，就匆匆逃离了我的家。我害怕她真的认出我来。我若要被她辨认出来，那么我的复仇之计就可能败露，不仅我将死去，还会累及我的家人。我夫人的话，几乎让我动心，我的眼泪几乎掉下来。不，我不能掉眼泪，因为我已经死了，我只是一个陌生人，一个复仇者，一个只记得仇人的陌生者。

　　既然我的夫人可以听出我的声音，熟悉我的人也一样能听出来。我必须改变自己的声音。我听说吞下火炭可以毁掉嗓子，那么我就准备用火炭毁掉我的嗓子，那样我将变为一个哑巴，一个发不出声音的哑巴。那样，谁还知道我是谁？我的身体只用来复仇，所以这肉体的疼痛已经算不得什么了。只要能够复仇，我将毁掉自己的肉体，因为这肉体也是我要最后抛弃的多余之物。

　　在毁掉我的声音之前，我要去见一个朋友。这个朋友就是伯忌，他是一个有智谋的人。我要问问他，究竟有什么好办法让我完成复仇的大计。我来到了他的家门口，但又退了回来。我不想连累我的家人，难道要连累我的朋友么？还是独自去复仇吧。但我在街头居然遇见了他，他竟然认出了我。他说，我知道你是豫让，我差点儿让你的形象把我骗了。我还能认出你的目光，因为你的目光和别人不一样。

伯忌

　　我的好友来到我的面前，但我差点儿认不出他来。他衣衫褴褛、浑身肮脏，胡须和眉毛都光秃秃的。他的身上长满了恶疮，他的脸上有几道疤痕，这就是我的好友豫让么？他怎么成了一个乞丐？我听说他要刺杀赵氏没有成功，赵氏也没有杀掉他。后来，没有人能找到他了，他好像突然从人间消失了。

　　我知道他还活着，只是不知道他躲藏在哪里。有一天，我在大街上走着，就在人声喧嚷之中，看见了一个乞丐。他走路的步态是那么熟悉，好像在哪里见过。就在他回过头来的时候，我看见了他的目光。是的，他的目光骗不了我，我的目光和他的目光碰到了一起，我感到了这碰撞之间产生的火星。他迅速转过了头，避开了我。

　　我快速地走到他的身边，悄悄地说，我知道你是豫让，你为什么成为这个样子？他将我拉到了一个无人的地方，对我说了他的想法。我的双眼忍不住流下了泪水。从前，我们饮酒畅谈，经常彻夜无眠，他的精彩的言辞、独特的智慧和果决的意志，让我深深佩服。但这样的日子突然消失不见。智氏被灭掉了，他的家族被杀光了，我原以为豫让也在这大灾难里死去了。

但是他出现在了赵氏的宫室之中，成了一个复仇的刺客。我听说赵氏释放了他。我为他还活在人世而感到欣慰，没想到，我在街头遇见了他。我的目光与他的目光相遇，我怎会认不出这目光呢？我不断揩擦着眼泪，对他说，你所做的事情简直太难了，你为了复仇，而且是为了死去的智伯而复仇，竟然遭受了这样巨大的痛苦。你毁掉了自己的身体，毁掉了自己的一切，可你的复仇能够成功么？你要在万剑丛中摘下树上的果子，这能行么？我知道你有着不肯屈服的意志，也有着常人没有的勇气和智慧，这一点，我从没有怀疑过。可是你这样做，让我太悲伤了。

他说，你不必为我而悲伤，因为我已经死了，我将自己当作了死去的人。我都不为自己悲伤，你为什么要悲伤呢？擦掉你的泪水，泪水是软弱的。我没有过去，也没有现在，我已经忘掉了自己，你也要忘掉我。我们从前的事情，我已经忘掉了，因为我没有从前。我们的相遇，乃是生与死的相遇，我决意要刺杀我的主人的仇人，已经没有什么可以挡住我了，因为我也没有未来。

我说，你的才能和智慧，可以做好人世间所有的事情，你的魅力也可以让许多有才能的人折服，为什么非要将自己弄成这个样子呢？你若愿意去服侍赵无恤，他必定可以相信你，将你视为心腹。那么，你就可以获得无数刺杀他的机会，这难道不是更容易么？这样，你也不需要遭受这样的痛楚，不用先毁掉自己。我真的为你感到痛苦，你为什么非要这样做呢？你是一个有智慧的人，可是天下有智慧的人绝不会赞同你的做法。或者说，你为了复仇，却放弃了自己的智慧。

古灵魂

豫让笑着对我说，是的，我可以那样做，但我决不能那样做。智慧不是狡诈，我不想成为一个狡诈的复仇者。因为狡诈的复仇，失去了复仇的意义。我的复仇不是为了我自己，而是为了人世间的大义。若是我用狡诈的手段完成了我的计划，那么我已经从一开始就放弃了这大义。卑劣的手段只能获得卑劣，却不能获得大义。因为卑劣就是不仁义的，谁又能从不仁义的路上找到仁义呢？

——我若投靠了赵氏，我就成了赵氏的臣子，就该忠心侍奉自己的新主。而我的复仇乃是因为我对旧主人的忠诚，我又怎能用从前的忠诚杀掉现在的忠诚？又怎能为了旧主人而杀掉新主人？为了旧恩情而杀掉新恩情？这岂不是为了君臣大义而毁掉了君臣大义？我知道这样做是轻松的，但我不愿意走一条轻松的路，因为所有轻松的路都是最坏的路。我不想走最坏的路，那不是我的路。

——我毁坏了自己的肉身，按照自己所想的办法来报答智伯，不仅仅是为了复仇，而是用复仇的方式来说出君臣大义。现在的君臣大义已经毁坏了，我的肉身的毁坏就有了独特的寓意。它至少说出，大义比肉身重要，复仇比复仇本身还要重要。因为复仇本身仅仅是为了仇恨，而复仇却是为了爱，为了对往昔的追寻，也为了对人世间真义的追寻。复仇是很难的，但说出复仇的意义并不难。至于能不能复仇，那是另一回事。

我说，我想的是，你这样做能不能实现自己的想法，别人是不是能够理解你的德行。若是不能被理解，做这样的事情又有什么用？最后，你毁坏了自己，也就仅仅毁坏了自己而已。若是毫无结果，那么你是不是值得自毁？人们所看的乃是事实本身，而不是事实之外的东西。一切都是用事实说出的，而不是事实是怎样发生的。所以我仍然劝你用最好的方法来实现复仇的目的。至少你现在的方法不是最好的，而是最痛苦的。

他说，我愿意选择最痛苦的。没有痛苦的事实就没有意义，只有用痛苦来说出的意义才有真的意义。若是按照你的说法，我委身于别人，做了别人的家臣，享受了别人的恩惠，却要在别人信任你的时候，拿出了暗藏的利刃。这能叫作复仇么？这不仅说明你对主人的背叛，还说明你的卑怯和对仁义的毁弃。我不能这样做，也不会这样做。复仇是为了阐发仁义，而不是为了毁弃仁义。若是那样，即使我的尸骨埋在了地下，也会被蝼蚁嫌弃。

——我现在已经不为结果而复仇了。我不知道结果，就不会为结果而担忧。我已经毁坏了我的容貌，我已经毁坏了我的身形，我还要毁坏我的嗓音。我毁坏自己的容貌，乃是为了不能被辨认；我毁坏自己的身形，乃是让人不能辨认；我要毁坏自己的嗓音，也是为了不能被辨认。我不让人辨认出我是谁，可是你仍然能辨认出我的目光。这是我不能被毁坏的。我不能毁坏自己的目光，是因为我必须凭藉自己的目光来复仇。我若是没有了自己的目光，我就不能辨认出自己的仇人。若是我不能辨认仇人，我又怎能复仇？

——我可以毁坏自己的一切，却唯独不能毁坏自己的目光，我需要这目光。我依然需要用自己的目光来看我需要看的一切。我想看见你，因为你是我的朋友。我想看见我的仇敌，因为他是我的仇敌。我还要看见我的剑，因为我若是没有剑，我用什么来刺杀我的仇敌？是的，一个人的目光是最后需要保留的。一个人可以失去一切，但唯独不能失去自己的目光。我要复仇，就需要复仇的目光。

　　——我现在和你说话，也许以后就不能和你说话了。我将吞下火炭，将毁掉我的嗓音，我再也不能和你说话了。以后我将不和任何人说话。我不需要语言了。我的复仇就是我的语言，唯一的语言。我将按照我所想的来做事情。我已经忍受了痛苦，我将忍受更大的痛苦，我将朝着痛苦走去。我不期望我所做的有什么结果，甚至我不需要任何结果，我只需要复仇。复仇不是一个结果，而是一个源自心灵的愿望，我乃是为我的愿望而做事情。可是愿望毕竟是愿望，愿望和结果是两回事情。我所期待的是朝着愿望走去，而不是朝着结果走去。若是我仅仅为了结果而去，我将感到羞耻和惭愧。

卷五百八十三

豫让

我烧红了火炭，用火筷夹起来，就要放到我的喉咙里。我将毁灭我的声音，我将变为一个沉默者。人世间有着无数声音，但再也没有我的声音。万千的声音并不会因为缺少一个而变得单调和贫乏，即使减少一个，丰富也不会失去。我看着这通红的火炭，看着这燃烧的火光，还有什么比这更严厉的光芒？

我将这火炭吞咽下去，感到自己的喉咙一阵灼烧，就像整个身体投入到了烈火之中。我从地上一下子跳了起来，就像被什么力量推到了高空，然后我什么都不知道了。当我从疼痛中醒来，看见的是一片黑暗。我以为自己的眼睛也瞎掉了。我挣扎着，浑身觉得软弱无力，好不容易坐了起来。我试着活动一下自己的肢体，是的，我还活着。我站起来推开了屋门，天上的星光立即映照在我的眼中。我还可以看得见，我的眼睛是好的，我的目光还留在我的眼中，我仍然可以看见我的仇敌。

一连好多天，我都不能进食，只能喝一点水。我试着对自己说话，我所听见的是一个沙哑的声音，它似乎不是来自我的嘴巴，而是

古灵魂

另一个人在说话。是的，我仍然能说话，仍然能发出声音。可是我内心的话语又能对谁说呢？或者我除了复仇之外，还有什么要说的？我的内心已经被复仇的力量所掏空，我已经没有内心了，已经不需要说什么了。

现在我走在大街上，没有人能认出我来。我看见了我曾经熟悉的许多人，他们从我的身边走过的时候，只是用奇怪的眼神打量我，然后捂着鼻子就快速离开。谁也没有认出我。我向一个熟悉的朋友乞讨的时候，他也没有听出我的声音。我觉得自己已经真正隐匿了自己。我就像一个无形的人，从别人的眼中消逝了。我的形体是另外一个人的形体，另一个人已经替代了我。

我得到了消息，赵无恤要出行了。我就在他出行的路上寻找行刺的隐身之处，最后我选中了一座桥的下面。只要他的车马行进到这里，我就可以从桥下一跃而起，迅速接近他。这里也最为隐蔽，没有人会想到桥下藏有一个刺客。第二天天还没有亮，我就藏在了这里。我静静地等待。太阳出来了，它的光芒照亮了河道，我下面的流水闪烁着波光，它的血红色印在了我的脸上。但桥洞用浓重的暗影盖住了我。

一会儿，我听见了车轮碾轧地面的声息，听见了马蹄有节奏的踢踏声。我已经感到，赵无恤已经离我越来越近了。我好像已经看见了他。是的，他虽然不在我的目光中，但我似乎已经看见了他。他就坐在车上，他的侍卫就在他的左右。我想着，我怎样从这桥洞下一跃而上，突然将我的利剑刺向他。我紧紧地捏住手中的利剑，手心里已经沁出了汗水。我的心跳已经加快，是的，他已经离我越来越近了，以至于马蹄的踢踏声已经震撼我，让我的浑身都沉浸于它的节奏中。

我睁大了双眼，我想，我的眼睛是足够明亮的，我的目光已经刺穿了桥洞上面的石板，一切都在我的掌握之中。我看见了赵无恤得意的神色，看见了阳光披在了他的身上，就像披着金光闪闪的铠甲。这乃是我在无数个梦中的形象，我就要从这黯淡无光的地方跃出地面，他的脸立即因为惊恐而变形，我甚至已经听见了他的尖叫。我在无数个梦中看见了这个景象。多少个日子，我都在这样的梦中。我在梦中放声大笑，我在梦中挥舞着手中的宝剑，宝剑的光芒将每一个梦照亮。

突然，我听见了马的嘶鸣，这嘶鸣中含着惊恐。马蹄声变得纷乱，失去了明快的节律。我听见了赵无恤的声音，他呼喊说，豫让在这里，他一定在这里……然后是无数笨重的脚步声。我闭上了眼睛。唉，我知道这一次行刺失败了。我已经不可能复仇了，所有梦中的事情都停留在了梦中。我蜷缩在这桥洞里，紧紧地闭上了眼睛。我知道发生了什么，我已经知道事情的结局了。

古灵魂

卷五百八十四

赵无恤

我的马突然受到了惊吓，前蹄立起，发出了可怕的嘶鸣。我想到了上一次豫让藏身茅厕行刺的事情。我呼喊说，又是豫让，他必定就在跟前，他一定在这里……我的侍卫们开始在我的车的四周搜查。一会儿，豫让被我的侍卫从桥洞里拉了出来。

也许是我的马嗅到了凶杀的气息？还是嗅到了豫让的气息？还是利刃的气息？总之，我的马惊叫起来，我立即就想到了豫让。现在他又一次出现在我的面前。我看着他的眼睛，问他，你为什么还来刺杀我？我已经告诉你了，你杀不掉我。

豫让说，我也知道我杀不掉你，但我还是想着杀掉你。我就是要为智伯复仇，我没有别的想法。我虽然没有杀掉你，但在我的梦中已经无数次杀掉了你。我看着他，不解地问，你既然对主人有情义，但你为什么不为你从前的主人复仇？你曾侍奉范氏和中行氏，可他们的灭亡先要归因于荀瑶。你为什么不去行刺荀瑶，反而要忍辱侍奉荀瑶？你这是真的情义么？你的情义为什么不在范氏和中行氏那里得以显现？你这样做，又怎能彰显君臣大义？你应该知道，我灭掉荀瑶，就像荀瑶灭掉范氏和中行氏一样，这乃是天意。我不过是顺应天意而已。你不去寻找荀瑶复仇，却要来寻找我复仇，这是什么道理？

豫让说，你所问的问题，也是我内心想过的，现在我就告诉你。当初我侍奉范氏和中行氏的时候，他们将我当作一般的侍奉者。那么我对待他们，也是用侍奉者的姿态，这不是出于忠诚，而仅仅是为了我有所寄身。智伯攻打他们，我就是一个旁观者。他们不在意我，我又何必在意他们的灭亡？但到了智伯的身边，事情发生了改变。智伯十分尊敬我，他将我作为有才能的国士来看待，他相信我，我获得了知遇之恩。这样的恩情，范氏和中行氏没有给过我。那么，你灭掉了智氏，我就要为我的主人复仇。

豫让说话的时候十分费力，他似乎用了很大的气力才发出微弱的声音。他的声音是嘶哑的，这声音好像不是来自豫让，而是来自很远很远的地方。我又问，我记得上次见到你的时候，你的声音是洪亮的，现在为什么变成这样？豫让说，这已经不重要了，我为了不让别人听出我的声音，吞下了火炭，毁掉了我的声音。为了复仇，我已经不需要自己的声音。能毁掉的，都要毁掉，因为我要毁掉你，就先要毁掉自己的一部分。

我又问，我释放了你，你却还要刺杀我。你究竟是怎么想的？我不杀你，难道不也是恩情么？你为什么只记得从前的恩情，却不记得后来的恩情？豫让说，我为了记住一件事，就要忘掉所有的事情。若是什么都记住了，那么多的事情就会让我动摇。重要的是，我是因为复仇才遇见你的，不然你又怎么会有机会释放我？若是你释放我仅仅是为了消解我复仇的愿望，那么这又有什么恩德可言？

我说，我不杀你，不是因为我害怕你，而是因为我喜欢义士。我将你当作一个义士，所以才放掉你。我连荀瑶都没有害怕过，怎么会害怕他的家臣？既然我从来不害怕你，为什么要怕你复仇？我若是害怕你复仇，最好的办法就是将你杀掉，那么我又为什么释放你？你有义士的意志，却没有义士的力量。你有复仇者的勇气，却没有复仇者的凶狠。所以，谁也杀不掉我，我也不害怕你。你只能让我的马受惊，却不会让我惊慌。唉，只是你这样的贤才，太可惜了，你就要死去，我已经不能再次饶恕你了。

——我释放过你一次，已经表达了我对仁义者的爱和敬佩，我表达过的，不需要再次表达。我已经听出来了，你寻找的不是复仇，而是自己的死。这一次我将成全你。若是我再次释放你，也许就会有很多人来效仿你。我不能让他们效仿你，那样，许多贤能就会毁于复仇。你要知道，仇恨是无止境的，也是不断产生的。灭掉了范氏和中行氏，仇恨将产生，灭掉了荀瑶，仇恨会产生，即使是不灭掉他们，仇恨也不会消逝。若是更多的人在复仇中沉溺，那么仁善就会被仇恨毁灭。你所说的大义不是在仇恨中，而是在仁善中。大义不能被仇恨阐释，却能从仁善中得以感知。

豫让想了想说，我也应该死去了，应该追随智伯而去。他死了，我却活着，这本来就是我的耻辱。现在我的耻辱可以被洗干净了。我先毁掉了我的容貌，又毁掉了我的声音，现在我就要彻底抛弃我的肉身了。我的灵魂会飞升，会到另一个地方，那将是一个干净的地方。人间的事情我已经知道了，我需要知道我的灵魂在哪里落脚。不过，我临死前，请求一件事，不知你是不是会答应我？

我说，你说吧。我要答应你，就是对你的第二次施恩。第一次我释放了你，那是不杀之恩。这一次是你请求我，乃是赠与之恩。这恩情乃是施与义士的，不仅仅是给你的。他说，我知道了，不过你的两次恩德，我已经不可能报答了。我报答我能够报答的，留下我不能报答的。我只是想说，好的恩主绝不会遮掩别人的美德，有胸襟的仁者绝不会拒绝别人的忠义，忠贞的臣子绝不会爱惜自己的生命而放弃自己的节操。

——太阳不会在夜晚出现，乃是为了不遮掩明月的光辉，花朵不会在果实之后出现，乃是为了让果实被别人看见。现在我已经知道，你是一个有贤德的宗主。我的复仇只是针对我的仇人，而不是针对有贤德的人。可是，你成了我的仇人，又是一个有贤德的人，在最后一次复仇的时候，已经让我陷入了重重迷雾，我实际上早已失去了复仇的路。

——你知道我杀不了你，你是对的。实际上我也知道杀不了你，但我还要这样做。在聪明人看来，我所做的乃是一件愚蠢的事情。可是我又必须这样做。甚至，我多次想过，我刺杀你，并不是真的要刺杀你，而是要用刺杀你的姿态，表达我内心的仁义。我所用的，乃是一个用死换取的比喻。你要杀掉我，我毫无怨言，我也需要死，因为这也是一个比喻。但在我就要死去的时候，也请求你给我一个比喻。

我回答说，好吧，我希望能够给你一个比喻。你让我怎么做？豫让说，我知道自己的请求是过分的，但我必须说出来。我已经是一条放在刀下的鱼，你怎样处置我，我都不会说什么。一个复仇者没有理由向他的仇人提出任何请求，但你不一样。你是一个仁义者，因为我喜欢仁义者。只有仁义者才会喜欢仁义者。不然你怎会释放我？所以，我才向你提出这样的请求。我的请求也是一个比喻，是一个赞美仁义者的比喻。

我说，你还是没有将你的请求说出来，你要将你的想法说给我听。豫让说，我乃是因为复仇而被你捕捉，你能不能成全我复仇的愿望？你若能将你的衣袍脱下，让我用剑刺穿它，那么我就已经完成了复仇的夙愿，我就可以含笑而死。让你的衣袍代替你，让我的剑代我复仇，这岂不是一个完满的比喻？那样，我的灵魂见到地下的智伯，就可以安然无愧了。你能不能给我这个比喻？

我脱下了自己外面的衣袍，又让侍卫将我的衣袍递给他，我说，好吧，我把这个比喻给你，因为我不能拒绝一个义士的请求。我让侍卫将一柄剑交给他，他缓慢地将我的衣袍铺展在地上，又用双手将它抚平。他用自己的拇指试了试剑锋，说，这是一把好剑，它配得上好衣袍。接着他举起了剑，仰天而啸——智伯，现在我就要替你报仇了，我的心愿已经实现，可以去见你了。

他的呼叫是那么微弱、那么沙哑，但却用尽了他最后的力气。他的声音让四周的大树瑟瑟抖动，就像刮来了一阵无形的狂风。这狂风似乎将我卷起，让我飘动起来。我流着泪看着他。他飞身跃起，就像一团乌云，连续飞跃三次，剑光在这乌云中闪了三次，就像三道耀眼的闪电。我在泪目之中，似乎看见我地上的衣袍渗出了血光。然后，这团乌云又飞身一跃，剑光一闪之后，他已经倒在了地上。他的脖颈上出现一道血口，血缓慢地流向我的衣袍，一点一点地，将我的衣袍染红了。

卷五百八十五

伯忌

　　豫让死了，我是从别人的口中听说的。我知道他会死，只是不知道他会在什么时候死去。我来到了他死去的地方，只有那座桥还在那里，桥头的石板地上还有着血痕。豫让的血已经深深渗入了石头和土地，石头已经被他的血浸透了，它散发暗红的光。我坐在了地上，对着这块石头哭泣。我的眼泪掉在了他的血迹上。

　　泪眼模糊之中，我从这血迹上看见了豫让的面容。这面容一点儿也不苍老，也不是一个乞丐的形象，而是那么年轻俊秀，他的脸上充满逼人的英气，他的嘴唇却紧紧闭着。我看见他的目光就像生前的样子，那么犀利而黑亮，就像剑刃上的光芒。是啊，他还在这里，他只不过是用血将自己刻在了石头上。

　　我听说，他就藏身于这座桥的桥洞里，但赵无恤的马突然受惊。它也许是闻到了豫让的气息？还是感受到了刺客的威胁？赵氏立即就想到了豫让，他的侍卫们开始搜捕，在这桥洞里找到了准备行刺的豫让。我能够想到赵氏吃惊的样子，因为他看见了一个乞丐一样的豫让，一个用生漆涂身、浑身烂疮的豫让，一个吞炭之后毁弃自己声音

古灵魂

的豫让，一个毁坏了自己形象的豫让，但他的眼中仍然冒着仇恨的喷泉。

这样的喷泉之下，谁会不感到震惊？赵氏再也不会饶恕他了，他也不会求得饶恕。从他决计复仇之后，就断灭了求生的愿望，他唯一的愿望就是复仇，为智伯复仇，为一个死去的主人复仇。就这一点而言，谁又能理解他？他的复仇没有采用任何计谋，或者说，他所用的计谋都是简单的、纯真的，婴儿一样幼稚可笑的，可是谁又会觉得可笑？他的计谋很容易被识破，或者说，一下子就会被识破，可是这个人就坚持用这样的计谋。好像他所做的事情，就是为了被别人识破，就是为了让别人看见一个赤裸的婴儿。

豫让就是一个赤裸的婴儿，他给别人展现的只有自己原本的样子。他的脸孔不论怎样变化，依然只有一副面孔。无论他是涂黑自己的脸，还是毁掉自己的脸，他没有第二副面孔。他试图将自己的脸藏起来，可是他的面孔从来都在表面。实际上，他所要隐藏的，都是不能隐藏的。他以为自己已经瞒过了所有的眼睛，但一个义士的气息却散发着，弥漫于空中，以至于赵氏的马都可以闻见它。或者说，赵氏的马不是因恐惧而受惊，而是因惊愕而长鸣，怎么会有这样一个人藏在这个地方？

赵氏捉住了他，可他并不惊慌，因为这是他预料到的。他知道自己将被捉住，将被杀掉，可他仍然这样做。他的复仇仅仅是为了讲述一个故事，一个从来没有的故事。他的复仇只是自己内心的故事，实际上这个故事的结局早已经被揭示。他所要做的，是自己做不到的事情，他知道自己做不到。或者说，他并不在意这样的结果，而是在意自己的故事是不是讲完了。但他的故事还是让赵氏的马受到了惊吓。

赵氏捉住了他，他却向赵氏提出了最后的请求。请求赵氏脱下自己的衣袍，让他用剑来砍。赵氏答应了他。谁能拒绝一个义士最后的请求？赵氏还是一个有仁义的人，他答应了豫让的请求。他将自己的衣袍脱了下来。我听说，豫让看着眼前的衣袍，手持着利剑，敏捷地跳跃，又一次敏捷地跳跃，再一次敏捷地跳跃，手中的剑向着衣袍连击三次。他用自己最后的力量完成了完美的剑击。

现场的士卒们被他优雅而完美的动作惊呆了。豫让像一只黑鸟，一次次展开自己乌黑的翅膀，飞跃，落下，飞跃，落下，又一次飞跃，又一次落下。没有一个多余的动作，没有一个多余的飞跃，轻盈而完整，凶猛而优美，一只猛禽完成了一次完满的捕食。赵氏的衣袍，被利剑斩开了三道伤口。有人看见，那三道伤口中渗出了血。然后，豫让又一次转身飞起，他的剑割开了自己的脖子。

赵无恤看着这样的悲壮场景，竟然流下了眼泪。他看见的不是一个复仇者，而是一个仁义之士的死。他命人收拾了豫让的尸首，烧掉了地上残破的衣袍。有人看见，在烧掉那件衣袍的火焰中，豫让就藏在这火焰里。他的脸从这火焰里显现，然后是他的整个身形。他似乎满脸微笑，没有一丝悲伤。他顺着火焰的奔腾的尖梢，汇入了火焰上的烟雾，一缕缕向着九霄而去。人们的目光追逐着这烟雾，直到被耀眼的阳光收入苍穹。

据说，赵无恤回去以后就一病不起，过了一些日子就死去了。他的儿子继承了他的爵位。人们说，这是豫让杀掉了赵无恤，他的剑斩杀了自己的仇敌，他终于完成了复仇。他看起来斩杀的是一件衣袍，

古灵魂

但被杀的却是这衣袍的主人。因为这衣袍乃是用来包裹主人的，若是剥掉了一棵树的皮，这棵树还能活下去么？或者说，豫让对着这衣袍猛击三剑，实际上已经对着赵氏的灵魂猛击三剑。一个人的灵魂受伤了，那依附于灵魂的肉体还能活下去么？也就是说，豫让举起剑的一瞬间，已经对准了赵氏。杀掉了一个人的衣袍，也就杀掉了衣袍的主人，所以，赵氏在那一刻，已经被杀死了。

唉，这也许是这故事中的奇迹。没有奇迹的故事还怎能称得上真正的故事？这故事已经染红了眼前的石头，我的眼泪也滴在了这块石头上。收留血和眼泪的，乃是一块坚硬的石头，让很多人不断踩踏的石头。人们踩踏它，然后忘掉它。

卷五百八十六

晋幽公

　　父君离开了我们，我继承了君位，我成了晋国的国君。可是我的晋国已经被三家分完了，实际上，晋国已经属于韩、赵、魏三家了。我只有绛都和曲沃两个城邑了。说实话，我这个国君仅仅是一个虚假的名分，我只有在自己的宫室中才感到自己是一个国君。与其说我是一个国君，不如说我乃是晋国的囚徒。

　　我已经没有什么兵马了，只有一些守护我的士卒和侍奉我的仆人还在我的身边。我的朝堂上已经没有什么人前来议事，也没有什么事情可以商议了。晋国的事情不需要我来参与，他们三家各自都有自己的想法，或者说，我现在是一个国君，明天还是不是国君，也是他们说了算。我的一切不是我自己所能决定，而是由别人来决定。

　　过去，他们都是我的臣子，而现在都反转了。名义上他们还是我的臣子，实际上我乃是他们的臣子。因为我拥有的是名义上的国，而他们拥有的则是真实的国。晋国实际上已经是三个晋国了，因为有我这样的虚假的国君，看起来晋国仍然是一个。从某种意义上说，他们都不需要我这样的国君了，他们什么时候不高兴，就可以用脚踢

古灵魂

开我。

　　所以，我若是还能够保住自己的君位，保住祭祀宗庙的权利，即使是这名义上的国君，我也是需要的。我现在需要这个名义，于是我要弯下自己的腰身，低下自己的头，去朝见晋国真正的君主，就是韩、赵、魏三家的主人。从前是他们前来朝拜国君，现在他们不来朝拜了，我就需要前往朝拜他们。

　　人间是用力量来说话的，谁要有力量，谁就要被朝拜。从前的国君是有力的，所以他们也该接受臣子的朝拜。现在我已经失去了力量，我就要朝拜有力量的人。从前一个国君的力量和他的名分相符，现在我已经变得有名无实了。若是我不去朝拜别人，那么别人就会剥夺我现有的一切，我将连剩下的也没有了。有人说，柔弱的将胜过强大的，不然水为什么能够让坚硬的石头越来越小？为什么会磨掉石头的棱角？舌头为什么比牙齿更长久？

　　可生活并不是这样。一个软弱者就是软弱者，强大者就是强大者。表面上看，人世间乃是被礼法划定了等级，实际上礼法的背后隐藏着秩序的操纵者，那就是力量。若是将石头投入水里，水就会被溅起，而水滴在石头上，石头将不会被动摇。别人的话只能听一听而已，关键是，一个人要听从自己的内心，要听从力量的命令。晋出公不就是不想低下自己的头么？他只有客死他乡。

　　我先去朝拜赵无恤，他出来迎接我，仍然向我行君臣之礼。我说，我虽然还是晋国的国君，但你们才是真正的国君，我的一切都是你们给的。即使是我的君位，也是你们的赠予。我有着国君的名号，但这名号也要依赖你们的支撑，若是失去了你们的支撑，我将一无所有。我前来朝拜，乃是说出自己的感恩之情。

赵无恤对我说，不，我们不能没有一个国君，若是失去了国君，晋国也就没有了。若是没有了晋国，我们也将无所依附。我们虽然有广大的土地和强大的军队，但我们还是你的臣子，若是失去了你的名号的辉耀，我们的一切都将黯淡无光。晋国曾经是强大的，以后还是强大的。诸侯们之所以还惧怕晋国，乃是因为晋国还有一个国君。

我又去朝拜韩虎，他是韩氏的宗主，韩不信的孙子。我对他说，我来朝拜你，乃是因为你们是真正的国君，我仅仅是你们赐给我的一个国君的名分。我既没有战车和兵卒，也没有土地和财富。我不知道能为你们做些什么，所以前来拜会。你若有什么需要我做的，就告诉我。从前我们都在朝堂议事，现在我的朝堂已经没什么意义，真正的朝堂已经不在我的朝堂了，你们只要召唤我，我随时都可以来到你们的身边。

韩虎说，你还是晋国的国君，我们不论有多少兵卒和战车，也不论有多少土地，我们还是属于晋国。我听说，治理国家就先要有合适的名分，若是没有名分，不论是谁，他就还是原来的样子。你有着晋国君主的名分，那么在名分上说，我们还是你的臣子。你前来拜会，让我感到惶恐。我本来应该前去朝拜你，没想到你先来到了我这里。

我知道他们所说的都是假话，但我喜欢听这样的假话。因为真话会让人恐惧，而假话却让人愉悦。若是人世间没有假话，那么该有多么可怕。我将宫中的宝玉献给韩氏，他也欣然接受了。他说，既然国君将这样的重礼赐予我，我怎敢不接受呢？我只能献出自己的忠诚，为国君做我能做的事情。

我说，我已经不需要什么了，我只需要平安度过自己的一生。晋国的大事该由你们来操劳，我仅仅需要你们给我的名分，这样一代代先君传下来的晋国，就不会在我的手里失落。是的，我来朝拜你，不是以一个国君的名义，而是以我自己的名义。我将国君的名义放在一边，我知道，那原本已经不属于我，可你们还是将这样的冠冕戴在了我的头上。我的冠冕上的光芒不是来自我自己，而是来自你们的恩德。

我又去朝拜魏驹，他是魏氏的主人。我告诉他我的来意，他毫无愧色地接受了我的朝拜。我知道，他们每一个人都是毫无愧色的，只是在语词上表现出了谦逊，实际上所有的谦逊都是虚假的，但我仍然接受了这虚假的语词。他说，我们还是你的臣子，你为什么要亲自前来？应该是我前去朝拜的。你既然来了，必定是有什么谕旨。请你说吧，晋国还是你的，我们都会听从你的命令。

我说什么呢？我确实没有什么要说的。我若要说什么，那就是让他们都饶过我，让我过得安稳。我仅仅想着保持现在的样子，我已经没有任何别的想法了。我和他们说的都是真话，是的，我已经失去了说假话的权力。可他们都说的是假话，因为他们有足够的力量说假话。我现在才知道，即使是说假话也需要力量。这乃是一个充满了虚假的人间，我必须在这虚假之中生活，可我又必须真诚地对待每一个人。这是多么不公平啊。

我听说了豫让复仇的故事，豫让受尽了痛苦，就是为了复仇。他的复仇不是为了自己，而是为了荀瑶，为了死去的荀瑶，为了死去的主人。他终于等到了赵无恤，却失去了自己。不，他还是获得复仇的机会，不过这复仇也依然是一个虚幻的故事。他让赵无恤脱下了自己的衣袍，一跃而起，猛击三剑。他在虚假的故事中完成了复仇，却在真实的世间失去了自己。可是我的雠仇又在哪里呢？

我还不如这样的复仇者，因为我不知道怎样去复仇。但我已经被剥夺了一切，我已经成为一个空洞的国君，只剩下了一个孤独的自己。我的生活中没有雠仇，只愿在安逸之中度过余生。我的生活没有其它意义，只有无形的恐惧一直笼罩着我。我的头顶上一直悬着乌云，可我却不知道这雷霆什么时候降下。该做的已经做了，我已经屈尊向瓜分了晋国的三家主人朝拜，我有着国君的名分，却已经失去了国君的尊严。啊，国君的尊严又有什么用？只要我能活着，能保持晋国国君的名分，能够祭祀我的先祖，就已经满足了。

现在我已经羡慕豫让了，羡慕一个复仇者。我没有复仇的勇气，也没有复仇的力量，而且我也不知道向哪一个人复仇，更不知怎样复仇。即使是在虚幻的故事之中的复仇，我也做不到，可我又每时每刻都生活于虚幻之中。豫让死了，不久之后，赵无恤也死了，相传是豫让死前的三剑击杀了赵无恤。因为赵无恤以衣袍替代自己接受复仇者的剑，所以他自己也已经中剑，从那一时刻起，他已经死于别人的剑下。可是他自己却不知道。

若是我不能寻找仇恨，那么我将寻找爱。可是我又在哪里得到爱？又到哪里去爱别人？我的宫中有很多女人，但她们几乎都一样。我每天看着她们，每一个人的面孔似乎是温柔的，但没有一个女人值得我爱。她们没有谁能给我快乐。我的忧愁不仅在我的脸上，也在她们的脸上。也许是我的高高的宫墙的阴影盖住了她们的美艳，也许是我是她们的主人，她们仅仅是我的服侍者，她们脸上的所有表情都是为我而伪装的。她们都没有真实的自己，而我所爱的，却是真实的女人。

也许，乃是因为我是一个国君，她们才会这样。她们的一切都是为了取媚于我，所以她们所展现的并不是她们自己。我看见的是她们外面的包裹，却看不见内里的本相。我要爱的不是这样的女人，而是向我展现所有的女人。我愿意看见她的一切，看见她纯净的内心，看见她纯净的灵魂，也看见她对我的爱。我不需要她知道我是一个国君，只需要她知道我——国君只是我的名号，而我却不是那个虚假的名号。那样，若是她也爱我，则所爱的不是国君，而是一个人，一个脱掉了冠冕的我。

有一次，我遇见了一个妇人。那是一次野游，我来到了郊外的河边垂钓，一个妇人在浣洗衣裳。她就在离我不远的地方。她是那么安静，那么温和，她的脸上没有装出来的微笑，却有着我从未见过的美貌。我将钓竿伸到了远处，河水的流淌是那么缓慢，以至于我可以从水面上看见她低垂的脸上质朴的安宁。我被这样的安宁所吸引，因为我从来没有见过这样的安宁，而我是多么渴望安宁啊。

是的，她的每一个动作中都有我渴望的东西。我忽然从内心升起了一阵喜悦，这喜悦是多么令我激动，因为这乃是从未有过的喜悦。我似乎因为这喜悦而忘掉了世间所有的事情，包括自己的不安和屈辱。我将自己的身体移动到离她更近的地方，她似乎根本没有任何察觉，因为她乃是那么专注，她似乎毫不在意她的身边多了一个人。

重要的是，我们的目光在水面上相遇了，我感到了某种温柔的碰撞。她的目光就像水那么柔软，但在我的内心掀起了惊涛骇浪。我对她说，我从没有见过你这样的美人，你在为谁洗衣裳？她说，我为自己，因为我希望穿着干净的衣裳，等待我所喜欢的人。我说，我也在等待，这河水里有着那么多鱼，我只需要其中的一条，我需要最好的那一条——它有着金色的鱼鳞和有光芒的眼睛，也有着质朴而可爱的灵魂。

那一天，我没有钓到一条鱼，可是我钓到的，却是我最喜欢的。我忘记了自己是一个国君，也忘记了自己满心的忧愁。是的，因为我内心的爱被一个妇人唤醒了，她的面影在我眼前摇曳，我的目光也留在了河水里。河水里已经浸泡了晚霞，那么漂亮的晚霞，日光仍然是明艳的，因为我的内心是明艳的。我的心里似乎被投入了一块石头，击开了无数波纹。我不想回到自己的宫室，因为那里乃是华丽而阴冷。

晋烈公

唉，一个人最可悲的是不知道自己将怎样死去。人的一生既看不见自己的开始，也看不见自己的结尾。谁还记得自己的婴儿时候？谁又能知道自己将怎样死去？我的父君夜晚出去与宠妾私会，竟然被强盗杀害了。事情究竟是怎么发生的，似乎没有人知道。绛都城内的人们议论纷纷，看起来一片混乱。这时魏氏的宗主魏斯领军来到了绛都，兵围宫城。他是魏驹的孙子，据说这个人的门下有着许多贤能之臣，他不仅胆魄超凡，也足智多谋。

赵氏雄踞北方，韩氏在南方，晋国的绛都就在魏氏的土地上。父君死去了，我就被魏氏立为新的国君。可是我这个国君只有绛都和曲沃，实际上即使是这两座城池也只是在名义上属于我。魏氏只要想着拿走，就可以随时拿走。我知道，我在别人的土地上，只有听从别人的吩咐，我戴着高贵的冠冕，却已沦为别人的仆从。

实际上，齐国和晋国的情形也差不多。齐宣公死去了，齐国的大权落在了田氏手里。接着田氏家族的宗主田悼子也死了。相传他乃是被继任的田氏宗主田和暗害。于是田氏家族的一支在田会的率领下投奔了晋国的赵氏，脱离了齐国。齐国的大军就在田和的率领下攻打田会所据守的廪丘。赵氏和魏氏、韩氏联手发兵救援，在廪丘击败了齐军。

这一次，赵、魏、韩三家大获全胜，杀掉齐军几万人，缴获战车两千余辆。三家的大军屯兵廪丘，准备继续讨伐齐国。但是，若是没有充足的理由，征伐齐国必须有天子的命令。所以他们让我前往禀报周天子，以得到天子的准许。我能说什么呢？我的命运都掌握在他们手里，我只能遵从他们的意旨，到天子之都去。

我已经猜到了他们的想法，他们三家乃是想着借天子的命令来获取诸侯的爵位。他们已经有了兵马和战车，有了广大的土地，有了雄厚的财富，唯一缺少的就是高贵的爵位。若是拥有了诸侯的爵位，晋国将分为三个国家，他们就可以成为国君了。那么，他们的想法一旦实现，我这个国君也就失去了最后的意义。

可我又不得不这样做。若是我拒绝这样做，他们也会将我废黜。我只有乘车向王都而去，我不得不这样做。对于他们来说，我现在是有用的，我一旦失去了作用，他们将抛弃我。我已经知道了这样的结局。我不是奔着王都而去，而是奔着自己可怜的结局而去。我的车轮缓慢地旋转，甚至我前面的马匹都失去了从前的力量。马蹄的声音听起来是软绵绵的，就像每一步都踏在了泥地里。

天下就要崩塌了，周王室也将崩塌了。我在昨夜就看见西边的流星划过夜空，这乃是不祥之兆。我听说，天地还没有形成的时候，万物也没有生成，到处是一片混沌。先有了伏羲，然后有了女娲，两个神的交合生了四个儿子，他们开辟了天地，让天地之间有了四个季节，他们就在这四个季节分别值守。这乃是因为他们知道阴阳参化的法则。后来，黄帝来管理大地，制定了历法，让天上的星辰不断升起和落下，万物都变得井然有序。山陵起伏蜿蜒，而山陵和江河湖海阴阳通气，于是万物繁茂，花开花落，人们得到这阴阳交合之气，开始耕播收获，繁衍生息。

我听说，那四个大神中，老大叫作青干，老二叫作朱四单，老三叫作白大然，老四叫作墨干，他们在值守四季的时候，从来不敢稍有懈怠。他们还让帝俊生出了日月，以便为地上的万物订立规矩，安造了天盖，让日月按照规矩来旋转，还用五色木的精华让天盖变得牢固。这样，地上的人们都敬事上天，敬畏天神。若是失去了敬畏，就会受到上天的惩罚。又以后，共工氏定了十干和闰月，一日分为了宵、朝、昼和夕，人们便夜眠晨起，操劳生计，并让地上的王祭祀天神，祈祷平安。

可现在谁还在敬畏天神？谁还敬畏天神安排的秩序？谁还知道日月运行的规矩？谁还留意天上的流星？谁还在意人间的灾难？即使是天神派往地上的王，也已经没有什么人尊敬了。国家的卿相已经替代了他的国君，他们想征讨什么人就去征讨，谁还尊奉天子的命令？现在，韩、赵、魏三家征伐齐国，不过是想要趁此机会获得天子的赏赐，并得到自己觊觎已久的崇高的名分。他们所要的，都已经有余，除了这名分之外，他们还需要什么呢？所以，他们想到了我，想到了天子，想到了天子能给他们的东西。

唉，天下的礼法已经崩坏，上天已经被触怒，地上将面临惩罚，因而我看见了流星的闪耀，或者说，我已经看见了惩罚从天而降。距离王城越来越近了，我已经远远看见了王城的衰败景象。我知道，周天子也是一个名分了，天下诸侯不断争夺，他又能做什么呢？他就像我这个国君一样，只有虚假的名分了。若别人想要借助这名分的时候，这虚假的也将变为别人的真实，但不是自己的真实。若是没有人借助这虚假的东西，连这虚假的东西也没有了。因而别人的真实，也让自己的虚假变为了虚假的真实。

夕阳就要落山了，它已经挨近了西面的山头。王城被夕阳的光辉烧得通红，就像一块巨大的规整的炽炭冒着光焰。真实的世界就要被这夕火焚毁，一切都要被这夕火焚毁了。我将走入这焚毁之中，我所要接近的乃是一个将来的废墟。我回头望去，早已看不见晋国，想必晋国也在这样的焚毁之中。可是，谁还会想着人间的焚毁？谁还会在意万物的焚毁？谁还知道夕阳的光辉？谁还知道自己乃是生活于落日的余晖之中？

孔青

战事越来越频繁了，几乎每一天都在相互厮杀。每一个国家的君主都想扩大疆土，每一个诸侯都想着蚕食别人的利益，每一个大夫都想着成为君主，天下已经成了争夺者的肉。它不断被分割，又不断被重新分割。人们就像无数的苍蝇在肉上飞舞，伸开了自己的翅膀，伸开了自己的腿和手，张开了自己的嘴，不断地飞舞，不断地飞舞，不断地相互追逐、驱赶和血腥交锋。那块肉已经变得脏污不堪，可每一个苍蝇在飞舞中获得了欢乐。我们的耳边，已经没有别的声音，只有嗡嗡嗡的声音。我们的眼前也失去了别的形象，只有一个个飞舞的、快乐的形象。当然，这快乐中也伴随着失败者的悲痛的呻吟和死亡者临死前的惨叫。

一切都让人感到眼花缭乱。我的主人赵无恤死后，将嗣位归还了他的嫡兄赵伯鲁的后人赵浣，因为赵无恤乃是越过了自己的嫡兄而继承了宗主之位的，这乃是违反了宗法。也许，这是他对自己嫡兄的补偿？也许是为了赵氏家族免于分裂？赵浣即位之后在中牟建立都城，但代郡的赵无恤的弟弟不服，不久就将赵浣驱逐，自立为赵氏宗主。

但他不多时就死去了，赵浣重新即位。又不久，赵浣的儿子赵籍成为赵氏的新主人，也成为我的新主人。

韩氏的宗主已经是韩虔。他雄踞晋国的东南方，不断和相邻的郑国发生冲突，攻取了郑国的雍丘，将自己的都城从平阳迁往阳翟。魏氏的宗主是魏斯，他是魏驹的孙子。他雄踞晋国的西南方，不断攻伐秦国，获得了秦国的河西郡，然后掉转了车头，将兵锋指向了中山国。中山国以前曾屡屡侵犯赵氏的领地，也不断侵犯周边的国家，这让赵氏十分烦恼。魏氏的宗主魏斯，身边有很多贤能的人，他早想攻灭中山国，就派人来向赵氏的宗主赵籍借路——他要从这路上行往中山国，开辟自己的新土。

魏氏的使臣对赵籍说，我的主人想要攻打中山国，因为中山国屡屡侵犯你的边境。现在晋国已经为我三家所有，只要一家受到侵犯，就是我们共同的敌人。我的主人赵籍本想予以拒绝，也许他想起了从前晋献公假道伐虢的故事？但现在的赵氏也同样强壮，魏氏即使十分强大，也没有能力灭掉赵氏。这一点，赵籍绝不会有所忧虑。但他不想随意将疆域中的路借给别人，即使魏氏灭掉中山国，对赵氏又有什么好处呢？所以，他没有立即答应魏氏的要求，而是热情款待魏氏的使臣。

赵氏身边的大臣劝谏说，魏氏攻打中山国，对赵氏乃是一件好事情。若是魏氏在攻打中不能取胜，就要使魏氏的力量受到损耗，那么他就会因此而变得衰弱。若是魏氏灭掉了中山国，那么他的领地与中山国之间隔着你的疆土，他所获得的中山国的土地也不可能长久保持。这土地也将迟早归于你。你又有什么可以忧虑的呢？若是你拒绝了魏氏的请求，那么就要和魏氏产生仇怨，你将会和魏氏发生冲突，这又有什么好处呢？虽然晋国已经被三家所分，但还是在同一个国家里，外面的事情还没有安定，内部却出现了混乱，这又有什么好处呢？中行氏、范氏和智氏灭亡的警戒犹在眼前，怎能不记取呢？

赵籍听从了这话，就借路给魏氏。于是魏斯就派自己的大将吴起攻打中山国。吴起已经身经百战，在与秦国的交战中屡获胜果。就在这个时候，魏氏的贤臣翟璜举荐自己的门客乐羊作为统帅。翟璜非常了解乐羊，知道他乃是一个精通兵法的将领。他说，若是想攻取中山国，乐羊乃是最好的将帅。翟璜一说出自己的想法，立即遭到群臣的反对。人们说，吴起已经用自己的功绩证明了自己，而乐羊又怎么证明自己呢？而且，他的儿子乐舒就是中山国的将领，他怎么会攻打他的儿子？若是中山国给他好处，你怎么能知道他不会投降？

翟璜说，你们怎么会比我更了解乐羊？他的才能我已经看见了，而你们不曾看见。你们若是相信我，就应该相信我的举荐。是的，他的儿子就在中山国，但他不会因为自己的儿子而放弃攻打。你们若是相信我的忠诚，就应该相信乐羊的忠诚。我用自己的身家性命来担保，这个人绝不会背叛。我也用我的身家性命担保，若是能够起用这个人，中山国必定将被攻破，我们必定将取胜。

翟璜是魏斯最宠信的贤臣，既然他这么说，魏斯就命令乐羊担任攻伐中山国的主将。乐羊率领魏氏大军穿越赵氏的领地，将中山国重重围住。经过几年的攻打，中山国的都城仍然屹立不倒。中山国的国君为了震慑和羞辱乐羊，就将他的儿子乐舒杀掉，用乐舒的肉煮了汤，让人送给了乐羊。但乐羊面对眼前的肉汤，毫不犹豫地喝掉，并将其中的肉也吃掉了。

乐羊面不改色，十分从容。这乃是一场惊心动魄的对话。敌方告诉他，我已经煮了你的儿子，你若还要攻打我的都城，那么你也将成为肉汤。而乐羊用这样的方式回答说，你给了我肉汤，我就喝掉，你给了我肉，我就吃掉，一切都不可能动摇我的攻城意志，我必定将攻破你的都城，我还要吃掉你的肉，喝掉你的肉做的汤。

魏斯知道了这件事，就说，乐羊因为我吃了他儿子的肉。可是魏斯身边的大臣告诫他，这个人你要警惕，他可以吃掉他儿子的肉，谁的肉不能吃掉呢？魏斯的内心为这样的话感到震惊，这让他陷入了长久的沉默。中山国还是被攻破了，被魏斯灭掉了。魏氏独自吞并了中山国的土地，又封他的儿子魏击作为中山君，管理这块土地。对于魏氏来说，这乃是一块远离疆土的飞地，但它的意义却在于牵制相邻的几个国家，也可以牵制赵氏的势力。而乐羊因为攻打中山国而失去了自己的骨肉，也失去了魏斯的信任——他吃掉了自己儿子的肉，也吃掉了自己的肉。

这是一个残酷的故事，却是有着深邃寓意的故事。冷酷和残杀乃是人世的本相。一件事结束了，另一件事又要开始。时间不会停下来。别人的故事将成为每一个人的故事。齐国的田氏执掌齐国的大政，为了争夺嗣位，田氏家族发生了内讧。田氏的一支在另一个族主田会的率领下，投奔了晋国赵氏。于是齐国就发兵攻打背叛者的封邑廪丘。廪丘的田氏求助于赵氏，我接受主人的命令率赵氏大军前往解救。

经过几天的激战，齐国的军队被击败，齐军的将帅被击杀，我军俘获了齐军战车两千余辆，杀死齐军三万多人。我命令士卒将敌军的尸首堆成了两座高丘。宁越是我的谋臣，他从前是一个种田人。据说，他为了不再做一个耕种者，发奋读书，整整苦学十五年。这个人不仅有毅力，也有勇气和智谋。他看着高高堆起的坟丘，对我说，这真是太可惜了。齐军的士卒虽然死了，但他们的死尸还可以被利用，若是这样被掩埋，仅仅是炫耀自己的兵威，却不能发挥真正的作用。你应该将这些死尸还给齐国，这样就可以让齐国的内部出现混乱。

我问，我杀掉了他们，将他们的死尸堆起了高丘，从前的人们都是这样做，我为什么不可以这样做呢？宁越说，我听说，古代那些善战者，若是应该坚守就要坚守，若是需要撤退就要撤退。我们要是后退三十里，敌军就会前来收尸，这有什么不好呢？齐国已经失去了他们的战车和铠甲，失去了他们的军队，府库里的钱财又要在安葬死者中耗费干净，那么他们还有什么力量呢？若是他们连最后的力量也失去了，那么我们还会害怕么？那么他们也就只有割让土地而向我们求和了，就让他们的死尸给他们致命的一击吧。

我说，若是他们不来收尸怎么办？我们的想法岂不是落空了？他说，不，不会的。齐国的罪状已经很大了，这必然会引发民众的怨恨。与我军作战而失败，已经是第一条罪状；率领士卒出征而没有回去，这乃是他们的第二条罪状；我们撤退而留给他们收尸的时间，而他们却放弃收取，这不是第三条罪状么？齐国的君主和执掌朝政的田氏没有能力驾驭民众，而民众也不愿意侍奉他们，齐国岂不是会陷入混乱？那么齐国就要崩溃了。我们战而胜之，不能仅仅凭藉武力，还要借助仁德的力量。若是文武都能获胜，什么样的敌人不能降服呢？

我听了宁越的话，知道了死尸也是有用的，也可以用死尸对敌发起攻击。这是多么新奇的事情啊。这么多的死尸，都是我的战果，我杀掉了他们，还要利用他们的死尸。若是这些死去的人真的有灵魂，他们会想什么？也许，他们只有悲叹，因为他们既不知道自己是怎样死的，也不知道自己为什么死。他们会感到自己的愚蠢，既在交战中被杀死，又在死后被别人利用。他们既不了解自己的敌人，也不了解自己的国家，还不了解自己。那么，这样的死该是多么悲惨啊。唉，这是一个怎样的人间，悲惨和愚蠢主宰了的人间，欲望的火焰、冰冷的兵戈、血、残阳和瑟瑟秋风主宰了的人间。

古灵魂

田括

　　齐国已经岌岌可危了。晋国的韩、赵、魏三家在廪丘击败了齐军，还让齐国因为将士死尸的安葬花光了府库的钱财。现在，他们又让周天子发布了王命，让他们一起攻伐齐国。韩、赵、魏三家一起联合起来，又以天子的命令号令天下诸侯，晋国的国君在任地召会诸侯，郑国、卫国、宋国、鲁国以及南方的越国都来了，他们将一起攻打齐国。即使是韩、赵、魏三家攻打齐国，齐国都将必败，何况这么多国家一起讨伐，我们怎能抵挡？即使是越国这样的南方国家，齐国都难以战胜，又怎能战胜这么多强国？

　　晋国的国君已经失去了权威，他背后藏着的，乃是韩、赵、魏三家，他们是晋国真正的主人。他们竟然让自己的国君召集诸侯会盟，究竟是为了什么？我们都知道，晋国的国君乃是要反过来朝拜三家的宗主的，现在他又以一国之君朝觐天子，请求讨伐齐国，岂不是十分奇怪的事情？齐国已经不可能获胜了，若要强行抵抗，就将面临覆灭的命运。

　　我对国君和执掌朝政的田氏说，齐国已濒临绝境，但这绝境也许还不是真正的绝境。现在众多的国家一起来讨伐，我们只有用利益来分化瓦解他们的攻势。晋国和越国是其中最强的，但越国乃是趁火打劫，我们将建阳和巨陵割让给越国，它就会退兵，我们的面前就少了一个强敌。国君说，即使是越国撤走了，还有那么多诸侯的重兵围城，我们怎么解困？

我说，实际上，众多的诸侯都看着晋国的韩、赵、魏三家，只要这三家撤退了，别人也将散去。就像树上的鸟儿，大树倒了，鸟儿们就会飞往别处。田氏问，那么我们又怎么能够让晋国撤兵？我回答说，他们三家的土地并不与我相邻，穿过邻国而来围困齐国，显然不是为了利益，而是为了虚名而有求于齐国。这就需要国君出面，请求周天子封赏晋国三卿，让他们获得诸侯的爵位，那么，齐国也就能获得暂时的安宁了。

他们讨伐齐国，乃是为了向诸侯和天下炫耀兵威，因为齐国是东方强国。只有战胜强大的，才能证明更强大，这样也就证明他们拥有了诸侯的力量。晋国看起来还是一个晋国，实际上已经是三个国家了，唯一缺少的就是天子的分封和承认。越国乃是猛兽，他们来这里仅仅是为了吃肉，你只要投给他肉食，他吃饱了就会离去。若是真要对付他，他的凶猛和残暴的确十分可怕。

而晋国的三卿则不一样，他们是猎狗，他们捕猎不是为了吃肉，因为他们的肉已经很多了，已经十分饱足，他们这样做是为了获得主人的奖赏和抚摸。而这个主人就是天子。尽管这个主人已经很贫穷，自己都喝不上肉汤，但他仍然是主人。韩、赵、魏三家表面上追逐的猎物是齐国，实际上他们追逐的乃是自己的名分。若是国君能够前往

古灵魂

王都，在天子面前请命，齐国的劫难就可以度过。

田氏采纳了我的谏言，他对国君说，齐国的安危都放在国君身上了。我知道，这也是田氏乐于听到的谏言。齐国的情形和晋国差不多，若是晋国的三卿能够被封为诸侯，那么田氏也有了被封为诸侯的理由。因为齐国的国君就像晋国的国君一样，随时都可以被抛弃，只是还没有到了被抛弃的时候。我的国君知道这意味着什么，但他无法拒绝这样的请求，因为他还是齐国名义上的国君，一旦齐国灭亡，就意味着他自己的灭亡。

国君说，也只能这样去做了，不过我还是没有把握。我不知道自己能不能为晋国三家争得名分。天子是知道的，他们不是猎狗，只是表面上看像是猎狗。他们乃是伪装为猎狗的猛禽，他们会飞，他们所要的乃是整个天空。若是他们得到了这名分，就会展开翅膀，露出他们的真貌。他们现在不要齐国的土地，但将来还会要。因为身边的肉还没有吃完，所以还不需要这么多肉，一旦他们有了更大的肚子和更锋利的牙齿，那么所要的就不是这么一点了。没有什么能喂饱他们。

于是，按照我的想法，齐国先派使臣去见越国的统帅，越国果然答应了条件，先行撤走了。是的，他们得到了一块肥肉，衔着它回去了。然后，齐国国君屈尊前往晋营拜会了晋国的三卿，答应不再修筑长城，也不会再对廪丘发起攻击。重要的是，答应韩、赵、魏三家的主人，要亲自前往王都觐见天子，请求天子为他们封侯。这已经违背了礼法，因为一个国君怎可去拜见晋国的卿相？卑弱者已经没有理由保持自己的尊贵了。

这样，晋国、齐国、鲁国、宋国、卫国和郑国的国君齐聚王城，朝见周天子，并向天子献功。晋国的国君向天子复命，并将齐军俘虏的耳朵献上。诸侯们说，按照天子的命令，对齐国予以惩罚，周王的礼法得以维护和弘扬，天下的民众颂扬周王的仁德和威权，天下将获得安宁和太平。我的国君先行向天子谢罪，并赞扬晋国韩、赵、魏三家的功勋，希望天子能够册封他们为诸侯。

接下来的一切都可以猜到了，周天子迫于诸侯们的压力，只好对晋国三家韩氏、赵氏和魏氏的宗主予以册封，他们都得到了自己想要的东西。天子设宴招待了诸侯，在筵席上，诸侯们争相吟诵歌颂天子的诗，美酒的香气溢满了酒爵，弥漫于空中。唉，只有几个人感到了失落，天子虽然受到了歌颂，但他的册封乃是迫于别人的力量。他的手乃是被别人捉住，不得不充当别人的手。齐国的国君也忧心忡忡，因为晋国的三家宗主获得了册封，那么田氏也将会取代自己，因为这让他看见了通往诸侯之路。晋国的国君也不会高兴，因为韩、赵、魏三家已经不再是自己的卿族，而是各自国家的君主。

而自己的位置又在哪里呢？他已经成为失去了国家的国君，一个没有国家的国君。尽管从前已经是这样了，但他还拥有晋国国君的名分。现在晋国已经没有了，它已经分成了韩、赵、魏三个国家。晋国就要消失了，那么这个没有自己国家的君主还有什么意义呢？难道仅仅拥有绛都和曲沃两个城邑的人，还可以被称为晋国么？他还没有被彻底抛弃，但已经在荒野的边沿上，看着秋风扫去了满树的黄叶。

卷五百九十

虞人

韩、赵、魏三家都已经被天子封侯了，魏氏的宗主魏斯已经是魏侯了，他乃是魏国的开国君主了。我乃是魏国的山虞，为魏国掌管着山河、园囿和畎牧。我整天和山林、清泉、麋鹿以及牛羊在一起，也经常看见山林里的猛兽。但我并不会害怕，因为它们看见我，就像看见了它们中间的一个，甚至经常会走近我，在离我很近的地方休息。我甚至可以听见它们的呼吸之声。还有一些野兽，我会伸出手来喂它们喜欢的食物，并抚摸它们光滑的皮毛。它们会静静地卧在我的身边，用舌头舔舐我的手背。

这是多么好的日子啊。在夏天的时候，我可以坐在树下，听着山泉的喧响和微风吹拂树叶的沙沙声。我看着山溪在山间流淌，麋鹿在饮水，飞鸟落在石头上，似乎在等待什么，有时发出几声鸣叫。我最害怕的乃是突发的山火，所以我每天都在巡视，走遍了大山的每一道沟壑。在山雨来临的时候，我可以在屋舍中听雨。巨大的雨声似乎要将一切卷起来，抛置于地上。可大雨停了的时候，一切将变得更加新鲜，所有的树叶都变得更绿，它们甚至在阳光的照射下显出了银色闪光。

秋天是最好的季节，满山都现出了斑斓的色彩，好像天神用无数的颜料涂满了群山。这一天，魏国的君侯与我约定要前来狩猎。我准备好了马匹与猎狗，还有刀戈、弓箭与绳索。已经日过正午，我来到了山前迎候。但是，北方的天空涌起了大团乌云，向着我的山林靠近，不大一会儿，就盖住了山头，它让我和我四周的一切变得暗影重重。我的脸上感到了几点冰凉，天，下雨了。

我知道，魏侯不会来了。雨越下越大了，它击打着树木、石头、土地、溪流和野草，击打着一切，掀起了万物的骚动不安。不过，我仍然要等候魏侯的到来。我是他的山虞，我是他的官吏，怎么能违背约定？怎么能违背他的命令？我等待着，穿着粗麻雨披，在山雨中站立。雨水从我的头顶流了下来，遮挡了我的视线。渐渐地，雨似乎小了下来，通往魏都的路已经泥泞一片了。

也许过了一个时辰？我看见路上有几辆车在雨雾中越来越近了，啊，我以为他不会来了，但他还是来了。我就在雨中看见魏侯下了车，向我走来。我十分感动，他竟然没有违背我们的约定，来到了我的面前。他完全可以派一个人来告诉我，取消今天的狩猎，可是他没有这样做。他还是来到了我的面前。我的眼里含满了泪水，泪水和雨水混合在了一起。我说，这样的雨天，君侯还是按照约定来了。他说，我怎能违背我们的约定呢？雨水怎能挡住我们的约定？若是我不来赴约，谁还会相信我呢？

别人告诉我，今天魏侯乃是与百官设宴饮酒，天又下起了雨，他站起身来准备赴约。身旁的人劝他，你今天喝了不少酒，天又下雨

古灵魂

了，而且越来越大了，我们去告诉虞人取消狩猎的约定，改为另一个日子，不是很好么？魏侯说，不，我不能这样做。我已经和虞人约好前往狩猎，怎么能随意改变约定？虽然我们在这里饮酒十分快乐，但这快乐并不是真正的快乐。真正的快乐是你所说的话能够被别人相信，你所说的话就可以被别人听从。若是你所说的没有人相信，你还能有什么快乐呢？若是一个君王失去了信任，他的国又怎能变得强盛？若是他的国在衰弱之中，他又怎能获得快乐？

于是，我们冒着雨在山林中狩猎。这一次，尽管没有获得什么猎物，也许山林里的麋鹿都避雨去了？我不知道，但我知道，魏侯所获得的猎物是无形的，他获得了他要获得的，它比每一次狩猎获得的都要多。雨停了之后，我们在我的屋舍饮酒。我在炉灶中点燃柴火，火焰将魏侯的脸映照得通红。我们脱下了湿淋淋的衣裳，让人在火上烘烤，而我们在这简陋的土炕上饮着美酒。我从他的脸上看见了真正的快乐。

这是一个了不起的人，他配得上君王的称号。我还听说他的很多事情。他灭掉中山国之后，将中山国的土地封给了自己的儿子魏击。他很得意地问自己的群臣，我攻破了中山国，我们已经越来越强，那么，在你们的眼里，我是一个什么样的君王？群臣异口同声地说，当然你是仁德的君王，若是没有仁德，怎能屡战屡胜？但有一个人说，你获得了中山国，应该先封赏你的弟弟，却封赏了你的儿子，这怎么能说仁德呢？

他听了之后十分生气，脸涨得通红，半天不知该说什么。那个人一看这样，就赶快离开了朝堂。这时那个叫作翟璜的贤臣打破了僵局，他说，你的确是仁德的君王。魏侯问他，你怎么知道？用什么做出这样的判断？翟璜回答说，我听说，只有遇见仁德的君王，他身边的大臣才敢于说出真话。而没有仁德的君王，所有的人都害怕他，又怎么敢说真话呢？刚才的臣子所说的，就毫无忌讳地说出了自己的真话，从这件事情来看，你若不是一个仁德的君王，那么仁德的君王又是谁呢？魏侯听了这样的话，十分高兴，立即让人将那个人追回，还亲自走下殿堂的台阶去迎接。

还有一次，韩虔派人来邀请他一起攻打赵籍。他说，我与赵氏乃是兄弟之邦，我怎么能攻打赵氏呢？我若出兵攻打他，那么你又怎会信赖我呢？之后不久，赵籍也派人前来，请求他出兵一起攻打韩氏。他说，韩氏乃是兄弟之邦，我怎么能攻打他呢？我若攻打韩氏，你还能信赖我么？我若是能攻打韩氏，也能攻打你。这样我们就要一直打下去了，直到我们一起灭亡。后来，韩氏和赵氏都知道了魏侯对他们所说的话，对魏侯这样的深明大义十分敬佩，都来朝拜魏侯。他说，只要我们三国和睦相处，其他诸侯就不敢与我们争雄。

这样的君王，谁能不佩服呢？他重用孔子的学生子夏，并拜他为自己的太傅。这个子夏乃是学问渊博的儒生，由于丧失了自己的儿子而哭瞎了双眼。子夏又将自己的弟子都召到了魏国，齐国的公羊高和鲁国的谷梁赤都来了，还有魏国人段干木和子贡的弟子田子方，都在魏国的河西讲学，以至于他每次路过段干木的宅邸，都要俯首行礼。他这样渴慕贤才，四方的贤才都来归附，魏国怎会不强盛呢？

古灵魂

卷五百九十一

段干木

　　我出身卑微，曾做过多年市侩，后来投身子夏门下，苦学不倦，知道了很多从前不懂的事情。我的几个好友都成了诸侯的大臣和将领，我不想像他们一样，帮助诸侯倾覆别的国家，让那么多人死于非命。是的，我绝不入仕，也不会教别人杀人之术，我只教别人怎样获得仁德和智慧，并以仁德和智慧来治理国家和对待百姓。那么我只有隐居于山林，每一天都在诗书之中探寻理解人世及万物的奥秘。

　　有人告诉我，魏侯的弟弟魏成举荐我，魏侯答应让我做官，可是我拒绝了。我只想过现在的日子，我不想为哪一个国君献计献策。我只想成为我现在的样子，也许这是我最好的样子。我听说，魏侯拜田子方为师之后，有一次宴请田子方，在饮酒之中，魏侯说，我听见编钟敲击的乐声不和谐，左面的音调好像有点儿高了。田子方就诡秘一笑。魏侯问道，不知道太傅笑什么？

　　田子方回答说，我听说，一个国君不必懂得音乐，他只要懂得任用好的乐师就可以了。若是太懂得音乐，就会不信任乐师，那么乐师也将不会专心于自己的演奏，因为他总是害怕国君指责。你是精通音乐的，那么我就担忧，因为沉醉于音乐，你会不会忘掉自己该怎样任用百官？一个国君不可能什么都精通，也没有谁什么都精通，但国君的职责不是精通所有的事情，而是能够任用精通某事的职官，那么，每一件事情就可以做好了。魏侯真诚地接受了田子方的诤言，敬酒以拜谢。

即使是他的儿子魏击，也是求贤若渴。魏击就像他的父亲一样，见了贤者就要俯身行礼。他有一次在出行途中遇见了田子方，慌忙下车行礼，但田子方竟然没有回礼，就要扬长而去。面对这样的藐视，魏击感到愤怒，喊住了就要走开的田子方，对着他的背影说，我知道你是知识渊博的人，精通礼法之道，也听别人说你是一个智者，那么我要问，一个富贵的人是不是应该骄傲？一个贫贱的人是不是应该骄傲？他们哪一个人骄傲才是应当的？

田子方没有转回身，背对着他说，我要离去，你却要请教我这样的问题。那么我可以告诉你，贫贱的人有着骄傲的充足理由，而富贵者又怎敢骄傲呢？若是一个国君对别人骄傲，他的国家就要灭亡。若是大夫对别人骄傲，将会失去自己的采地。若是失去了国家的国君，就不会有人以国君之礼看待他，若是失去了采地的大夫，谁又会将他作为族主呢？你的眼前就有晋国的例证，现在谁还将晋君视为真正的君主呢？可是，所有的贫贱者可以对任何人骄傲，因为他原本就是贫贱者，他没有什么可以被剥夺，你剥夺他，他仍然是一个贫贱者。那么他为什么不能骄傲呢？我所说的话你若不听，我所做的事情你若不高兴，那么我穿起自己的鞋子就可以离开，一个贫贱者到哪里不行呢？他没有可以失去的东西，所以就不会有忧虑，为什么不能对别人骄傲呢？而一个国君、一个大夫，又怎能对别人骄傲呢？

魏击听了田子方的话之后，立即就向田子方致歉，因为他的愤怒乃是来自自己的富贵，而别人的骄傲却来别人的贫贱。这愤怒和骄傲乃是同一回事。他也知道了，田子方的骄傲，乃是对自己骄傲的训诫。他看着田子方渐渐远去的背影，看着这背影之上巨大的天空和飘逸的白云，看着这背影四周萧瑟的树木，以及在秋天飞扬的枯叶，感到了自己的懊悔，也觉出了这训诫的重量。

我从这故事里已经看见了魏国的前途。是的，人世的繁荣不就是一个个贤才造就的么？若是没有好的种子，怎会有那么多枝叶繁茂的嘉树？若是没有好的农夫，田地里怎会有好的收获？若是没有珍爱贤才的国君，众多的贤才就不会归附，他的国家怎么会兴盛？若是没有好的继承者，这个国家又怎能持续繁盛？既然魏侯这么爱惜贤才，而他的儿子也这样爱惜贤才，他们都能谦逊地接受别人的良言，那么魏国怎么会不兴盛呢？我至少已经看见魏国有两代好的国君了。

一天夜晚，月亮已经升起来了，我坐在庭院里观赏着明月。明月的清辉将夏夜的树影投射到了我的前面，它在微风里摇晃。夏夜的风和秋夜的风是不一样的。因为我听见的乃是万物开花的声音，听到的是不断滋生的叶子的骚动，而秋夜的风就不一样了，只有枯叶不断掉落的声息，只有干燥的、不断失去生机的、衰亡的喧嚣，乃是挣扎的、痛苦的喧嚣。我坐在这里，享受着凉爽的气息，感受着寂静的欢乐。

是的，寂静并不是寂寞，因为寂静是快乐的，而寂寞却充满了悲凉。我曾在一个被遗弃的村落看见了野草抚摸的房舍，它无人光顾，它失去了自己的主人，在寂寞中看着村前的两条路。它也许通往两个远方——一个是恐惧，另一个是孤独，就像自己一样恐惧和孤独。天下的诸侯已经忘却了往昔的礼法，他们都在驱使人们杀戮，每一个置身其中的人们都怀着恐惧和孤独，内心的悲伤难以述说，因而只有在这恐惧和孤独中煎熬。

唉，没有礼法的人间，怎么能有安宁？怎么还有仁德？我在这样的月夜，享受着月夜的安宁和快乐，却也充满了忧虑和悲悯。我似乎在寻找什么，但我又不知道自己究竟寻找什么。在这月夜中，一切都变得迷离恍惚。这摇动的树影，这沙沙的风声，掀起了内心的波澜。我似乎不是隐居于乡间，而是在一条条岔路上流浪。

忽然有人在敲门，我不知道谁会在这个时候造访？当我知道乃是魏侯前来拜访的时候，我的内心一阵慌乱。按照古代的礼仪，不是臣子的庶民，不可以面见诸侯。可是他已经来了，我该怎么办？我只能逾墙而走。我迅速逃离了我的宅院，我听见魏侯和他的侍卫进入了我的庭院……等到他们走了之后，我才返回自己的屋舍。那一夜，我彻夜未眠。我看着门口的月光，一个方形的光影推开了一片黑暗，我在寂静中睁着双眼，观看着这深夜的幽光。

他知道我在躲避他。后来我听说，他每次路过我的门前，都要躬身俯首行礼，表示他的渴慕和真诚。我听说，他的车夫问他，你为什么这样尊敬他？他不过是一个没有身份的人，你作为国君却要对着他的门施礼，这是为什么呢？魏侯回答说，我拥有的是势力，而段干木拥有的乃是仁义。若是我的势力中加上了仁义，那么，这势力就会加倍。

我被他的真诚所感动，当他再次来到我的家门前，我敞开了门，

古灵魂

出来迎接他。他先向我拜师，又向我请教各种政事，我都尽可能回答他。他一直站着，我看见他已经十分疲倦，但他却不肯坐下说话。我说，我不想做你的朝臣，但我可以献出我有限的智慧。我不知道能不能帮助你，但我会做对你有益的事情。因为我的老师子夏在你的门下，我乃是子夏的门徒，我还能说什么呢？但是我的才智是有限的，我所能告诉你的，也只有仁义而已。当初舜身怀仁义，天下的百姓都亲附他，若是你拥有了仁义，天下的民众就会争相归顺你。

又一次，魏侯将我邀请到了他的宫室，向我请教说，你曾经对我说，家里贫困的时候就会想念贤良的妻子，国君混乱的时候就会想念贤良的卿相。我已经记住你说给我的话。现在我需要贤良而有才能的卿相，我已经思考了很久，你觉得魏成和翟璜这两个人哪一个更合适呢？他们都是良臣，也都是才能出众的人，所以我一直在他们两个之间彷徨，至今不能择定。我说，我不能替你做出决定，因为我不能参与君王的人事。我听说，卑微者不能参与高贵者的事情，外人也不能参与亲属的事情。我乃是山野之人，怎么敢妄议君王的朝政？

魏侯说，你不是说要告诉我仁义么？现在我需要你告诉我仁义，你却要推让。魏侯用眼睛盯着我，我看出他的困惑，他也许真的希望我和他说些什么。我只好说，依我所见，你还没有很好地考察这两个人。你若是仔细考察过，就不会心生疑惑、犹豫不决。魏侯说，我觉得自己已经思考了很久，但我的眼睛还不够锐利，我的双耳还不够聪敏，我的智慧还不足，我将他们放在两只手中掂量，可我还是拿不准各自的分量。

我说，我听说，要考察一个人，要看他在平时和什么人亲近，富贵的时候要看他怎样和别人交往，显赫的时候要看他举荐什么人，穷困的时候看他能够拒绝什么，卑贱的时候看他能怎样取舍利益。若是从这五个途径来观察一个人，就足以断定这个人的品德了。这难道还需要我说出他们中的哪一个？观察一个人的所作所为，就可以追究他处事的动机，就知道他的内心是怎样想的，也就知道这个人能做什么和不能做什么。一个人弯下身来的时候，不是要看他弯腰的姿态，要看他伸出手来要捡拾什么东西。一个人的内心是不可能掩盖的，因为他的言行将托出他的内心。

古代的圣王观察一个人，也有独特的智慧。那就是先让他到偏远的地方做事，看这个人是不是忠诚。让他到近处做事，看他是不是恭敬。让他做复杂而难做的事情，看他是不是具有才能和智慧。让他去处理突发的事情，看他能不能敏捷而正确应对。向他突然提出尖锐的问题，看他是不是能够应变和深思。将财物托付给他管理，看他是不是清廉。一个人对待财物的态度可以看出他的德行。将危难和困境告诉他，看他是不是能够守住节操。让他醉酒之后，看他的仪态和表现，就可以获知他的本相。让他和各种不同的人相处，就可以看见他怎样对待别人。若是这些办法都采用了，好的人就会拣选出来，坏的人也可以剔除出去。

魏侯想了想说，你的教诲让我难忘，你已经告诉我该挑选哪一个人了。我离开了魏侯的宫殿，遇见了行走的翟璜。或者他知道我要路过这里，他在这路上等待我？不然我为什么会和他在这里巧遇？他问我，我听说今天国君召唤你，是不是要确定国相的人选？我说，是的，我刚从国君那里出来。他又问，究竟定了哪一个人？我说，应该是魏成吧。

翟璜突然满脸怒色，对我说，这太不公平了，我所做的事情哪一点不如魏成？西河守吴起，乃是出于我的举荐，他屡立战功，让秦军闻风丧胆。国君担忧邺邑的治理，我举荐了西门豹，使得邺邑秩序井然，百业兴盛，百姓安宁。国君要征讨中山国，我举荐了乐羊，乐羊不负众望，几年艰辛，自己的儿子死掉了，又吃掉了他儿子的肉，攻克了中山国。中山国需要贤才治理和镇守，我举荐了你。国君的儿子没有老师，我举荐了屈侯鲋。国君难道看不见我所做的事情么？可是魏成究竟做了什么呢？

我说，所有的人都看见了，国君怎能看不见呢？你将我举荐给国君，就是为了结党营私和谋求国相之位么？我听说，真正的贤臣不应该记得自己的功劳，而应该反思自己的缺失。这就像吃饭一样，一个人吃饱了，就应该忘掉吃过的饭肴，而是应该考虑该做什么事情。若是一个人总是想着自己吃过的饭肴，就不可能专心去做该做的事情。一个贤臣做了该做的事情，这难道不是应当的么？为什么要牢记它？你难道是想用自己的功劳求得国君的报答？你为国君做事就是为了谋求一己之利？若是这样，国君怎么会选择你呢？

我看见翟璜羞愧地低下了头，他的眼睛不敢直视我。我继续说，国君问我在你和魏成之间应该选择谁，我不是国君的臣子，所以不应该用我的想法引导国君。我只是告诉他如何考察一个人。国君说他已经择定了国相的人选，我就推测他选择了魏成。原因也许十分简单，别人看见的，国君也会看见。魏成享有千钟的俸禄，可他将九成都用来结交贤士，只有一成留给自己，过着简朴的生活。所以国君才得到了子夏、田子方等博学之才，也得到了我这样的山野之人，国君又将我们都奉为老师。你所举荐的人才，国君将之任用为属臣，操持的乃是具体的国事，你怎么能和魏成相比呢？

翟璜听完我的话，慌忙说，我听了你的话，才知道自己乃是无智而昏聩的人，却从来不曾知道自己在无智和昏聩之中。我所说的话真是太粗鲁了，也太无礼了。若是一个人不在高山面前，怎知道自己低矮？我没有看见别人的长处，却不断看着自己被拉长的影子，怎能知道这影子并不是真实的自己？我乃是站在夕阳中看自己的影子，却不在镜子里看自己的容貌。现在我就拜你为师，愿意一生做你的弟子。若是我能学到你的一点儿智慧，也许就不会犯大的错误了。若是一个人保持不犯大错，还有什么要奢求的呢？

他恭敬地向我鞠躬施礼，然后后退了几步，转身离去了。魏侯拥有这么多贤臣，真是太难得了。原来我看着晋国一点点衰弱，但这衰弱乃是必然的。就像一棵老树，它的枝干已经稀疏，它的躯干已经有了空洞，它的根须已经腐烂，只是它还站在那里。一旦遇见闪电和雷霆，它就会被折断。或者遇到大风，它就会被连根拔起，做了人们冬天烤手和做饭的柴火。这有什么可惜的呢？重要的是，它的旧根须已经从地下延伸到了远处，三棵新树已经长成，它们既是老树的继承，又是全新的自己。那么从前消逝的一切，又有什么可惜的呢？

赵烈侯

一切来得太快了。似乎每一日都在变化，今天和昨日不一样，也和从前不一样。先君赵襄子被困晋阳似乎还在眼前，他灭掉了智伯荀瑶的日子好像还没有消散，可我已经是赵国的国君了。先君赵襄子乃是一个胸怀宽广的人，他临终前没有将他的五个儿子中的任何一个立为嗣位的继承者，却将自己兄长的后人立为嗣位继承者。这是公平的，因为他曾越过他的兄长成为赵氏的宗主，所以他这样做，乃是对他的兄长的补偿。但是，赵氏的内部却不断生发祸端。他死后，他的儿子赵桓子就将我的父亲，也是赵氏的宗主赵浣驱逐，自立为宗主。他死后，族人又杀掉了赵桓子的儿子，又迎回了父君赵浣，并拥立为赵氏的主人。我是赵浣的儿子，我继承了他的嗣位，现在我已经是赵国的国君了。

是啊，一切来得太快了，事情就像大河的波涛，一浪盖住了另一浪，令人眼花缭乱，看不清究竟每天在发生什么。我喜欢音乐，喜欢听黄帝和尧舜的古音，喜欢用美妙的音乐灌满我的双耳。这样我就可以在音乐之中忘掉世间的乱象。无数的厮杀，已经让我厌倦。现在我让先祖留给我的基业更为牢固，而且我已经成为一国之君。

我对我的国相公仲连说，我喜欢音乐，也喜欢精通音乐的人。我喜欢他们，就希望他们可以获得富贵。现在我已经是赵国的国君，那么我可以这样做么？公仲连说，你可以让他们富，却不能让他们贵。你可以给他们财富，他们就会富，但却不能将贵也给他们。一个人可以因获得财富而富，但贵却是天生的，财富可以转移，血脉却不能变更。

我说，也许你说得对。从郑国来的两个精通音律的乐师，我想让他们变得显赫。我赐给他们万亩田产，怎么样？我是一国之君，我想做的难道不可以做么？我现在要去代地巡察，待我回来的时候，就要看见他们变得富有。公仲连说，这乃是赵国的土地，你想怎样支配就怎样支配，因为这土地上的每一棵树和每一朵花，都属于你。

我从代地回来之后，又一次将公仲连召来，问他说，你将万亩土地给了两个乐师了么？他们弹奏的乐曲都是我所爱听的，他们的歌唱令我浑身颤栗，似乎在我的身体里刮起了狂风。他们让我忘掉了俗世的烦恼，我的心因为他们的歌声和琴声而变得清爽。难道他们不配得到这万亩土地么？你是不是已经给了他们？

公仲连回答说，还没有。因为国君拥有那么多土地，就需要我寻找最合适的给他们。若是将薄瘠的田地赐给他们，既不能让他们富有，还会招致怨言，也不能表达国君的真诚。我又问，你什么时候才可以找到合适的土地？我听说，做一件好事情，就要快一点，若是做得很慢，这件事就可能变成坏事情。

当我再一次追问他的时候，他不停地支吾，似乎有什么难言之

古灵魂

处。后来他说自己病了，就不来上朝了。也许他不想让我将土地赐给这两个人。过了一段时间，公仲连终于上朝了，他一开口就向我举荐了三个贤才。他说，牛畜乃是仁义之才，他学问渊博，深通古今君王的仁义之道。荀欣乃是识人的通才，他知道什么样的人能够任用，什么样的人不该任用。他的目光是犀利的，瞥一眼就可以看出一个人的品行。而徐越擅长管理国家的财富，知道怎样用度是最好的。

我获得了这三个人，就请教他们。他们分别告诉我仁义之道，也告诉我一个君王怎样才可以让民众拥戴，还告诉我怎样才可以选用贤良，任用能者和智者。徐越则告诫我要节俭用财，只有积累财富才可以让赵国繁盛，若要赏赐别人，先要审察被赏赐者的功德，不然就会让讨巧者得意而让有功德者远离。我一连和他们交谈了几天，听着他们的高论，我甚至忘记了饭肴的滋味。我说，让乐师来演奏吧，不仅要享受智慧的快乐，也要享受双耳的愉悦。但乐师的演奏刚刚开始，我就打断了这演奏。因为我发现智慧给我的快乐，超过了声音给我的快乐，而声音却让我忘掉了刚才的快乐，这音乐阻断了我的沉思。

我变得喜欢安静，喜欢寂寞和孤独，因为只有在寂寞和孤独之中，才会有智慧从我的内心闪现。于是，我让牛畜成为我的老师，让荀欣担任国家的中尉，又让徐越做我的内史。因为他们所讲述的道理是那么精湛，他们所说的理由是那么充分，他们告诉我的都不容反驳。他们谈论古代的君王时，分析得那么透彻，对每一件事情都能描述来龙去脉，让我知道事物的原由和结果。

上朝的时候，我问公仲连说，你怎么能想起为我举荐这三个贤才？从前我为什么没有听你谈起过他们？公仲连说，这要归功于代地的番吾君。他问我，我知道你是喜欢仁德的，却没有看见你使用确当的方法。你已经是赵国的国相，几年过去了，却没见你引荐过哪一个贤士。他的提醒让我感到惭愧，是的，我怎么就没有看见身边的贤士呢？他又对我说，牛畜、荀欣和徐越可以举荐。我将他们召来，听他们的交谈，又观察他们的言行和品性，才知道他们的确是有德行的人，也是有智慧的人，所以我才将他们举荐给你。

我对公仲连说，我已经和他们交谈了几天，他们的才智让我佩服，我为得到这样的贤能而深感欣喜。赵国需要这样的贤才，这样的贤才越多越好。我也听说，在魏侯的身边聚集了很多贤才，这乃是魏国日益强大的原因。以前，是我做得不好啊，我只是想着怎样治理国家，却没想到治理国家乃是需要贤才的，一个国君不可能什么都知道，也不可能什么都做得好，他需要有智慧的人不断引导，才可以走得更快。

——可是我成为了国君，却开始变得得意，忘记了从前开辟的艰辛。我放慢了步子，也分辨不出哪一条岔路可以通往大道。现在我得到了三个贤才，我知道自己该朝哪一个地方行走了。这都是你的功劳，我要将我的衣裳赐给你。我说着，让人拿出了两套衣裳，赐给了公仲连。我又问他，我要赐给两个乐师的土地，你给了么？他说，我还没有选出上好的田地。

——你虽然没有说，但我知道你不愿意将土地给他们。因为你举荐的人告诉我，要俭省用度，不然我的财富就会耗尽，国家就会衰弱。他们还告诉我，要奖励有功德的人，不然人们就会藐视功德，有功德的人也将远离你，那么国家也将衰弱。你虽然没有说出你要说的

古灵魂

话，但我已经听见了，你是对的。你没有说出自己的话，乃是因为你不能违背命令，而你迟迟不将土地给他们，就是你要说的话。我不仅听见你说的话，也看见了你的忠诚。你虽然没有将我的田地给别人，让别人变得富有，你却给了我贤能，让我变得更加富有。

他说，是的，我不知道怎样做更好。但我知道你喜欢音乐，也喜欢这两个乐师，你想让他们富有，但我却不敢这样做。我若遵从了你的命令，就是我的失职，若是违背你的命令，就是对你不忠。我的内心矛盾重重，真不知怎样做才好，这也见出了我的无能。我开始装病来推脱，但看你过了很久依然忘不掉这件事情。这让我想起了卫国人吴起，他是孔子的弟子曾参之子曾申的学生。他在鲁国为官的时候，齐国攻打鲁国，鲁国的国君想用他率军抗击，但吴起的妻子是齐国人，所以鲁国的国君犹豫不决。

——于是，吴起杀掉了自己的妻子，鲁国的国君才让他率领大军，他不负重托，击败了齐军。获胜之后，又有人对国君说，吴起当初师从曾申的时候，母亲死了都不回去守丧。曾申说他不孝，就和他断绝了交往。现在他又杀死自己的妻子以得到国君的信任，不过是为了求得将军的官位，这是一个残忍而没有德行的人，国君怎能信任他呢？他率领鲁国的军队击败了齐国，让他获得了名声，那么诸侯们就可能来谋算鲁国了。

——一个臣子的忠诚不一定能获得主人的理解，一个人的德行也不一定获得众人的理解。现在吴起为魏国效力，魏侯却能相信他，毫不怀疑地任用他。这是多么不容易啊。我之所以没有直言，是因为害怕国君的误解。我听说，一个人越是迷恋什么，也就越能忘掉其它事情，因为迷恋让迷恋者沉醉其中。所以我只能用不说话来代替说话。

——我知道国君乃是有智慧的人，若是有智慧的人走错了路，他就会回头看一看，不会走得太远就会返回来，所以我用拖延的办法来等待国君的醒悟。拖延也是我的话语，我知道国君会知道我的想法。现在，我可以说出我要说的话了。

我听完公仲连的话，感叹地说，是啊，我原以为做一个国君很难，但做一个臣子也很难啊。这都是我的过错，我乃是醒悟得太晚了。你做得很对。我赏赐给你两套衣裳，乃是将我的错告诉你，一套供你白天穿，另一套让你夜晚穿。你穿着我的衣裳，就会每一天都想起我。若是白天发现了我的错，你就在白天告诉我，若是夜晚发现了我的错，你就在夜晚告诉我，无论是白天和夜晚，我都会及时聆听你的劝诫。因为好的教诲无须分开白天和夜晚，而白天和夜晚都渴望好的谏言。

古灵魂

卷五百九十三

晋孝公

　　一个个新诸侯在死去。韩景侯和他的儿子韩烈侯相继死去，魏文侯死去了，赵烈侯也死去了。他们一个个死去了。他们就像桑树上的蚕，吃光了我的叶子，还吐出了无数的丝缚住了我。我就在被捆绑的地方看着他们，看着他们一个个死去。他们享用的乃是我的土地，我的先祖留下的土地，他们所饮的美酒也是出自我的土地，他们宫室里的一切都来自我的先祖，但他们抢夺了我的一切，毁坏了我的先祖的礼法，他们难道不该死去么？

　　他们逼迫我的父君到天子面前请命，以获得攻打齐国的理由。击败齐国之后，又让我的父君邀集诸侯们请天子将他们封为诸侯。可是我还剩下什么呢？这一切都是抢夺的结果，他们将抢夺视为正当的，又将这抢夺的果子塞满了怀抱。我的树上什么都没有了，什么都没有了。可是我的父君还要带着重礼前往他们的宫室祝贺，这是多么让人伤心啊。

　　我的父君死了，我继承了君位。可是我这个国君还有什么呢？一切都被强盗抢劫了，我树上什么都没有了。一株失去了果子和叶子的树，光秃秃的树，只有等待着死亡。我也许是晋国的最后一个国君了。几百年的江山社稷，也许就要在我的手里失去了，彻底失去了。我已经看见了晋国的前景，看见了我的前景——这前景乃是一片荒芜，乃是被冬天的大雪覆盖了的洁白的空茫。

我已经看见这空茫了。或者说，我已经站在了这空茫的面前。我的父君曾对我说，我们已经没有什么办法挽回，上天给我们的只有等待。重要的是要活下去。若要试图挣扎，那么就连活下去的希望也将失去。我们是污泥里的陷落者，越是挣扎就会陷得越深。就像遇见危险的虫子一样，假装死去就是最好的选择。

我在童年的时候曾看见过这样的情景，一只虫子从树上掉下来，继续往前爬行，我用一根树枝触动它，它立即就躺在那里不动了。你无论是将它翻过来还是翻过去，它还是一动不动，它在装死。人们不会再对死去的东西感兴趣，这是它装死的理由。它想用这样的计谋躲过劫难，因为它没有别的办法了。它既没有野兽的利爪，也没有飞鸟的翅膀。当我躲在一旁看着它的时候，虫子却又开始爬行了。它已经忘掉了我在它的身边，或者根本看不见我。这是多么可悲，装死成了它唯一存活的计谋。

现在我就是那条装死的虫子，我的每一刻都在惶恐中度过。即使是在睡梦中，也经常会被噩梦惊醒。因为我生活于虎狼之口，我就在它们的嘴里，我可以看见它们的牙齿，感受到它们的涎水，只要它们将嘴闭上，我就完了。原来魏侯还在利用我，用我的国君的名分抑制韩国和赵国。他们已经是诸侯了，已经被天子册封，从名分上说，他们已经各自拥有了自己的国家，那么我连被利用的可能也没有了。

古灵魂

一天，魏、赵、韩三国大军围住了我的都城，并发起了攻击。我让我的将士停止抗拒，打开了城门。他们将我的都城也夺去了。我问他们，为什么攻打我的都城？他们没有给我任何理由。是的，他们没有任何理由，也不需要任何理由。但我知道，若是一个强盗要杀掉你，抢夺你的财物，还需要什么理由么？在一个到处都是强盗的人间，人们无论做什么，再也不需要任何理由了。

　　他们将我驱逐出我的都城，要我迁徙到他们给我安排的地方。我带着我的宫室里的所有人和我的侍卫、士卒，向着远方走去。我的车马一路向东，道路越来越狭窄了，田地里的谷子已经收割了，剩下了短短的谷茬。沿途的落叶铺满了路，我的车轮碾在了厚厚的落叶上，发出了枯叶破碎的声音。农舍越来越少了，荒凉的气息弥漫于空中，我不知道他们将把我迁往哪里，也不知道这乃是怎样的前途。

　　乌云渐渐笼罩了天空，地上的光线越来越暗淡了。我不知道过了多少时辰，天，下起了雨。这雨乃是毛毛细雨，我感到脸上敷上了冰凉的霜雪。几乎没有风，除了车轮的轧轧声，没有别的声音。人们在路上几乎不说话，每一个人的脸上都布满了忧愁。他们和我一样，已经没什么话要说了。

　　我的内心和这天气一样晦暗。我必须活下去，我不是为了别人，而是为了看见他们的结局。我已经看见他们一个个死去了，我还要看见现在那些趾高气扬的人一个个死去。上天怎么会饶恕他们的恶行呢？渡过了一条条河流，穿越了荒凉的峡谷，还有大片大片的沼泽和树林，我好像越来越深入到了蛮荒的年代。几天的行进，已经让我感到精疲力竭。在一座山林中，我让这苦旅中的人们停下来。

我在这山林里大步行走，看着山林里的各种已经渐渐干枯的野草，树上的枯叶在瑟瑟作响。我的脚下软绵绵的，因为我的脚下乃是多少年累积的厚厚的落叶。不一会儿，我听见了泉水的声响。循着这清冽的、令人忘记了一切的声音，我一点点靠近它。这是多么美妙的音乐，人间的哪一个乐师能弹奏出这么令人欣悦的乐声？

　　我坐在这山泉旁边，看着从地下冒出的泉水，我内心的烦恼竟然被它的乐声洗净了。秋雨还在不停地下着，我的身上披着雨披，但这雨披也已经湿透了。我仔细倾听着。这山泉在我的身边出现，在我最痛苦的时候出现，也许是上天对我的眷顾。这泉声是那么委婉，那么感人。它既不是悲伤的，也不是欢快的。它既不是让人振奋的，也不是让人萎靡的。它既没有对人世的留恋，也没有对人世的厌倦。它的声音里似乎没有深奥的含义，却让人感到了它单纯中的深奥。

　　只有它知道自己来自哪里，却不知要到哪里去。它不需要知道。因为这对它来说并不重要，重要的是要冒出地面。从石头的缝隙里，从泥污里，或者从厚厚的落叶里，源源不绝地涌出。它在这里出现，也可以从别处出现。这也不重要。重要的是冒出地面，发出自己美妙绝伦的、清越的乐声。谁在它的身边倾听，或者无人倾听，也都不重要，重要的是它源源不绝地发出自己的乐声。

　　它绝不是孤单的，因为它的身边总会出现其它事物。无论是野草、沼泽、石头，还是大树、大树上的落叶、日出日落，它总是有着伴随者。而现在，我就在它身边，我也成为它的伴随者。即使是黑暗的夜晚，也有明月和群星，也有出没的野兽和不断惊起的飞鸟。它不仅发出自己的声音，它也是万物的声息的倾听者。是的，它倾听，它也回应。万物也在倾听它,也对它的声音做出回应。它怎么会感到孤单和寂寞?又有什么悲痛和忧伤?

不,它也不是快乐的。既然它从来就没有悲痛和忧伤,又怎么会有快乐呢?它不知道什么是悲痛,不知道什么是悲伤,也不知道什么是烦恼,又怎么知道什么是快乐呢?它来自幽深的黑暗,来自比所有地上的根都要深的黑暗,却突然在光明里出现。它带来的乃是地下的被压抑的耐心和等待的决断,它来自地下汹涌的海,却一点点将自己凸显于世间。它是克制的,它是从容的,它是有力量的,也有持续不断的激情。

它的一切让我感动。是的,我不知道在人世间哪里还有这样的力量,既不悲愤也不快乐的力量。它从这里露头,不是为了要到哪里,而是为了看,看四周的一切。它流向别的地方,也是为了看,看四周的一切。它不断地流去,是要看所有的事物。它看见落叶是不够的。它看见了大树和天空,仍然是不够的。它看见了天穹里的繁星,也还不够。它看见了污泥、荒芜、顽石、群山和冰雪,也仍然不够。它不仅要看万物的滋生,也要看万物的死亡。它不仅要看群星的升起,也要看它们归于泯灭。它不仅要看白昼里显现的一切,也要看暗夜里沉没的一切。

是的,它要看的不是开始,而是结束。它最终要看的,不是生长与繁盛,而是衰落和熄灭。它好像看见了整个过程,实际上它只是在观看中等待,等待最后的时光。表面上看,它乃是要看所有的事情,实际上它要看的乃是事情的结局。它要看的一切,乃是一切的灭亡。它有着从未衰竭的耐力,有着从未衰竭的克制,但其中却隐藏着无限的愤怒。是的，我曾说它没有悲伤，乃是因为它没有绝望。我说过它没有烦恼，乃是它没有希望。我说过它没有快乐，乃是它没有愤怒和仇恨。我也说过它没有愤怒和仇恨，乃是它将愤怒和仇恨藏在了等待之中。

　　我从这泉声中渐渐听出了自己。我差不多已经失去了一切，但我看见了一切。我还要继续观看。我也有足够的耐心，我也有足够的时间，因为我活着。我作为一个国君就要死去了，但作为一个见证者却还活着。我没有看见开始，却要看见结局。我也没有看见这一切是怎样发生的，但我要看见这一切将会怎样结束。我没有看见强盗们怎样抢夺，但我将看见强盗们怎样死去。

　　我穿过我的肉体看他们，他们已经死去，他们不过是一具具死尸。他们的心似乎还在跳动，但他们已经死去。我看见我的眼前只有一具具僵尸在活动，他们的每一个动作都是僵硬的，他们的脸上毫无表情，他们既冷酷无情，也失去了人的本性。他们有着肉体的贪欲，却没有灵魂。他们毁坏一切，连他们的生命也毁坏了。我穿过自己的灵魂看他们，他们不过是一些丢在了地上的碎片。他们是不完整的，也许他们从来就不完整。这些碎片早已被踩在了脚下，他们已经被我丢弃了。

　　我的目光将穿透时间，穿透他们的繁盛，穿透春天和夏天的茂密的枝叶，穿透被星光和阳光照亮了的一切，我似乎已经看见了我从未看见的东西。从前我没有希望，现在我也没有绝望。没有希望乃是因为我不可能挽回一切，没有绝望乃是因为我可以看见一切。我坐在这里，不想再往前走了。因为我看见即使走得再远，我还是在流浪的路上。我已经开始了流浪，那么我的一切都在路上了。再往前走，前面仍然是路，即使是现在停下来，我仍然是在路上。我已经不可能逃脱路的惩罚，上天对我的惩罚就是用路缠绕我。

现在我已经被缠绕在路上了，就像被一个蚕茧困死在里面。我已经身不由己。我的命运不在我的手里，而是掌握在别人的手里。既然这样，我还有什么忧虑？忧虑乃是因为选择，选择没有了，就没有忧虑了。但我始终留有一个疑虑，那就是，我的命运为什么让那些既没有仁德也没有智慧的人随意决定？而我又为什么没有能力拒绝？为什么一个进入别人家里的强盗能够变为主人？而真正的主人却被驱逐？为什么上天看见了这一切，却给予了令人难以接受的默许？

无论我是不是理解，事情都是这样。事情本身不会因为你的不理解而改变自身，它不需要理解。这就意味着，理解本身就毫无意义。是的，也许人间的所有事情都不需要理解，因为理解它的奥秘的奥秘就在事情之中。那么智慧还有什么用？仁德还有什么用？礼法还有什么用？秩序还有什么用？星空还有什么用？彩虹还有什么用？一切一切，都是无用的。一切一切，都无须理解。若是一定要理解它，那么它就是它自身。

我还是在一个叫作屯留的地方停住了。这是韩国的领地，我只有面对起伏的群山和无限的荒凉，我将从这群山和荒凉之间看他们怎样衰灭。我的公族就要在这里生活了。我没有别的依托，只有这群山是我的依托。我已经没有立足之地，只有这无限的荒凉是我的立足之地。我是晋国的君主，我是韩、赵、魏三家的主人，但他们已经是我的主人了。但我绝不会承认这一点，我的内心怎么会承认呢？我怎么会承认进入我家里的强盗？

我重新建起了宗庙，将我的先祖请到了其中。我对先祖们说，我将你们安置在这里，乃是因为我被安置在这里。我已经在流浪的途中，这里也仅仅是休息的地方。我已经十分劳累，我需要休息。他们夺去了你们的丰腴之地，将贫瘠之地给了我。他们以为这乃是对我的恩赐，但我知道他们是残暴的，他们的恩赐不过是为了弥补他们抢夺的罪。可我知道，你们不会饶恕他们，我也不会饶恕他们。他们是上天的叛逆者，他们已经失去了上天的垂爱。我就在这里穿越群山看着他们，穿越月亮和太阳交替的时间，穿越四季轮换的时间，看着他们怎样衰灭。我的目光含有你们的目光，让我们在这里一起等待。

他们谁也不想收留我。他们没有杀掉我，乃是因为你们的护佑。魏国和赵国将我抛给了韩国，于是我就来到了这个地方。事实上，他们谁都不愿意接受我，谁又愿意接受一个压在自己头上的君王？我不知道在这个地方能够待多久，实际上，这已经毫无意义。我的路也许会在这里终止，也许我的路还在更远的地方，因为一个流浪者没有终点。我唯一的希望就是一直活着，因为我需要一双眼睛，需要这眼睛放射出的目光，为了和你们一起观看。我现在的内心是平静的，我已经失去了愤怒和绝望，也失去了苍茫之中的前途，所以我和你们一起等待。

即使我死去，我的儿子也会接续我的目光，实际上我已经看见了他们的结果，但我还需要等待这样的结果。我给自己的儿子起名为俱酒，就是让他在酒中看见一切，也在酒中等待一切。是的，我已经给他斟满了美酒，也斟满了苦酒。若是他举起了酒盏，就会从中看见

古灵魂

自身的面容，也会从他的面容中看见我的面容，也会从我的面容中看见你们的面容。我们的面容都将在酒中。这是开始和结束的一连串故事，这是我和你们汇聚的非凡场景。若是我们在饮酒中相会，这是多么令人激动的故事啊。

晋静公

　　我的父君死去了，我成了晋国的新君主。可是我这个君主仅仅是我父君的继承者。那么我继承了什么？他既没有给我留下财富，也没有给我留下土地，我所继承的，仅仅是捕捉到的他的最后的目光。即使是他的目光也是晦暗的。我从这目光中取出了幽暗的微光，将他晦暗的部分归还了晦暗。

　　我所继承的不仅是国君的名号，我还继承了虚无和仇怨。我不仅继承了我的父君的爵位，还继承他的悲凉和苍茫。他给我起了一个悲伤的名字，我只有在酒中沉湎。在漫长的夜晚里，我的仆人点燃了黄豆一样的灯苗，我就在这灯苗的辉映下看着空空的墙壁。我的黑影在墙壁上孤独地停留，它被放大，它让我的面前更加幽暗。它就是我，就是我的悲伤和沉默，就是我的苦痛和无声的呼喊。

　　这呼喊没有人可以听见，只有我自己倾听着它。我看着它，只有一片黑暗，其中却藏有无数秘密。是的，这秘密我也不知道，别人也不会知道。它不仅是我的肉身的投射，也是我心灵的投射。我已经将自己的一切都放在了这个黑影上，一个模糊的、毫无细节的黑影，一个暗淡的、空洞的黑影。我举起了双臂，看见一株光秃秃的枯树，没有枝叶的枯树，它在我的面前晃动。它既是我的影子，也是我的绝望。它里面包含了我的心灵和目光，包含着我的寂寞和忧伤，也包含了我的呼吸、我的面容上的褶皱和充满仇恨的每一根发丝。

我没有光亮，所有的光亮都在我的外面。没有我的黑暗，这光亮还有什么意义？没有我的悲伤，别人的快乐又在哪里？我的黑影就放在了这墙壁上，这是我的最后的土地，最后的财产，最后的门。我不知道这墙壁的后面还有什么，只知道后面是无边的暗夜。我乃是这通往暗夜的门，我将从这门中走出去。暗夜有着所有的事情，后面的灯光将会被彻底抛弃，或者它将永远抛弃我。它抛弃的不仅是我，不仅是我的名号，也不仅是我的肉体和灵魂，还有我所携带的一个国家，一个国家的开始和结束，一段我看见的和看不见的时光。

天下已经大乱，诸侯已经不是原来的诸侯，国家也不是原来的国家了。晋国不是原来的晋国，它已经是三个国家了。它们不断征伐，相互厮杀。它们不仅向着外面厮杀，自己也在厮杀。厮杀成了天下的景观，成为厮杀者的快乐。若是没有厮杀，这人间该有多么寂寞。就像我现在这样寂寞，就像我现在这样绝望。人间乃是用血来描画的，每一个人都在血中描画自己，也描画别人。血在燃烧，血在飞扬，血在喷涌。

唯有我是这血的观赏者，因为我也曾经在血中。我是这血的光焰里的幸存者。我的影子不是灯光投射的，而是地上的血将我的影子映照在墙壁上。因而我面前的门也是血的门。我将从这血的门中穿越，我将从这血中走入暗夜。我将在这暗夜里踩着血走向更深的暗夜。韩、赵、魏三国讨伐齐国到了桑丘，韩、赵、魏讨伐齐国到了灵丘。齐国也已经不是原来的齐国了，它已经是田氏的齐国了，田和也被天子册封为诸侯了，齐康公以及原来的王族被驱逐到海边，住在山洞里，只能依靠渔猎为生。他们煮鱼没有了鼎，只能用钵来替代，最后也一个个死去了。他们面对大海而死，只有汹涌的海涛伴随他们的死。他们的灵魂只能在大海上漂流，在波浪中起伏，在鱼鳖的背上栖息。

晋国的邻邦秦国也好不到哪里。秦惠公死后，他的两岁的儿子即位，年幼国君的母亲成为这个国君朝政的执掌者。她所任用的都是宦官和外戚。为了收买众臣，只有不断赏赐，并加重了税负，引发了民众的怨恨。在魏国寄居的秦国公子赵连回到了秦国，夺取了君主之位，杀掉了秦出公和他的母亲。秦国已经和魏国不断冲突，杀声四起，天下还有哪里是安宁的？即使是中原的诸侯们，也都蠢蠢欲动，不断彼此征讨和杀戮。天下还有哪里是安宁的？在一个不安宁的人间，我还会安宁么？

不，我对安宁的生活已经失去了期待。我只是希望我在这不安宁中望着不安宁的人间。我的父君曾对我说，一切都在观看之中。看是唯一活下去的理由。若是连看的权利都没有的时候，人间就什么都没有了。我的父君带着我们不断迁移，在屯留停下来驻扎。但没有多久就被赵国攻打，我们还有什么力量抵御别人的攻打呢？只有遵从攻打者的命令，又迁移到了端氏。这是一个好地方，只有很少的人家，北面是低矮的山丘，南面乃是河谷和平地。由西而东的河流，缓缓流过，两岸是高大的树林，雾气在林梢飘动。

古灵魂

就在我们居住在这里的时候，也将宗庙迁到了高都。本来我们已经适应了这样既不是君主又不是臣子的身份，也适应了山林间的日子，但即使这样的生活也维持不了多久。我的父君一开始是焦躁不安，渐渐地他安静下来了。这里的四季都是美好的，春天的时候，地气上升，整个地上就像着了火一样，遍地都是烟雾，这样的场景简直是太壮观了。我坐在田边，看着这一片苍茫的景象，既感到地上的生气，又感到眼前的梦境般的迷离恍惚，让我不知道自己是在天上还是在人间。

我也陪伴着父君在河边垂钓，有时一整天都钓不到什么。但我们还是快乐的，因为这眼前的流水让我们忘掉了从前颠沛流离的日子。我们的面影在河水中飘摇，我们好像自己也在这流动之中。难道我们不是在流水中漂动么？我们乃是这河水里的鱼，已经被别人的钓钩钩住了嘴唇，我们已经逃不脱了。他们就要将我们放入身边的鱼篓，然后投入烈火中烧烤。但我也看见那钓鱼者已经被烈火点燃了衣襟，这烈火也将会将他吞噬。

我的父君在这里享受了几年的好时光，他与我在林间漫步，在河边垂钓，在山间狩猎。我能够听见他的笑声了，但我还是听出这笑声中含有的苦涩。他还是在病苦中死去了。他说，我很想多看一眼这人间，因为你这一刻看见的不是前一刻看见的，你以后看见的也不是现在看见的。我知道他说的是什么，他最想看见的就是仇人的死去。

我草草掩埋了他，他已经无法得到诸侯的哀荣了。我只能将他身上的黄土堆得高一点，因为黄土是取之不尽的。我继承了国君的尊位，却没有什么尊荣，也没有什么国家的朝政，唯一要做的事情，就是到高都的宗庙奉祀先祖。只有在这样的时候，我才可以和先祖说几句话，将我内心的烦闷和痛苦予以倾诉。更多的时候，只有和上天倾诉了。可是我不知道上天能不能听见我的祈祷。它若是听不见，我为什么还要向它祈祷？它若是听见了，为什么总是无动于衷？它看不见天下的混乱和不义么？

可是没有过多久，韩国和赵国就派使臣前来，告诉我，他们不再承认我以后还是晋国的君主，他们终于废黜了我的君位。魏武侯、韩哀侯和赵敬侯，把我仅剩的土地也分完了。我现在已经成为一个庶人，一个失去了国君身份的人，一个失去了所有土地的人。他们再也不允许我前往高都祭祀我的宗庙，我只能在端氏遥望我的先祖们。

他们的面目乃是一点点显露的。在先君晋幽公的时候，不得不反过来朝拜韩、赵、魏三家，臣子与主人已经颠倒了位置，只剩下了绛都和曲沃，其它的土地和城邑已经被他们分掉了。先君晋烈公的时候，只能为韩、赵、魏三家奔走，并朝见天子，让周天子册封三家的主人为诸侯。他们已经有了诸侯的名分，有了自己的国家，但在名分上仍然被晋国国君的阴影所笼罩。到了我的父君即位之后，不但失去了土地、财富和都城，连最后仅剩的国君名分也岌岌可危了。到了我即位之后不久，他们就已经迫不及待地废黜了我的爵位和名分。他们以为，只有这样，他们的头顶就没有影子了。

可是，我还活着。他们虽然将我迁为庶人，但我仍然活着。只要我活着，即使他们不承认我，我仍然活着。我的活着也将让他们不安，因为他们的头顶上似乎失去了暗影，但无形的暗影仍然在他们的头顶上徘徊。我的影子已经不在他们的身上了，但我的影子还在他们的内心。我仍然是他们挥之不去的暗影，因为那暗影里有我的目光，有我的先祖的目光，有我的一个个先君的目光，也有他们的先祖的目光，有一个个曾为我的先君的臣子的无数死去的他们先祖的目光，有着无数死去了的灵魂的目光，也有着无数晋国民众的目光。在这么多的目光的审视中，他们的心能够安宁么？

我注视着他们。我不仅在白天注视他们，也在暗夜的星辰下注视着他们。我不仅注视他们的一举一动，还注视着他们梦中的一切。我想，他们即使是在梦中也不是安宁的。他们会在梦中看见我，看见我的先祖，也看见他们的先祖。那么，面对那么多人的目光，他们能说什么呢？他们还是抬不起头来。因为他们可以掩盖一切，可以做一切违背天道的事情，却在梦中不能遮掩自己的本相。

在梦中，他们原本是牛马的，还是牛马，原本是野兽的，还是野兽，原本是虫子的，还是在地上爬行的、在地穴中栖身的虫子。他们醒来的时候，似乎坐在了高高的座位上，但他们在睡梦中，又回到了自己的洞穴。那么，他们能不为这梦中的景象而感到恐惧么？难道不为这梦中的景象而感到卑微么？难道不为自己的卑劣而痛苦么？是的，他们必定害怕我。不是仅仅害怕我，而是害怕我身上所放射出来的幽暗的光。因为我的幽光将刺穿他们虚假的面孔，刺穿他们卑弱的灵魂。我的利箭将从这贫瘠的地上射向他们，他们又怎能不感到这疼痛？他们想飞到天上，但我的箭射断了他们的翅膀，他们将掉落在污泥里。

我的名字是俱酒，我的父君已经给我斟满了酒。我就饮着美酒等待吧，实际上我在等待中看见了他们。几年过去了，他们一个个死去。赵敬侯死了，接着韩哀侯死了，又接着魏武侯也死了。他们都不会长久。他们得到的，将留在人世间，而他们将在死亡中失去所有的东西。赵敬侯是赵烈侯赵籍的儿子，他的父亲死了，他也死了。又接着，继位的赵成侯也死了。韩哀侯是韩文侯的儿子，他的父亲死了，他也死了。魏武侯是魏文侯的儿子，他的父亲死了，他也死了。我饮着美酒，看着他们一个个死去。他们废黜了我的国君之位，他们一个个死了，我还活着，因为我还在看着他们一个个死去。

我的酒樽里浸满了死者的影子，我一边饮酒，一边嘲笑着他们。我经常在梦中痛斥他们的亡灵，以至于他们再也不敢在我的梦中出现。我似乎变得快乐了，因为我已经看见了仇人们一个个死去。我想起了复仇者豫让。他是愚蠢的，他的复仇也是愚蠢的。所有的复仇需要等待，但他不愿意等待。若是在等待中看见了仇人的覆灭，就意味着上天已经替你复仇。豫让的复仇不仅是徒劳的，也是愚蠢的。

因为他乃是为了主人而复仇，为了主人曾经给过他的恩赐而复仇，却不是为了真正的仁义而复仇。因为智伯也不是仁义的，他乃是为了一个不仁者而向着另一个不仁者复仇，他怎么能得到仁义呢？他们都不是好人，你为一个坏人复仇，却得到了另一个坏人的宽恕，这样的复仇有什么意义？你乃是为了自己凉了的饭肴而复仇，这不过是对从前的不仁者的一次祭祀，这又有什么意义呢？他的仁义不在他的心中，而在他失去了的饭肴里，这不过是为了向曾喂养自己的主人显示忠诚而已，怎能谈得上仁义呢？他哪里知道，仁义从来不是喂养出来的，因而从复仇中得不到它。

我不需要复仇，因为这复仇已经在我的等待中。我也不需要别人为我复仇，因为别人的复仇将夺走我的仁义。我的仇恨既不在过去，也不在现在，而是在虚无的时光里。我的仇恨一旦被虚无的时光接收，它就转变为我感受不到的虚无。既然着仇恨也变得虚无，我又怎么愿意在无数的死尸上再堆放另一具死尸？因为死尸已经够多了，血已经足够淹没人间。没有仇恨，怎能有爱和光明？没有白天，又怎能有夜晚？没有春天，又怎会有秋天？是的，所有的东西都是相伴而生，我又怎能将其中的一样单独取出来，放在这浑浊的人间？让我的仇人自己爬到这死尸中去吧，我只是看着他们从那里爬上去，又被另一具死尸压在下面。我还要看着蚂蚁怎样一点点用小小的螯子割下他们的肉，又放入它们幽深的地穴里。

老仆人

端氏是一个很好的地方，这里有着群山和河流，有着平川和好田地。我侍奉我的国君，和他朝夕相伴。我看见他总是忧心忡忡，他的脸上从来没有笑容。他的眉头紧紧皱着，以至于在眉宇之间有了两道深深的刻痕。那两道刻痕里，已经将自己所有的悲苦刻在了其中，它就像深深的沟壑，深邃的沟壑里有着奔腾的激流。实际上，韩、赵、魏三家已经不再承认他是国君了，也就是说，他已经是一个庶民，但在我的眼里，他永远是我的国君。这晋国乃是周天子封给他的先祖唐叔虞的，乃是他的先祖一代又一代继承的。可是他失去了晋国，失去了一切，六百多年的晋国，从他的手里失去了。他的手不够大，攥不住这庞大的晋国了。他的手也不够有力，攥不住这国君的名分了。

他的衣裳上披满了风雨，披满了星辰、阳光和晦暗的浓云，只有闪电和雷鸣在上面交织，我似乎从他的衣裳上看见一阵阵闪电一样的仇恨和雷鸣般的忧愁。在春天的时候，我陪着他到野外踏青，他会突然萌发孩子一样的好奇，他用手刨开土地，看看土地里埋藏的草根。他说，你看，它们开始发芽了。他看着地上刚刚露出来的草叶，他说，这多么好，我不知道它们是怎样用这么柔软的叶子顶破坚硬的土层的。柔软的力量要比坚硬的力量更强。

在农夫开始耕耘和播种的时候，他会默默地坐在地上，看着农夫播种的背影。他说，这是一年中真正的开始，岁月是从播种开始的，但所有的事物都在等待收割。我的土地上长出了太多的杂草，我的谷苗早早就被毁坏了。只有秋风能让野草干枯，然后严冬的冰雪将覆盖它们。我的田地里已经没有收成了，我的粮囤里也没有多少存粮。他羡慕地看着农夫沿着田垄走着，他又说，我不是一个好农夫。

夏天的时候，我陪着他在大树下乘凉。他说，我活着就是为了看见他们，现在他们一个个死去了，我为什么还要活下去？我所看的都没有了，剩下的时光我该看什么？向上的路就是向下的路，我已经看见了。你看，赵成侯已经死了，他的两个儿子开始了争夺。太子赵语夺去了君位，公子赵绁逃走了，已经逃到了韩国。看来韩国和赵国将要开战了。让他们厮杀吧，这是他们的本性。他们都要在自己的本性里死去。他们可以逃脱对手的惩罚，但不可能逃脱自己本性的惩罚。他们的本性就是他们的死罪。

这个赵语也是一个狠毒的人，他刚刚即位就来攻占端氏，他已经等不到收割的季节了。他占领了端氏，夺取了国君最后的封地，将我们重新迁回了屯留。屯留在端氏的北方，那里的冬天要比这里寒冷，寒风将卷起地上的冰雪。我的国君带着族人，又开始了颠沛流离的日子。我们开始了又一次迁徙。雁阵向着南方飞，我们朝着相反的方向走去。真正的秋天现在才开始。农夫们已经收割完毕，留下了空空的土地。不是，也不是完全空空的土地，地上布满了收割之后的残余，凌乱的秸秆和干枯的碎叶。鸟雀在地上捡拾着掉在土里的谷粒，这是它们的好季节，也是最后的好季节。

我们来到屯留的时候已经是冬天了，天已经越来越冷了。地上散落的枯叶已经蒙上了白霜，它看起来就像一个个小的坟包。这是我们又一次返回屯留了。这里群山环绕，但却一片萧瑟。韩国的君侯在这里迎候我们，他见了我的国君之后，仍然施行从前的君臣之礼。这里乃是韩国所辖的地方。韩国的君侯满脸笑容，似乎十分热情周到，我的国君竟然感到惶恐不安。他已经不适应做一个国君了，因为他已经忘掉了自己被废黜的国君名分。

韩侯说，别人已经忘掉了你，我却不会忘记旧主。若是没有旧主的恩德，我怎么能够成为现在的样子？晋国本应是你的，但赵国和魏国要分掉你的土地，我的先君所做的一切都出于无奈。这里的严冬是严酷的，我让人为你准备了柴火，你们就住下吧。只要我有一粒谷子，我也会用小刀仔细地剖开，给你半粒以充饥。

我的国君说，我已经不是国君了，我乃是你土地上的庶民。我本应向你施以君臣之礼，怎么能接受你的礼拜呢？你已经是诸侯了，我住在了韩国的土地上，就是你的臣民了。韩侯说，怎么能这样说呢？过去我的先祖都是你的先君的臣子，你仍然是我的主人。我怎么能忘记我是谁呢？别人忘掉了，我不会忘记。

我们住下来的时候，收拾从前居住过的房舍。它们已经破败不堪，我们将其修整之后，屋顶开始冒出了炊烟。更多的是原来农家的茅舍以及山崖上的土窑。寒冷的土地上渐渐充满了热气。韩侯还派人送来了漂亮的韩妃，让她陪伴和照顾国君的起居生活。国君脸上的忧伤渐渐消失，他似乎改变了自己。但他还是对我说，韩侯脸上的笑容是虚假的，他的笑容的背后乃是仇视和敌意。他所说的一切都是虚假的，这热情的言辞背后还藏着冷酷无情的言辞，我没有被他的虚假所迷惑。

他说，我仍然要诅咒他们，仍然要诅咒他们的后代，永远要诅咒他们的一切。他们没有一个是好人，也没有一个是有德行的。他们已经习惯于欺诈和抢夺，你怎么能相信住在你家里的强盗？他的背后就藏着剑，可是他还是满脸堆笑，这是从他的脸上露出的雪亮而迷人的刀尖。他们所说的和所做的从来不是一回事。他们所说的，乃是说给你听，而他们所做的乃是强盗所做的事情。你要看见，他对我说话的时候，牙齿上还沾着血。他们看起来也彼此争斗，但这争斗也是强盗自己的争斗，他们即使对自己一伙的，也毫不手软。

他说，我诅咒他们，他们看起来是晋国的臣子，实际上乃是晋国的奸贼。他们嘴里所说的仁义和忠贞，和心里所想的篡夺，相互映照。他们嘴里所说越是铿锵有力，越是显得真诚，他们内心的奸邪和坏主意就越多。这三家终究要衰败，终究要灭绝，他们的后人也要遭到天谴，没有人能逃脱惩罚，他们都不可得到善终。我已经没有别的可以贪图，也没有别的可以指望，我所拥有的，就是对他们的诅咒，不断的诅咒。他们听不见，但上天能够听见。他们听不见，但天下的人们可以听见。因为这诅咒不仅仅出自我的舌头上，而是这诅咒就在他们所做的事情里。

我要对着河流诅咒他们，我要对着高山诅咒他们，我也要对着每一块土地诅咒他们。我的诅咒在流淌的河水里，在生长的树木里，在摇动的每一片叶子上，在山丘的每一块石头里，在每一粒沙子里，在天空的云朵里，在暗夜的星光里，在夏天的暴雨和冬天的飞雪里，在他们采摘的每一个果子里。只要他们还活着，我的诅咒就会伴随他们。不论他们走到哪里，都会遇见我的诅咒，因为我的诅咒无处不在。

我每天听着国君对三家的诅咒，我感到了他们的末日就要来了。无论是哪一个人，怎能经得起一个国君不断的诅咒呢？他是一个被废黜的国君，但他仍然是一个国君。一个国君是不能被废黜的，因为他生来就是国君，他是被上天差遣的，不是被人间命名的。没有人能够废黜他，没有人能够藐视他，也没有人可以怠慢他。可是这一切都发生了，那么上天就听不见他的呼喊么？

晋静公

我还是被迁往了屯留，这是我先君曾经停留过的地方。端氏已经到了赵家的手里，我的宗庙也被废弃了，我只能远远地望着。但我望见的乃是南方飞来的云朵，乃是南面飞来的乌鸦，乃是南面吹来的风，我的眼里已经看不见南面的高都了，也看不见我的绛都了，看不见我的曲沃了。我的先祖的地方都被他们夺走了。

是的，一切都没有了，一切都看不见了，只剩下我孤零零的一个人。晋国的命脉只有我一个人承担着，若是我死了，晋国也就死了。若是我死了，先祖开辟的几百年基业也就彻底崩塌了。实际上，我已经看见了这崩塌，看见了我的末日，也看见了别人的末日。无论是天上还是人间，我都看见了。

现在我的仇人们都已经死去了，我只想让自己过得平静一点。我想就像平缓土地上的河流一样，缓缓地流淌。我想使自己的愤怒和仇恨熄灭，度过最后的日子。屯留是一个贫瘠的地方，但也是一个幽静的地方。在这里我可以听见群山的声音，听见河流的声音，也可以听见草木的萌发和繁荣，可以听见秋天的落叶。我可以听见窗外的雨声，也可以一夜之后推开门，看见茫茫的白雪。

它们都是我自己。我从群山的呼吸中听见了我自己的呼吸，我从河流中看见我自己的流淌，我也从草木的萌发和繁荣中看见我的晋国的过去。那些消失了的往事总是浮上心头。繁荣总有过去的时候，落叶的季节总会到来。那激越的暴雨将冲刷掉地上的灰尘，又要卷起地上的污泥。无数的泡沫从积水里激起，但很快就会归于泯灭。从暴雨的景象中可以看见一代代人出现，又不断消逝。每一个泡沫都是一个面容，但我还没来得及看清他们的时候，他们就被另一些泡沫所替代。最终，大雪将覆盖一切，我的眼前只有无限的空茫，人间的所有事物都压在了白茫茫的雪层下面。

我也被压在雪层之下，因为夏天的繁荣已经不属于我了。我就被埋藏在冬雪里，等待着春天的融化。韩侯给了我韩妃，我一直对这个女人保持着警觉。因为她是别人给我的。我不相信别人，别人给我的，我就要相信么？若是她是韩侯安插到我身边的刺客，那么我岂不是随时都可能死于一个妇人之手么？

过了很多的日子，她小心翼翼地侍奉我，我觉得自己已经离不开她了。很长时间以来，我已经忘掉了女人，因为我的忧伤、悲痛和仇恨损毁了我对女人的爱。从前的女人已经离我而去。我已经失去了一切，包括爱她们的理由。让她们爱别人吧，因为我的爱已经转化为仇恨，而女人是不应该被仇恨的。何况，我的仇恨和她们无关。我的仇恨乃是我的仇恨，让她们离开我，乃是让她们不要沾染我的仇恨。仇恨是黑暗的，她们应该行在光明里。她们应该拥有爱，而我已经失去了爱的能力，仇恨占据了我的一切，我的内心既没有爱的力量，也没有爱的理由了。

是的，她的温暖融化了覆盖在我身上的冰雪，我似乎从仇恨中苏醒。我微微感到了一点快乐，因为我从她的爱中汲取了快乐的源泉。我已经受尽了颠沛流离的痛苦，我已经不习惯于寻常的日子。我总是被别人攻打和夺取，我总是被别人放逐，我总是在流浪的路上。现在我想停下脚步了。我想居住在温暖的屋舍里，然后从窗户中看看外面的美景了。可是我看见的只是别人的美景，我的美景又在哪里呢？

我的身边除了我的老仆从之外，又多了一个韩妃，一个女人，一个面目姣好、让我感到赏心悦目的女人。对我来说这意味着巨大的变化。我似乎已经不再孤单和寂寞，我的脸上也出现麻木的微笑。我知道自己的微笑是勉强的、僵硬的、尴尬的和不自然的，但它毕竟是我的微笑。这意味着我对仇恨的淡漠，也是对我自己的遗忘。我不过是仇恨的影子，若是遗忘了仇恨，这影子也就消失了。是啊，我的仇人已经死了，我的仇恨又在哪里落脚？

但我仍然有着虚无的仇恨，它没有形象，也没有线条。它没有筋骨，却有着绝不屈服的力量。它没有复仇的剑，也没有复仇的可能，却有着复仇的意志。可是它在哪里埋伏？它在哪里潜藏？它在哪里容身？它又在哪里降落？它的华美的舞姿在哪里旋转和飞跃？它的无形的剑法从哪里划开弧光？一个没有复仇者也没有被复仇者的空中对撞，一个失去了雠仇也失去了自己的虚幻的飞翔，一炷虚无的烟气从我的伤口上飞扬而出，源源不绝地消散于高高的天穹。

有一天，我来到了山间。我站在高处，好像置身于人间之外，看着一些小村落的屋舍上弥漫着午后的炊烟。它从浓烈到淡薄，就像无数的往事一点点散尽。严酷的冬天又一次过去了，冰雪已经融化，我的脚下已经看见了一些野草的嫩叶，眼前的树木上呈现出淡淡的黄色，它们的身上披上了一层毛茸茸的衣裳。一些鸟雀在土地上寻觅食物，我不知道它们究竟在寻找什么。我看着远近的一切，感受着世间又一个季节的轮替，感到了阳光将我的目光带到了另一个日子里。

我不知道自己过了多少个日子，也不知道这一生为什么要经历无数的磨难。我远望着我来到这里的路。那条路上有几个行人，蜗牛一样行走。他们就像几个小小的黑点，一点点移动着。我来这里的时候，是不是也有人坐在这里看着我？从白昼走到了暗夜，就像大片的田地飞到了高处，飞到了黑暗里。我路过河流的时候，看见了天上的飞鸟和水中的游鱼一起出现在水面上。天上的白云和岸边的树梢一起出现在水面上，我的面影和微风吹起的涟漪一起出现在水面上，我乃是与天上的事物和地上的事物在一起。

我曾面对着河水对韩、赵、魏三家发出诅咒，我说，他们这些从前的臣子，忘掉了自己的本分，也忘掉了几代先祖对国君的誓约，也忘掉了自己的忠贞。他们从污泥中爬出来，忘掉了自己身上沾着的污泥，忘掉了自己肮脏的过去。他们用更为肮脏的手，夺去了我的一切。他们乃是晋国的奸贼，窃取了不该他们得到的一切。他们都将死去，悲惨地死去，他们夺取的都将失去，他们都要灭亡，他们的后代也不会善终。

现在我又一次站在春天里诅咒他们。是的，我在这里诅咒，让上天听见我的诅咒，让他们的双耳灌满我的诅咒。我已经看见他们一个个死去，他们都是短命的。因为他们所享有的，原本不属于他们。我

古灵魂

也会死去，但我比他们活得更为长久。重要的是，我的国灭亡了，但它仍然活在时间里。然而，他们将在时间里腐朽，在烈火里成为灰烬和烟气。我的灵魂也将一直诅咒他们，而他们的灵魂也将埋入深深的泥土，和他们的肉体一起腐烂。

我望着夕阳，回到了我的居舍。韩妃给我端来了饭菜。我吃了一点，就早早睡在了卧榻上。黑暗已经笼罩了我，我只有和这黑暗一起入睡了。我的老仆从给我掖好了被角，我的浑身变得暖和起来，春天的寒气从我的身上散尽了。窗上摇曳着树枝的暗影，让这些美好的影子在我的睡梦中摇动吧，我就像睡在了波浪中晃动的舟船上，我不是为了到达彼岸，而是为了等待着舟船的倾覆。

卷五百九十七

掘墓人

　　唉，这个人死了。他是晋国的最后一个国君，他和他的晋国一起成为了僵尸。据他的老仆人说，他前一天还很好，他登上了东面的高山，一直在山顶看着，一直看着夕阳落下。他说，我一直在他的身边，他不知看着什么，眼睛里却是空洞的，似乎什么都没有看见。他好像在等待着什么，似乎就等着西边的日头一点点落下。他目不转睛地盯着夕阳，看着它挨近了山头，又看着它沉入了山下。

　　我可以想象那落日的景象，因为我也曾看过落日。那时候的太阳十分辉煌，就像西边整个山头烧起来一样。群山呈现黝黑，而山脊线却变得十分明亮。好像一道光从山的一边划到另一边。他为什么要看这样的情景？也许，他自己就像山上的奇景一样，等待着熄灭？或者他从中看见了什么？或者他已经感到自己就要死去？我听说，喜欢看落日的人和喜欢看落花的人都有死的渴念，他将落日和落花视为自己的形象。

　　那个老仆人还说，国君在临死前总是听见落叶的声响。可这是春天啊，哪里会有落叶？人死前是有预感的，他也许早已知道自己就要死了。老仆人说，他天还没有亮就起来了，等待着国君醒来。从前每一天国君都会早早起来，在庭院里走一走，围绕着庭院里的大树转几圈，然后开始用餐。可是这一天老仆人一直等到太阳出来，国君还没起来。他进入了国君的屋子，国君仍然躺在床榻上，而他身边的韩妃已经不见了。

老仆人已经发现国君死了，他的鼻子前没有了气息，身体也已经僵硬了。看来是韩妃害死了他。一定是这个女人给他的饭菜里放了毒药，不然他昨天还好好的，怎么一夜之间就死了呢？不然韩妃为什么逃走了呢？她来到他的身边，乃是接受了韩侯的命令，她就是等待一个好机会，将国君杀掉。一开始，国君不信任她，她就用女人的娇媚让国君喜爱，用温柔和虚假的真诚换取了国君的信任，然后她就用这信任杀死了信任者。

他也该死了，他已经受尽了各种折磨，不是被别人折磨，就是被自己折磨。要是在折磨中生活，生活还有什么意义呢？若是他从来没有做过国君，他就不会有那么多忧愁，也不会有那么多折磨。可是他真的是一个国君，他生来就是一个国君，却失去了这国君的名分，怎能不感到绝望呢？若是他就像我一样，每天给死去的人掘墓，他就会感到自己活着就是最好的，所以应该感到无比的快乐。他的心里就会说，瞧，又一个人死了，他是多么不幸和悲凉，而我还活在人间。

我曾在深秋的原野上，看见了无数草木的凋零，但我发现在这枯草丛中，却有一朵小兰花绽放。它是那么耀眼，与蓝天拥有同样的颜色，却与所有的枯萎的草木形成了对照。它是那么骄傲，它挺直了腰肢，用这耀眼的蓝花瓣面对着天空。它是见证者，也是这深秋的感受者。它是死亡的见证者，也是面对死亡而感到欢乐的骄傲者。从前有多少花朵在这里开放，它们就像花的湖海一样，一浪推着一浪，仿佛它们是无穷的，它们的生命也是无穷的。但残酷的秋天让它们显示了真相，它们一朵接一朵地枯萎，一片接一片地掉落在荒草里。那么，这最后的小花朵不是最快乐的么？

从前我不可能见到一个国君，因为他们在宫墙里，他们的奢华我也不曾看见。但我看见了晋国的最后一个国君，他和我一样，居住于极其平常的农家的屋舍，他也没有多么神奇和神秘，他就是一个普通人，一个和我差不多的人。只是他的脸上没有我的笑容，他总是皱着眉头，脸上刻着深深的皱纹，眼睛里充满了忧郁。我路过他身边的时候，他不经意地看了我一眼，然后转身向我施礼。他知道我就是他的掘墓人么？为了他的施礼，我要为他将坟墓挖得深一些，让一个死者住得安心，也不被地上的事情扰乱他的安睡。

他的先祖曾拥有广袤的领土，可是他却什么都没有。实际上，那么多的土地有什么用？那么多原野上的小花朵，仅仅有着扎根的一小块地方，但对它来说已经足够。它从来没有为此感到忧伤。而且每一个人都有自己的命运，没有哪一个人的命运和别人相同。你的先祖的东西不过是属于你的先祖，而你却想着拥有和你的先祖同样多的东西，这怎么不让你感到绝望呢？先祖的辉耀不一定就能披到你的肩上，就像太阳的光不可能在黑夜照耀。你若是在黑夜，就要接受黑夜的幽暗，就要在星辰下寻找自己的幽光。

就拿我来说吧，我不知道我的先祖是谁，因为我已经忘记了他们。我和他们从未见面，为什么我要记住他们？我能记住我的父亲，

古灵魂

也知道自己的祖父，以前的人和事我怎能知道呢？他们的从前也许是富有的，也许是贫穷的，但他们已经与我无关。我忘记了他们，不是因为他们不曾存在，而是因为他们离我太远了。我即使是记住他们的一切，他们也不能代替我在人间生活。我所遭受的苦楚和快乐，他们都不知道。既然他们不知道我，我为什么要记住他们？他们的属于他们，而我的属于我。

这个国君就是不明白这一点。他觉得从前是怎样的，现在也该怎样，从前属于先祖的就是属于他的。这样，他怎能从痛苦中解脱？从前多少国君烟消云散？多少国君死于非命？从前属于自己的，都归于了别人，而别人夺取的，也将归于另外的别人。不论是土地还是权力，今天还在这个人手里，明天就被另一个人攥住了。攥住了的感到了欣喜，失去了的感到了悲痛，可是万物不就是在流水里漂浮么？你怎知道它漂浮到哪里？流水里只能照见自己模糊的面容，却照不见你手里攥着的东西。

这个国君带着空空的两手来到了这个偏远的地方。他已经几经迁徙，就像寻找食物的飞鸟，不断被赶走，又不断飞回来。我听说，他对这样的日子已经厌倦，每天都到山头上看着远处。可是远处又会给他什么呢？远处不过是一些飘荡的炊烟，不过是一些交错的路，不过是农夫在田间操劳，樵夫在山间砍柴。不过是群山在蜿蜒起伏，不过是树木在生长，草木在开花，还有什么可以看的呢？

往事不在远处，而是就在自己的身边。放弃了眼前的事情而遥望远处，这乃是愚蠢的。他的日子一个个过去了，却不知道这日子里应该获得快乐。没有比快乐更重要的事情。而他已经是一个庶民了，却一直惦记着自己的从前。他注定要在悲伤和仇恨里度过每一天。我听说，他每天都在诅咒仇人，可是仇人能够在诅咒里死去么？他的诅咒更多地留在了自己的内心，这就让自己的悲痛和仇恨加深。我知道他曾拥有很多，可是他却不知道失去所拥有的之后，该怎样对待自己。

我曾看见路上的一个小水洼。也许那个小水洼是很多日子前雨水将它灌满的。那个小水洼里水是那么清澈。我蹲在那里，看着这一片水，有着别人的脚印，也有着深深的车迹，还有不知什么野兽的脚迹、鸟儿觅食的趾痕。里面竟然有了游动的蝌蚪和很多小飞虫，还有一种奇特的小东西，能够在水面上自由自在地行走。它的长长的腿就踏在水面上，行走的速度很快，只在水上留下几道划痕。重要的是，水面上有着一切一切，蓝色的天空和奇形怪状的云，有着周边的树枝和叶片，有着枯木的影子以及树枝上鸟儿将头埋入怀中的形象。一切一切，都在这清澈的映照之中。

我一点儿也不羡慕那些争夺天下的诸侯，因为他们只是将目光投射到大的地面上，却不知道小的地方也拥有一切。他们怎能看见这小水洼？怎能看见这小水洼里映照的一切？他们的争夺似乎是快乐的，但他们在得到和失去之间，永远在无止境的欲望中寻找着忧伤。他们怎么能知道小的事物之中竟然包含了一切，包含了他们所要获得的全部？他们看见了大的美好，却不知道在小的地方有着大的全部美好。他们用血腥夺得的一切，又怎能感到其中的美好？因为他们的美好已经浸泡在了血腥里。

韩、赵、魏三家声称为了天下而剥夺了他们的国君的权力，也夺去了他的土地和都城，但他们仍然是为了自己。他们也声称为了仁德而四处征讨，实际上也是贪图别人的土地和财富。他们每一个人都声称自己乃是拥有仁德的，但他们所做的一切乃是毁损了仁德。他们还声称自己乃是为了天下的秩序和礼法，但谁又是这礼法与秩序的裁决者？谁又不是这礼法和秩序的毁灭者？他们声称要做的，乃是他们想做的事情，而所有的结果和他们所说的正好相反。他们要种一棵树，乃是为了摘取树上的果子。

这个死去的国君也是这样，若是他真的是一个国君，他也和剥夺他的一切的人一样，也要去剥夺别人的一切。他失去了一切，也就失去了剥夺别人的能力，他为这样的失去而痛苦，而感到悲伤和仇恨。他的痛苦和仇恨不是来自别人的剥夺，而是因为自己失去了剥夺的权力。他表面上乃是诅咒别人，实际上也在诅咒自己。所以他的痛苦和欢欣来自同样的东西。提审者和罪犯是同样的人，提问者和回答者是同样的人。他们既是顺从者也是叛逆者，既是凶残的罪孽者也是仁善的怀有者。若是他们的心中没有仁善，就不会声称自己拥有仁善。若是自己没有凶残，就不会用凶残来对待别人。

他们是圣人也是强盗，他们是真诚的也是虚伪的。他们至少是伪装成圣人的强盗，他们至少是伪装为忠臣的奸佞。韩侯可以毫不费力地将国君杀掉，却要让一个女人暗杀他。他有的是兵卒和刀剑，却要让一个女人使用毒药。韩、赵、魏三家谁都想杀掉他，却谁都不愿意伸出手里的剑。韩侯完全可以露出自己的面孔，却要戴着假面去行刺。国君来到这里的时候，韩侯是多么热情和尊敬，多么遵从君臣的礼法，但他的背后却藏着恶人的刀子。他的脸上飞扬着笑容，却在这脸的背后还有另一张脸，那张脸上的表情谁也看不见。他之所以不敢露出自己的真面，乃是因为他知道这行刺乃是不义的。他不敢露出自己背后的刀子，乃是因为他不敢露出自己的凶残。要告诉别人他的仁善，就要戴上圣人的假面，但这假面的背后却是一张恶徒的真面。他藏起了真实的卑污，换作了一个摆在了前面的干净的自己。连他们自己都怀疑，这难道就是自己么？

他们不敢承认自己卑劣的本性，只承认自己没有的东西。他们让别人看见他们站在干净的草地，实际上他们的内心却在污秽中徘徊。他们用血来洗自己的双手，而双手却愈来愈肮脏。他们对别人说的和对自己说的不一样，因为他们乃是圣人和恶徒的结合，他们想将自己恶徒的一面分离出去，但这恶徒却牢牢地粘在了他的本性上。他想将圣人的面目显露于世间，但恶徒的形象却总要冒出自己火焰般的凶光。

是的，我是一个掘墓人，是一个死的观赏者，我埋葬过无数的死者。他们有的是无辜的，有的是罪有应得。有的是寿终正寝，有的是死于非命。有的是暴病而亡，有的是突遭不测。但无论他们是怎样死的，最后的结果都是一样的。也许这是最后的公平。我乃是这最后的公平的实现者，我将死者埋入了泥土，也将死者的无辜和罪孽埋入了泥土。我用耒耜挖开土地，坚硬的土地，使我紧握木柄的手一次次感到了震撼。

我要为过去掘墓，因为死者都属于过去。无论他做过什么，都已经属于过去。但是埋葬一个国君却是第一次。可是对于一个死者来说，死去的国君和别的死者又有什么差别？他们都已经是一具僵尸，是失去了灵魂的僵尸，他们的生活已经结束了，永远结束了。我乃是

古灵魂

用泥土和他们告别。我要用好日子来为他们准备死后的居所。他们的血肉将被泥土吸收，被泥土中的蝼蚁吃掉，剩下一具具白骨。这是他们所剩的记忆，也是他们生活的浓缩。

可我现在是为一个国君掘墓，不论怎样，他曾经是一个国君，一个被废黜的国君，一个名义上的国君。但他仍然是一个国君，因为国君是生来的，不是一个人想成为国君就能成为国君。他的身上曾有着无数代国君的血脉，有着从唐叔虞开始就拥有的名分，有着别人不能占有的东西。他们只有杀掉他，却不能占有他的全部。他们可以占有他的土地和财富，却仍然不能占有他的全部。他们可以用诡计和刀戈让天子册封他们为诸侯，但却仍然不能占有他的全部。为了让这全部消逝，唯一的办法就是杀死他，让他的全部葬入泥土。不能占有的，就毁掉它。事实上他们就是这么做的。

你见过一片树叶是怎么掉落的么？我在秋天的时候看过它。它先是变得干枯，然后才会掉落。它乃是从叶边开始枯黄，一点点侵蚀到了中间，最后它枯黄了。秋风到来的时候，每一片树叶都试图紧紧抓住树枝，但风越来越大了，它们渐渐松开了手。然后它们在空中翻飞，旋转，飘动，不想落到地面上。但它们终究要落下。即使是落到了地面，也是将自己的正面向上，想让我看见它的正面的形象。但是连这样的机会，秋风也不会给它。秋风还是要将它反过来，那么它的面孔也被盖住了，它的背影就是它给世间的最后形象。是的，你要是留心地上的树叶，绝大多数的树叶都是背面朝上，只有少数树叶能够仰面朝上。这就是秋风的残酷，这就是命运的残酷，这就是我们可以看见的真正的时光。

我要精心挖掘这个国君的坟墓，我要给他更大的空间。因为他不仅是一个人，还是一个国君。虽然他和别的死者没有什么差别，但他仍然是一个国君，一个名义上的君主。他意味着一个消亡的国家，一段消亡的时间。让这时间留在泥土中吧，除了泥土，没有什么能盖住时间。我的每一铲泥土，都堆放到了墓穴的上面，堆放到地面之上。这泥土中有着亘古不变的严厉，也有着亘古不变的温馨。

无论是夺取者还是被夺取者，他们都说自己乃是为了天下的苍生，可是他们所做的一切是我们需要的么？农夫只需要土地，那么他们的彼此残杀和争夺是农夫所需要的么？樵夫只需要一把自己的斧头，这斧头上有着自己内心盛开的花，可是这又和别人的争夺有什么关系？我只需要把地下的土挖出来，然后再覆盖到死者身上。我需要他们的许诺么？他们不论占有了多少土地，这和我们又有什么关系？我只需要一把耒耜，需要用它挖出土地上的土，挖开地下的墓穴，让死者一个个找到自己的安身之所，我需要那些争夺者的许诺么？

面对一个个死去的人，所有的许诺是多么苍白，多么空洞，多么无力。他们许诺，然后他们死去，在我看来，没有比这更真实的了。即使是我所要埋葬的这个国君，他也不是无辜的。他乃是带着从他的先祖以来几百年的血腥和残酷，带着晋国的全部灾难和杀戮，带着无数人的悲痛，被别人杀死的。不是这个人有多么深的罪孽，而是他的血脉里奔腾着从没有停歇的罪孽。这是多么悲凉的人寰，白骨不断像树叶一样被吹散，掉落在了时间深处。

晋国已经几百年了，我不知道它究竟有多少年，但它的寿命已经很长很长了。它已经历尽沧桑。它从萌发、成长、繁荣到叶片落尽，以及到了根须腐烂，已经度过了自己的一生。它说出的已经说出，没有说出的就保留在这具僵尸里。它该说的已经说了，剩下的就是将来的倾听，它只有在无限延伸的时光里等待自己的倾听者。它的故事将不是完整的，因为它的落叶都是一些碎片，以后以及以后的以后，没有原来的树枝可以将这些碎片连接在一起。谁也逃脱不了时间，一切都是时间说了算。

　　我就要埋葬的这个人，继承了这些凝聚在白骨中的时间，并将自己的生命和这一切捆绑在一起，沉入泥土覆盖住的无限的黑暗里。他再也看不见天空了，看不见蓝天和白云，看不见日出和日落，看不见季节的交替和寒暑的轮换，看不见地上的繁荣和萧索，也看不见人间的悲苦和欢乐了。若是他还在黑暗里梭巡，也只能沿着自己的白骨寻找失落了的往事。我将要埋葬的不仅仅是一个人，而是一个遥远的国家，一段惊心动魄的、起伏跌宕的、翻滚着悲伤的、散发着血腥的往事，一条一点点干涸的血的河流，一条漂浮着泥土、石头、树叶、尸骨、雷电和月光闪烁的河流。

　　我将要埋葬的不仅仅是一个人，而是群山一样绵延了几百年甚至更久远的一代代君王、一个个国家和包含于其中的奢侈的、奢华的或者贫瘠的、伴随着饥饿和死亡、繁荣与枯萎，也伴随着仁义和恶行的生活。我为了埋葬这一切挥洒着汗水，我的热汗不断从我的头上滴落，每一滴落地，都能听见巨大的回响。我所要埋葬的这个人是孤独的，因为他一直和他的晋国为伴，而这样的伴随者已经是虚空的，就像烟雾一样在虚空中扰动，但这烟雾本身也是虚空的。他还与自己的羞愧、屈辱和仇恨为伴，而这羞愧、屈辱和仇恨也要沦为虚空。因而他的孤独乃是时间里的孤独，他的眼睛充满了忧愤和忧郁，他看见的从来不是自己，而是自己的伴随者，这怎能不让他孤独和寂寞？他的羞愧是孤独的，他的屈辱是孤独的，他的仇恨也是孤独的。一切都是孤独的。

他在孤独中迁徙和行走，这就更其孤独。他在孤独中承受一切，这就更其孤独。我似乎理解了他，是因为我也是孤独的。我曾见过他踽踽独行的样子，也看见了他孤独的、忧伤的目光，我的目光和他的目光相遇的时候，乃是孤独和孤独的相遇。我没有屈辱和仇恨，也没有羞愧和不幸，我从来不是孤独的君王，我乃是一个孤独的掘墓人，一个为从前的君王掘墓的人。我一个人挖着土地，伴随我的就是一点点被取出的沉埋于深层的泥土。现在我为一个孤独者掘墓。一个孤独者面对另一个孤独者。死者到来前孤独的劳作和孤独的等待。生者对死者的等待。从地下卷起了一阵阵肆虐的寒风，它来自阴冷的死。这坟墓越来越深了，我的头顶的天空在一点点缩小。我不断感到了下沉的恐惧。世间的人们都要这样沉下去，沉入没有白昼的漆黑之中。我浑身的热汗和冷汗交织在了一起，仿佛地上的两条河交汇，掀起了令人战栗、冰凌起伏的滔天激浪。

我正在为一个国君掘墓。我将泥土从深处挖出，让地下潮湿的泥土放在阳光里。这都是为了让这个落魄不堪的国君回到阴冷的黑暗。我感到地下的寒气在上升，从我的脚底升到了我的头顶，又沿着我的头顶上升到更高的地方。我好像看见这寒气里有着地下藏着的无数被压抑的灵魂，它们被释放到了自由自在的、广袤的天穹里。我好像看见无数蝴蝶的翅膀在扇动，它们一个连着一个，发出了可怕的响声。

古灵魂

它们的翅膀似乎遮住了我头顶上小小的那片天空，我的眼前变得暗淡起来了。

所有的死亡都是新生的开始。没有死亡怎么会有新生呢？世间的万物都有衰老和死亡，即使是最美好的事情也是这样。你见过一朵花的凋谢么？它一夜之间就在枝头怒放，展开了所有美好的花瓣，蜂蝶在它的花蕊上盘旋，飞鸟落在它的身边，所有摇曳的叶片都围绕着它，它似乎享尽了世间的尊荣，每一种东西在它的旁边都会是卑微的、暗淡的。可是，它在时间里渐渐老去，它的叶瓣开始枯萎，最后它在日光里缩成了一团，在微风里瑟瑟发抖，然后从高处掉落到了泥土里。

但是它的枯萎乃是因为另一些花朵要开放了。若是这朵花一直开放，那么别的花朵还有开放的理由么？这是一种轮换，一种由死亡而换取的另一种繁茂，另一种美景。你就看着山坡上的花朵吧，它们几乎每过几天就要改变一种颜色，那是因为凋谢不断唤醒了新生。晋国原来是一个国家，现在变为了三个国家。它们瓜分了晋国，却成全了自己。土地还是原来的土地，百姓还是原来的百姓，农夫仍然是农夫，铜匠仍然从火焰里取出将要敲打的东西，他还是专注地将手中的锤头对准烧得通红的铜坯。

一切似乎在改变，但不变的仍然不变。你见过满树的叶片是怎么凋谢的么？秋风来了的时候，我们还没有感到其中隐含的悲凉，但是树木已经知道了。它的叶片中，有的是敏感的，有的是迟钝的，但它们几乎都选择了渐渐枯黄，或者露出了自己从未呈现过的深红。整个山林逐渐显出了五彩斑斓的面孔，让每一个置身其间的人赏心悦目。

但这乃是凋谢的开端，这是最后展现的辉煌绝伦的美景。这美景乃是它的内心的显现，可是我们在它茂盛的时候从来没有留意它。

但这是它们壮美的告别，它们向世间的礼拜，向自己将要结束的生活的礼拜，它包含了自己在短暂的日子里的丰富的回忆。它们将自己的记忆展现出来，让我们看见它的过去。可是它的过去并不是现在，现在它将面对死亡，面对秋风的扫荡，面对严冬的寒冷，面对飞扬的冰雪，也面对繁茂消逝的未来。可是，它知道这不是自己的选择，而是上天的选择，而上天的选择是不可抗拒的。草木必须收敛自己的叶子，就像飞鸟收敛自己的翅膀。它飞翔的日子结束了，就只能匍匐在地上，等待着自己的腐烂，也等待着自己的再生。若是没有这样的死灭，又怎能换取春天的重生？

但这繁荣的景象既是自己的也是别人的。你的繁荣也是别人的繁荣。你已经死去，你看不见自己，也看不见别人，但曾经的繁荣还会出现。死者已经躺在了地下的黑暗里，但在黑暗里拥有了更多的东西，这乃是永恒的、你不曾拥有的东西。你躺在冰冷的、潮湿的黑暗里，你的上面是天空，但天空是黑暗的。你的下面是土地，土地也是黑暗的。这样你就无所谓天空和土地，你的每一个方向都是天空和土地，你的每一个方向都是黑暗。你也无所谓光明，因为你已不需要光明。你也不需要黑暗，但黑暗却挥之不去。

我埋葬了无数死者，我知道死并不是可怕的。我每天都和死在一起，我埋葬死者，也埋葬了死。我看见的不是一个个故事，而是一个个故事的结局。死不就是最后的结局么？死不是另一个开始么？人间就像四季一样循环，你既不要为春天而欣喜，也不要为寒冬而悲伤。

古灵魂

只有我的每一铲土是重要的，我既埋葬白天，也埋葬黑夜，既埋葬春天，也埋葬冬天，每一个日子都要被我挖出的土覆盖。不是哪一个君王支配一切，而是我的铲子将一切放下，将一切放到了深深的地下。

陪伴国君的老仆人对我说，你是真正的神灵。神灵不可能居住在天上，他必定是地上的守候者。他要是在人间，就必须有人的面孔。当然，他不可能将自己装扮成高贵者的样子，那样他就太显眼了，人们很快就可以辨认出他。他以最卑微的样子出现，他将自己装扮为凡夫俗子，这样就便于他隐身。是的，他就隐身于我们中间，我猜测，你就是其中的一个。

——因为你的出现不是在现在，而是你在每一个世代出现，因为每一个世代都需要掘墓人。神灵不是创造者，而是埋葬者。也许神灵也是创造者，但他在创造的时候，已经预备了最后的埋葬。他不是等待生者，而是等待死者。或者他等待死者的时候，就预备好了收留死者。因为死者意味着结果，只有结果才有意义。而国君的死不是一个人的死，而是一个世代的死。所以他需要一个很大的墓葬，需要耗费很大的力气，而拥有这样力气的人，只有你。生活本身不需要一个神灵，生活中的死亡才需要他。生活中的死亡是常见的，但真正的死亡急需要埋葬，也需要见证。你不仅是一个掘墓人，还是死的见证者。我看着国君死去，但却因为他的死而看见了身边的神灵。

——我只是侍奉生者，但我却不知道我所侍奉的究竟是谁。我知道他是一个国君，但我不能确切知道他的最后的身份，因为他的最后的身份需要你的确认。不论这个人生前怎样富贵或贫贱，死后都要被抹去富贵与贫贱的界线。我只是侍奉富贵者，但你却看见了平等。我看见的乃是你掘开了坟墓，但你在掘开坟墓之前，已经在等待死者的到来。我看见了血腥的人世，你不仅看见了这血腥，也看见了血腥之后的干净。我以为自己看到的是最多的，但你却看见了一切，以及一切的结果。除了神灵，谁能看见这么多呢？

是的，我只是一个掘墓人。我现在为晋国的最后一个国君掘墓。这意味着，晋国再也没有国君了。没有国君也没有了晋国。可是人世间的生活不会因为失去一个国君而停止，也不会因为失去一个国家而停止。人世间仍然就像繁盛的大树在风中摇曳，充满了生机盎然的骚动。一切都在继续。爱在继续，仇恨也在继续。争夺在继续，贪婪和欲望在继续，杀戮和死亡也在继续。阴谋在继续，智慧也在继续。狡诈和污秽在继续，悲惨和不幸也在继续。屈辱在继续，羞耻和尊严也在继续。这一切，也许就是活力的源泉。

没有哪一个人是必不可少的。一个个君王踩着石头进入他的宫殿，也将自己的脚印连同自己的身形凝结到了石头里。他们看着天空，他们的目光也留在了天空。他们盯着土地，他们也要融入土地。他们迷恋于天上的星辰，他们也将像星辰一样在寒冷而遥不可及的地方闪烁。他们看着天上的飞鸿，而飞鸿也将他们的灵魂带到陌生的地方。白天向着黑夜飞翔，黑夜也向白天飞翔，最终黑夜和白天将交汇在一起，并将一切融化。

现在我已经为最后的国君掘好了墓穴，他可以到他想去的地方去了。他的一生都想吐出自己哽塞在喉咙里的苦闷与仇恨，但他始终没有吐出来，现在泥土将塞住他的嘴。让他安睡吧，让他的内心的苦痛都安睡吧，让他的不安宁的灵魂获得最后的安宁吧。我将用那么多掘出的土掩埋他，掩埋那些阴谋、奸诈、污秽以及藏在这阴谋、奸诈和污秽中的光辉，掩埋那些圣洁、悲痛、忧伤和欢乐、光明与黑暗，也掩埋那些无穷尽的杀戮和争夺，掩埋那些战车、战戈和张开的弓、射出的箭，掩埋那些曾悬在他头顶上的星空和月亮、雷电和暴雨、乌云和冰雪，也掩埋那些秋风瑟瑟中的五彩斑斓以及干枯的枝叶，掩埋人间所有的苦难和不幸，也掩埋他所经历的几度迁徙、颠沛流离的心酸以及他的最后的诅咒。

附录：

晋国历代国君

唐叔虞 姬虞（公元前 1042 年？—公元前 1033 年封于唐）在位？年

晋侯燮 姬燮父（唐国改为晋国，公元前？—公元前？）在位？年

晋武侯 姬宁族（公元前？—公元前？）在位？年

晋成侯 姬服人（公元前？—公元前？）在位？年

晋厉侯 姬福（公元前？—公元前 859 年）在位？年

晋靖侯 姬宜臼（公元前 858 年—公元前 841 年）在位 18 年

晋釐侯 姬司徒（公元前 840 年—公元前 823 年）在位 18 年

晋献侯 姬籍（公元前 822 年—公元前 812 年）在位 11 年

晋穆侯 姬费壬（公元前 811 年—公元前 785 年）在位 27 年

晋殇叔 姬殇（公元前 784 年—公元前 781 年）在位 4 年

晋文侯 姬仇（公元前 780 年—公元前 746 年）在位 35 年

晋昭侯 姬伯（公元前 745 年—公元前 740 年）在位 6 年

晋孝侯 姬平（公元前 739 年—公元前 724 年）在位 16 年

晋鄂侯 姬郄（公元前 723 年—公元前 718 年）在位 6 年

晋哀侯 姬光（公元前 717 年—公元前 710 年）在位 9 年

古灵魂

晋小子侯 姬小子（前公元 709 年—公元前 707 年）在位 3 年

晋缗侯 姬缗（公元前 706 年—公元前 679 年）在位 28 年

曲沃桓叔 姬成师（公元前 744 年—公元前 731 年）在位 14 年

曲沃庄伯 姬鳝（公元前 730 年—公元前 716 年）在位 15 年

曲沃武公（晋武公） 姬称（公元前 715 年—公元前 677 年）在位 39 年

晋献公 姬诡诸（公元前 676 年—公元前 651 年）在位 26 年

晋惠公 姬夷吾（公元前 650 年—公元前 637 年）在位 14 年

晋怀公 姬圉（公元前 637 年—公元前 637 年）在位 1 年

晋文公 姬重耳（公元前 636 年—公元前 628 年）在位 9 年

晋襄公 姬骧（公元前 627 年—公元前 621 年）在位 7 年

晋灵公 姬夷皋（公元前 620 年—公元前 607 年）在位 14 年

晋成公 姬黑臀（公元前 606 年—公元前 600 年）在位 7 年

晋景公 姬据（公元前 599 年—公元前 581 年）在位 19 年

晋厉公 姬寿曼（公元前 580 年—公元前 573 年）在位 8 年

晋悼公 姬周（公元前 572 年—公元前 558 年）在位 15 年

晋平公 姬彪（公元前 557 年—公元前 532 年）在位 26 年

晋昭公 姬夷（公元前 531 年—公元前 526 年）在位 6 年

晋顷公 姬去疾（公元前 525 年—公元前 512 年）在位 14 年

晋定公 姬午（公元前 511 年—公元前 475 年）在位 37 年

晋出公 姬凿（公元前 474 年—公元前 452 年）在位 23 年

晋哀公 姬骄（公元前 451 年—公元前 434 年）在位 18 年

晋幽公 姬柳（公元前 433 年—公元前 416 年）在位 18 年

晋烈公 姬止（公元前 415 年—公元前 389 年）在位 27 年

晋孝公 姬颀（公元前 388 年—公元前 378 年）在位 11 年

晋静公 姬俱酒（公元前 377 年—公元前 376 年）在位 2 年

说明：

公元前 745 年，晋昭侯把曲沃封给晋文侯的弟弟桓叔，晋国开始分裂。

公元前 679 年，曲沃武公统一晋国，周釐王封曲沃武公为晋国君主，并列为诸侯，封公爵，曲沃武公改号晋武公。

公元前 453 年，晋国大夫韩、赵、魏三家灭智氏。

公元前 403 年，周威烈王封韩、赵、魏三家为诸侯，战国时代开启。

公元前 376 年，韩、赵、魏三家瓜分晋国土地并建国，晋国亡。

公元前 349 年，韩赵两国瓜分晋国都城，晋静公被弑。

古灵魂